नरेंद्र कोहली

की

लोकप्रिय कहानियाँ

नरेंद्र कोहली की लोकप्रिय कहानियाँ

नरेंद्र कोहली

प्रभात पेपरबैक्स
www.prabhatbooks.com

प्रभात पेपरबैक्स

प्रभात प्रकाशन प्रा. लि. का उपक्रम

4/19 आसफ अली रोड, नई दिल्ली–110002

फोन : 23289777 • हेल्पलाइन नं. : 7827007777

इ–मेल : prabhatbooks@gmail.com ❖ वेब ठिकाना : www.prabhatbooks.com

संस्करण

2021

मूल्य

दो सौ पचास रुपए

मुद्रक

नरुला प्रिंटर्स, दिल्ली

★

NARENDRA KOHLI KI LOKPRIYA KAHANIYAN

Published by **PRABHAT PAPERBACKS**

An imprint of Prabhat Prakashan Pvt. Ltd.

4/19 Asaf Ali Road, New Delhi-110002

ISBN 978-93-5186-887-3

₹ 250.00

अपने पाठकों के नाम

अनुक्रम

परिणति

अनुराधा बहुत देर से आई और जब आई तो बहुत उदास थी।

अमिताभ ने उसे देखते ही कारण पूछना चाहा—देर का भी और उदासी का भी; पर वह अनुराधा को बहुत अच्छी तरह जानता था। पूछने पर वह बड़ी सुविधा से सारा दोष परिवहन-व्यवस्था पर डाल सकती थी। और उदासी का कारण? वह अनुराधा नहीं बताएगी। जितनी बार पूछेगा, उतनी ही बार वह कहेगी, 'कुछ नहीं हुआ। तुम तो खामखाह ही पीछे पड़ जाते हो!'

अमिताभ ने कुछ नहीं पूछा।

वे मॉरिसनगर से यूनिवर्सिटी लाइब्रेरी की ओर जा रहे थे। चुपचाप।

फिर अनुराधा ही बोली, "सुनो अमि! एक बात कहनी है, पर इस एश्योरेंस के साथ कि तुम उसका कारण नहीं पूछोगे, पूछताछ नहीं करोगे।"

अनुराधा स्वयं ही खुल रही थी। फिर अधिक कुरेदने की आवश्यकता? वह जानता था, अनुराधा उससे कुछ छिपा नहीं पाएगी। पहले थोड़ी सी बात बताएगी, फिर आधी और जाते-जाते पूरी बात कह जाएगी।

अनुराधा को आश्वस्त करने के लिए ही उसने कह दिया, "नहीं पूछूँगा।"

सोचा था, उसके यह कहते ही अनुराधा शुरू हो जाएगी और बात समाप्त करने से पूर्व चुप नहीं होगी।

पर अनुराधा चुप ही रही।

अनुराधा की चुप्पी से अमिताभ के स्नायुओं पर बोझ बढ़ने लगा था।

लाइब्रेरी की सीढ़ियाँ चढ़कर अमिताभ हटकर एक किनारे खड़ा हो गया। अनुराधा काउंटर पर चली गई। किताबें लौटाने में उसे पाँच मिनट से अधिक नहीं लगे। कार्ड वापस ले, उसने अपने पर्स में डाले और साड़ी का पल्लू ठीक करती हुई लाइब्रेरी के स्टैक-हॉल की ओर मुड़ गई।

अमिताभ को साथ चलना पड़ा। उसको अनुराधा का स्टैक-हॉल में जाना अच्छा नहीं लग रहा था। वह बात, जो अनुराधा उसे बताने वाली थी, क्या है? अधिक प्रतीक्षा वह नहीं कर सकता था। वह जल्दी-से-जल्दी लाइब्रेरी से बाहर निकलना चाहता था, ताकि अनुराधा से वह बात पूछ सके। पर अनुराधा स्टैक-हॉल में जा रही थी, जहाँ से चार-पाँच पुस्तकें छाँटेगी, फिर उन्हें ईशू करवाएगी और तब बाहर निकलेगी। इस सबमें आधा-पौना घंटा तो लग ही जाएगा।

अनुराधा शेल्फें खँगाल रही थी। जिस शेल्फ के सामने जा खड़ी होती, उसकी कोई भी पुस्तक अनछुई न रहने देती! और तब तक अमिताभ की दृष्टि आसपास खड़े पुस्तकें देखने में संलग्न लोगों को उलटती-पलटती रही।

अनुराधा ने तीन पुस्तकें चुनीं। अपने पर्स में से ईशू कराने वाले तीन कार्ड निकाले और उसे इंगित किया, 'आओ, चलें।'

अमिताभ आगे-आगे चलता हुआ, पहले ही दरवाजे से बाहर निकल, सीढ़ियों पर आकर खड़ा हो गया। अनुराधा पुस्तकें ईशू करवा, पीछे-पीछे ही आ गई।

''क्या बात है?'' सीढ़ियाँ उतरते ही अमिताभ ने पूछा।

''बता दूँगी!'' अनुराधा बोली। उसका स्वर टालने वाला नहीं था।

अमिताभ को लगा, अभी एक-आध बार और पूछना पड़ेगा।

वे चलते-चलते विधि-संकाय के पास से गुजरते हुए रामजस कॉलेज के सामने आ खड़े हुए थे। रास्ते में अमिताभ और दो-तीन बार पूछ चुका था। अनुराधा बता देना चाह रही थी, पर अपनी आदत के अनुसार असली बात न बताकर, इधर-उधर की बातें करती जा रही थी। रामजस कॉलेज और दिल्ली स्कूल ऑफ इकोनॉमिक्स के बीच की सड़क पर आते ही वह ठिठक गई, ''लो मैं आज फिर भूल गई!''

''क्या भूल गई?'' अमिताभ इस अप्रत्याशित बात से कुछ खीझ सा उठा।

''भई! अब देखो, हम यहाँ तक आए हैं,'' अनुराधा बोली, ''इस समय मिसेज शर्मा से भी मिलते चलते।''

''तो मिल लो न!'' अमिताभ बोला, ''मैंने कब मना किया है।''

''आज नहीं, मैं आज उनकी चीजें नहीं लाई।''

''न सही। अच्छा, अब यह बताओ, वह बात क्या है?''

''वह बात!'' अनुराधा एक क्षण रुकी, ''बुरा मत मानना और कुछ पूछना भी मत!''

''नहीं पूछूँगा!''

"देखो," अनुराधा बहुत हौले से बोली, "तुम अब हमारे घर मत आना। बाहर जहाँ कहोगे, जब कहोगे—मैं आ जाऊँगी। पर हम अब घर पर नहीं मिलेंगे।"

"क्यों?" अमिताभ के मुख से अनायास ही निकल गया।

"तुमने कहा था, तुम कुछ नहीं पूछोगे!" अनुराधा ने याद दिलाया।

"हाँ-हाँ! अच्छा, नहीं पूछता।"

दोनों कुछ देर तक चुपचाप चलते रहे।

"बुरा मान गए क्या?"

"नहीं। इसमें बुरा मानने की क्या बात है!" अमिताभ बोला।

अनुराधा ने उसके मुख की ओर देखा—चेहरे से वह चिंतित नहीं दिख रहा था।

अमिताभ के मस्तिष्क से एक बहुत बड़ा बोझ हट गया। इतने से समय में वह बहुत कुछ सोच गया था। अनुराधा ने जैसे ही बहुत उदास होकर कहा था कि उसे कुछ कहना है, तभी से उसके मस्तिष्क में अनुराधा की मौसी की बात बार-बार उभरकर आ रही थी।

अमिताभ ने अनुराधा की मौसी को एक ही बार देखा था, पर अनुराधा से सुना बहुत कुछ था। मौसी बहुत अमीर थी। उसकी कोयले की खानें थीं। उसके दोनों लड़के अमरीका में थे और बेटी किसी मंत्री के बेटे से ब्याही गई थी। पिछले दिनों मौसी ने अनुराधा के लिए बहुत सारे रिश्ते बताए थे। एक-से-एक बढ़कर लड़के—पढ़े-लिखे, अमीर माँ-बाप के सुंदर लड़के और अच्छी-से-अच्छी नौकरी पर लगे हुए। अमिताभ मन-ही-मन इस मौसी से चिढ़ गया था और डरने भी लगा था। उन्हीं दिनों उसने बहुत सारे स्वप्न भी देखे थे कि एक चुड़ैल अनुराधा को उससे छीनकर लिये जा रही है। वह चीख रहा है, हाथ-पैर पटक रहा है, पर अपने स्थान से हिल नहीं पाता। और उसे चुड़ैल की शक्ल हर बार मौसी से मिलती सी लगी थी।

अनुराधा ने अमिताभ की आशंकाओं का हमेशा मजाक उड़ाया था। उसका कहना था, मौसी अपने स्तर के रिश्ते बताती है। यह नहीं देखती कि अनुराधा के माँ-बाप की हैसियत क्या है। और फिर वह स्वयं वयस्क है। कोई बच्ची नहीं है कि मौसी जिससे चाहे उससे ब्याह दे।

चुपचाप चलते-चलते काफी समय हो चुका था। अमिताभ ने नजर उठाई, अनुराधा का मुख निर्विकार था। ऐसा नहीं लगता था कि निकट भविष्य में वह कुछ कहेगी। सुबह से जिस बात का घनत्व उसके मुख पर छाया था, कहकर

उसका विवेचन हो गया था।

''वैसे, अब हम कहाँ तक जा रहे हैं?'' मन के हल्केपन को जताने के लिए वह हँसकर बोला।

अनुराधा ने रुककर उसे देखा, ''कनॉट प्लेस चलें तो कैसा रहे? कुछ शॉपिंग कर लेंगे और कहीं बैठकर कॉफी भी पी लेंगे।''

अमिताभ चुपचाप चलता रहा। मल्कागंज के स्टैंड से उन्होंने एक स्कूटर-रिक्शा ले लिया।

□

कनॉट प्लेस के बरामदों में घूमते हुए अमिताभ सोच रहा था—अब वह अनुराधा के घर नहीं जाएगा। फिर वे कहाँ मिलेंगे? बाहर बहुत ज्यादा मिलना-जुलना उसे पसंद नहीं था। पर यदि वे बाहर नहीं मिलेंगे तो कहाँ मिलेंगे? बिना मिले, रहने की बात सोच नहीं सकता। उसे लगा, कोई उसकी शक्ति को तौलना चाहता है।

वे हैंडलूम-हाउस के सामने से निकले तो अमिताभ रुक गया।

अनुराधा ने फिरकर प्रश्नावाचक दृष्टि से उसे देखा।

''अनु!'' अमिताभ को अपना स्वर काँपता लगा।

अनुराधा एकदम पास आ गई।

''आज प्रेम में पहली बाधा आई है।'' अमिताभ बोला, ''यह हमारे प्रेम की तीव्रता को तौलना चाहती है। मैं आज तुम्हें कुछ देना चाहता हूँ।''

वह अनुराधा की बाँह पकड़कर उसे हैंडलूम-हाउस के भीतर ले गया। उसे स्वयं लगा, वह बहुत रोमांटिक हो रहा है, पर उसने स्वयं को रोका नहीं।

अनुराधा ने एक सादी सी, चौड़े लाल बॉर्डर वाली सफेद सूती साड़ी पसंद की। हैंडलूम-हाउस से निकलकर वे काफी देर तक शामियाना कॉफी हाउस में बैठे रहे।

□

अमिताभ लौटा तो उस पर काफी गहरा अवसाद घिर आया था। आज घर पर मिलने पर बंधन लगा है, कल किसी और बात से भी रोका जा सकता है। अब अनुराधा से मिले बिना रहना संभव नहीं था। पर उसने ऐसा क्यों होने दिया? वह इतना कमजोर ही क्यों बना? वह अपने आपको टटोल रहा था।

जब विवाह की बात शुरू हुई थी, वह अनुराधा को जानता भी नहीं था। इस बातचीत के बीच में बहुत सारे रिश्तेदार थे।

पर अब उसे याद भी नहीं है, कब औपचारिक बातचीत रोमांस में बदल गई। यह नहीं लगता था कि अमिताभ कभी इस घर में अनुराधा को बड़े औपचारिक ढंग से देखने आया होगा या उसे उस रूप में बुलाया गया होगा। अमिताभ और अनुराधा एक-दूसरे की अपनी ही पसंद लगते थे।

वे दोनों साथ घूमने जाते रहे। कई पिक्चरें उन्होंने इकट्ठे देखीं। अमिताभ टिकटें खरीदकर पिक्चर हॉल से टेलीफोन कर देता था। यदि घर का कोई बड़ा भी फोन उठाता तो वह कह देता कि वह पिक्चर हॉल से बोल रहा है, टिकटें उसने खरीद ली हैं। वे अनुराधा को भेज दें। अनुराधा हर बार आती रही। कभी किसी ने आपत्ति की मुद्रा नहीं दिखाई। उन्होंने कई बार बाहर साथ-साथ डिनर खाया और फिर स्थिति यह हो गई कि अमिताभ शाम को दफ्तर से छूटते ही अनुराधा के घर चला जाता। शाम की चाय वहीं पीता। उसे बुलाने की आवश्यकता नहीं थी। न वह कहकर जाता। सबको पता था, वह शाम को आएगा। जिस दिन न जाता, उस दिन अवश्य यह पूछ हो जाती कि वह क्यों नहीं आया। अब जब वह अनुराधा के साथ इतना बँध चुका है, यह वर्जन उसे समझ नहीं आया।

अलग होते हुए अमिताभ के ध्यान में यह बात थी कि अगली बार मिलने का समय और स्थान अभी तय नहीं हुआ है। पर वह मौन रहा। अनुराधा ने मना किया है तो वही क्यों नहीं बताती, वह उसे कब और कहाँ मिलेगी। मिलने को उसी का मन नहीं चाहता, अनुराधा भी व्याकुलता से उसकी प्रतीक्षा करती है। फिर वही क्यों पहल नहीं करती?

पर अनुराधा ने इस विषय में कोई बात नहीं की। हैंडलूम-हाउस से निकलकर वह साड़ी को निहारने में लगी हुई थी। कई बार अनजाने ही उसने साड़ी के पैकेट को अपने गालों से लगाया था, वक्ष के साथ जोरों से भींच लिया था।

उसी मग्नता में अनुराधा चली गई थी और अगली भेंट का कुछ निश्चित नहीं हो पाया था।

अमिताभ के मस्तिष्क की नसें तड़कने लगी थीं और उसे अपना दिल डूबता सा लगा।

सवेरे उठा तो उदासी उसकी आत्मा के साथ चिपक गई थी। लगा, उसके शरीर में इंजेक्शन की सिरिंज डालकर उसकी सारी ऊर्जा निचोड़ ली गई है। बिस्तर से हिलने तक को मन नहीं चाहा। पर दफ्तर तो जाना ही था। दफ्तर जाएगा, काम में उलझा रहेगा तो अनुराधा को भूला रहेगा और तबीयत सँभली रहेगी। कमरे में पड़े-पड़े तो तबीयत और घबराएगी।

नाश्ता करके तैयार होते-होते तक उसका विचार बदल गया था। वह पहले यूनिवर्सिटी जाएगा—उसने तय कर लिया था, फिर दफ्तर जाएगा। दफ्तर के लिए देर हो जाएगी, पर वह यूनिवर्सिटी अवश्य जाएगा। वह अनुराधा से शाम को मिलने का समय और स्थान नियत कर लेगा। वह जानता था, अनुराधा रोज सवेरे घंटे-डेढ़ घंटे के लिए लाइब्रेरी जरूर जाती थी। वह दस बजे वहाँ पहुँचती थी और अमिताभ को साढ़े नौ बजे दफ्तर में अपनी सीट पर होना चाहिए था। काफी देर हो जाएगी, पर वह उससे मिलने जाएगा।

ठीक दस बजे अनुराधा उसे यूनिवर्सिटी लाइब्रेरी में मिल गई।

''तुम आ गए!'' अनुराधा बोली, ''मैं सोच रही थी, तुम्हें कहाँ कंटैक्ट करूँ। अभी न मिलते तो शाम को तुम्हारे कमरे पर मैं जरूर आती। तुम दफ्तर नहीं गए?''

''दफ्तर!'' अमिताभ हँसा, ''जाऊँगा अभी।''

''दस तो बज गए?''

''हाँ!''

''बंधन कितना कठिन लग रहा है न?'' अनुराधा उदास थी।

''हाँ, अनु!'' अमिताभ जल्दी से बोला, ''बताओ, शाम को कहाँ मिलोगी?''

''शाम को?'' अनुराधा ने एक मिनट के लिए सोचा, ''दफ्तर से सीधे वैंगर्स आ जाना। बाकी वहीं सोच लेंगे।''

''ओ.के.,'' अमिताभ बोला, ''मैं चलूँ फिर। देर हो रही है।''

वह बिना उत्तर की प्रतीक्षा किए लाइब्रेरी से बाहर निकल आया। उसे काफी हल्का लग रहा था। स्नायुओं का बोझ काम हो चुका था। अब वह दफ्तर का काम कर सकता था।

अमिताभ दफ्तर से छूटते ही वैंगर्स पहुँचा। बस की प्रतीक्षा उसने नहीं की। पार्लियामेंट स्ट्रीट से वैंगर्स दूर ही कितना था। दस मिनट में पैदल पहुँचा जा सकता था और बस शायद मिलती ही आधा घंटे में।

अनुराधा कोने की मेज पर अकेली बैठी थी। उसने अभी तक ऑर्डर नहीं दिया था या अभी-अभी ही आई थी।

अमिताभ हाथ की दो-एक पत्रिकाएँ मेज पर रखकर, कुरसी पर पसरकर आराम से बैठ गया। अनुराधा ने आँखें उठाकर उसे देखा और हल्के से मुसकराई।

''यूनिवर्सिटी से सीधी आई हो?''

''नहीं!'' अनुराधा बोली, ''यूनिवर्सिटी मैं यह साड़ी पहनकर गई थी क्या?''

उसने कल खरीदी हुई लाल बॉर्डर वाली सफेद साड़ी पहन रखी थी।

"घर से होकर आई हो?"

"हाँ।" अनुराधा बोली, "घर से होकर आई हूँ। साड़ी बदलकर आई हूँ और लड़कर आई हूँ।"

"लड़कर?"

"हाँ।" अनुराधा ने बताया, "मैंने यह साड़ी पहनी तो सबकी आँखें खुल गईं। पूछा, यह साड़ी कहाँ से ली? मैंने बता दिया। मैं कोई डरती हूँ किसी से। मम्मी ने बहुत डाँटा। बोलीं, हम इतने गए-बीते हैं कि तुम अमिताभ से साड़ियाँ ले-लेकर पहनो। शादी के बाद जो चाहे लेती रहना, अभी कुछ मत लो। उन्होंने कहा है, यह साड़ी तुम्हें वापस कर दूँ। पर मैं कैसे कर सकती हूँ। मैंने कह दिया कि वापस नहीं करूँगी और बता दिया कि इसे पहनकर तुम्हीं से मिलने जा रही हूँ।"

"तो घर से बाहर की पहली भेंट पर ही झगड़ा-वगड़ा आरंभ हो गया?" अमिताभ मुसकराया।

"झगड़े-वगड़े तो होंगे ही। आखिर उन्होंने ऐसी स्थिति···अच्छा, छोड़ो!" उसने बात बदली, "क्या खिला रहे हो?"

दोनों ने मटन-कटलेट और दो-दो स्लाइस खाए। कॉफी पी और बिल चुकाकर बाहर आए।

"पिक्चर देखें, अनु?" अमिताभ ने पूछा।

"देर हो जाएगी, अमि! मैं इतनी देर के लिए घर पर कहकर नहीं आई।"

"पर वह कोई जरूरी तो नहीं है।"

"अच्छा, चलो।"

हॉल में घंटा भर अनुराधा ठीक रही, फिर अमिताभ को लगा कि उसका मन नहीं लग रहा, वह अनमनी सी होती जा रही है। उसने कई बार धीरे से पूछा, पर वह टाल गई।

बाहर निकल, अमिताभ ने पूछा, "कैसी लगी?"

"भई, सच यह है," अनुराधा का स्वर उत्साहशून्य था, "मैं एन्जॉय नहीं कर सकी। घर पर कहकर नहीं आई थी। बिना बताए देर तक बाहर रहने की मुझे आदत नहीं है, इसलिए मन नहीं लग रहा था।"

"चलो," अमिताभ को उसकी स्थिति का एहसास हुआ, "मैं तुम्हें टैक्सी पर घर छोड़ आऊँ।"

अनुराधा ने मना नहीं किया। वे स्टैंड तक आए।

"एक बात पूछूँ, अमि?" टैक्सी चलने पर अनुराधा बोली।

"हूँ।" अनुराधा का अनमना हो जाना अमिताभ को अच्छा नहीं लग रहा था।

"आज तुम्हारे कितने पैसे खर्च हुए?"

"पाँच वैंगर्स में, साढ़े सात पिक्चर में और…।"

"पाँच के लगभग टैक्सी में!" अनुराधा बोली, "तुम्हें नहीं लगता, अमि, कि ऐसे मिलना बड़ा महँगा पड़ता है?"

"तो क्या हो गया?" अमिताभ निश्चिंतता से बोला, "कभी-कभार खर्च हो जाए तो क्या है?"

"कभी-कभार हो जाए तो कोई बात नहीं, पर हमें तो रोज इसी प्रकार मिलना पड़ेगा और रोज इतना खर्च…"

"ऐसा करो।" अमिताभ बोला, "कल छुट्टी है। लंच के बाद तुम ओडियन के स्टॉप पर मिल जाओ। कुतुब चले चलेंगे। वहाँ बहुत जगह है घूमने को। समय मजे में बीत जाएगा और खर्च भी नहीं होगा।"

"ठीक है।" अनुराधा बोली और फिर चुप हो गई।

अमिताभ देख रहा था, अनुराधा के मुख की तनी रेखाएँ ढीली नहीं हो रही थीं। वे उसी प्रकार तनी बैठी थीं।

"क्या बात है, अनु, योजना पसंद नहीं आई?" उसने पूछा।

"नहीं, वह बात नहीं है।" अनुराधा रोष भरे स्वर में बोली, "मैं इस प्रकार मिलना नहीं चाहती। हम अच्छे-भले घर में बैठे रहते थे। पर अब…" वह रुकी, "मुझे अपने घरवालों पर गुस्सा आ रहा है, जिन्होंने हमें घर से निकालकर इस प्रकार मिलने पर मजबूर किया है।"

अमिताभ कुछ नहीं बोला। उसे भी लग रहा था, इस प्रकार बाहर-बाहर मिलना दोनों के लिए ही स्वाभाविक नहीं था। घर पर मिलकर एक प्रकार का उल्लास उसके मन में भर जाता था; उसका अब कहीं पता नहीं है। अनुराधा भी कितनी बदल गई है। पहले वह मिलने उसके घर जाता था। बातों-ही-बातों में देर हो जाती थी। वह उठना चाहता तो अनुराधा उसे कितने आग्रह से ठहरने के लिए कहती थी। अब अनुराधा जल्दी-से-जल्दी भागकर घर पहुँचना चाहती थी। एक मिनट भी रुकना नहीं चाहती। जब तक उसके साथ होती है, उसके साथ होने का उल्लास भी उसके मन में नहीं होता, क्योंकि यह साथ होना भी एक मजबूरी है।

उसे लगा, न केवल अनुराधा के मन में अपने घरवालों के प्रति रोष है, वरन् वह भी धीरे-धीरे अपने मन में वही कुछ संचित कर रहा है। इस प्रकार यदि वे अपने मन में रोष संचित करते रहे तो वे व्यर्थ ही उनसे एकदम अलग-थलग हो जाएँगे। विवाह के बाद भी ये संबंध सहज नहीं हो पाएँगे और उसे यही लगेगा कि उसने अनुराधा के साथ विवाह नहीं किया, उसे भगाकर लाया है।

यह वह नहीं चाहता था। ऐसा क्यों हो, जब अनुराधा के डैडी ने स्वयं उसे चुना था। जो कुछ हुआ था और हो रहा था, उसमें उनकी सहमति थी। फिर इस खिंचाव का लाभ?

अमिताभ ने टैक्सी रुकवाकर अनुराधा को उसके घर के पास सड़क पर ही उतार दिया और कल के कार्यक्रम की याद दिला दी। कोई और समय होता तो वह टैक्सी वहीं छोड़ देता और उसके साथ घर जाता। सबसे मिलता और शायद खाना भी वहीं खाता।

आज वह टैक्सी से नहीं उतरा। भीतर से ही 'वेव' करके विदाई ले ली।

अनुराधा ने भी रुकने-रुकवाने का कोई चाव नहीं दिखाया। एक बार हाथ हिलाया और मुड़कर चली गई।

दूसरे दिन अनुराधा अमिताभ से मिली तो बहुत क्षुब्ध थी।

"फिर झगड़ा हुआ?" अमिताभ ने मजाक किया।

"हाँ!" वह बोली, "पर अभी मत पूछना। कुतुब पहुँचकर बताऊँगी।"

बस में इतनी अधिक भीड़ थी कि न वे इकट्ठे बैठ सके, न कोई बात ही हो सकी। घंटा-डेढ़ घंटा दोनों अलग-अलग सीटों पर बैठे रहे। एक ही बस में होने के कारण सामीप्य का अहसास भर था।

कुतुब पर बस रुकी तो वे उतरे। छुट्टी का दिन था। ढेरों लोग दिन बिताने के विचार से आए हुए थे। कहीं भी एकांत नहीं था। वे कहीं ठहरे नहीं, चलते गए।

"क्या बात हुई, अनु?" अमिताभ ने फिर पूछा।

"वह···बात तो कोई खास नहीं है।" अनुराधा ने कहा, "विनीता को कहीं जाना था। उसे मेरी लाल बॉर्डर वाली साड़ी भा गई है। उसने मुझसे पहनने के लिए वह साड़ी माँगी। मैंने इनकार कर दिया। मैंने किसी चीज के लिए उसे कभी मना नहीं किया। पर यह तुम्हारा उपहार है, प्रेम का प्रतीक है। मैं कैसे सह सकती हूँ कि इसे कोई और पहने, चाहे वह मेरी अपनी ही बहन हो!"

"फिर?"

"फिर क्या!" अनुराधा ने कहा, "विनीता आगे से तीखी पड़ी तो मैंने डाँट

दिया और वह रोने लगी। उसे रोते देख मम्मी नाराज हो गईं और मुझे साड़ी दे देने को कहा। मैंने फिर इनकार कर दिया। जानते हो उन्होंने क्या कहा! 'बड़ी कीमती साड़ी है, जैसे यही पहनकर फेरे लेगी। पच्चीस रुपए की साड़ी नहीं है।' मैंने भी कह दिया, 'अब तो चाहे कुछ भी हो, मैं इसी साड़ी में फेरे लूँगी।' ठीक है न! तुम्हें कोई एतराज तो नहीं होगा?''

अमिताभ अचकचा गया। उसने नहीं सोचा था, अनुराधा इतनी बड़ी बात कर जाएगी और उससे भी वचन चाहेगी। ''पर अनु! यह साड़ी तो सफेद है।'' वह बोला, ''फेरे तो लाल साड़ी में लिये जाते हैं।''

''वह सब मैं नहीं जानती।'' अनुराधा बोली, ''मैं तो इसी साड़ी में फेरे लूँगी। लाल रंग शुभ माना गया है, इसलिए सब लोग पहनते हैं। इसमें भी लाल बॉर्डर है। और जब मैं इसे ही शुभ मानती हूँ तो किसी को क्या आपत्ति! तुम्हें कोई आपत्ति हो तो अभी बता दो?''

अमिताभ आपत्ति करने का साहस न कर सका। अनुराधा उसी से उलझ पड़ी तो? अनुराधा उस साड़ी को इतना बड़ा मान देना चाहती है तो यह अमिताभ का भी सम्मान था।

''तो रानीजी, फेरों के लिए बहुत व्याकुल हैं?'' उसने बात टालने की चेष्टा की। अनुराधा में अपेक्षित प्रतिक्रिया नहीं हुई। वह उसी प्रकार गंभीर रही, बल्कि कुछ और दृढ होकर बोली, ''हाँ, अमि! बहुत थक गई हूँ अब। मेरे अपने! तुमसे परायों की तरह कुछ देर तक मिलकर संतोष नहीं होता। सोचती हूँ—अब दोनों साथ-साथ रहें, चौबीसों घंटे। वह शादी के बाद ही हो सकता है।''

अमिताभ भी गंभीर हो गया। बोला, ''खासकर, कल से मैं भी सोचने लगा हूँ अनु, कि अब शादी टालने का कोई अर्थ नहीं है। घर से दूर, सबसे छिपकर थोड़ी देर के लिए मिलना बहुत कष्टप्रद है।''

कुतुब में वे अधिक नहीं ठहरे। वहाँ लोगों के बीच बैठने में उन्हें संकोच होता था। यहाँ बैठने वाले सब ही बाल-बच्चों वाले थे। उनके बीच ऐसे जोड़े का बैठना, जो परस्पर विवाहित नहीं, लगता था—दोनों में से किसी को भी ठीक नहीं जँचा। एकांत खोजने के लिए कुतुब से कुछ दूर जंगल में जाना पड़ता। वह जोखिम का काम था।

□

अमिताभ सोचता है, तो उसे लगता है कि उसके पश्चात् उनके जीवन में एक लंबा अवकाश है। उस अवकाश में वे लोग या तो नहीं मिले या मिले तो अकेले

नहीं मिले और कोई काम की बात, जो पूछनी हो या कहनी हो, पूछकर या कहकर अलग हो गए। अब कमरे से काम नहीं चल सकता था, इसलिए अमिताभ को मकान खोजना था। घर का सामान बनाना था। शादी के कार्ड छपवाने थे। वरी का सामान खरीदना था। बारात के जाने के लिए बस तथा अन्य चीजों का प्रबंध करना था। रिसेप्शन की पार्टी का प्रबंध करना था। फिर कार्ड बाँटने थे इत्यादि। इन कामों में बहुधा अनुराधा उसके साथ थी। पर ये सारे कार्य एक जड़ स्वप्नावस्था में हुए थे। उन्हें अमिताभ अपने जीवन का अंग कैसे मान लेता! वह तो एक और तरह का जीवन था, जिसमें अमिताभ अमिताभ नहीं था, अनुराधा अनुराधा नहीं थी। वे दो जड़ पुर्जे थे, जो एक संवेदनशून्य अवस्था में कुछ निर्दिष्ट कार्य करते रहे···

उन दिनों अमिताभ कितना जूझा था अपने आप से और अपने आसपास से। कितनी ही जगहों से रगड़ खा-खाकर वह घिस गया था। उसकी अपनी तीखी रेखाओं का कहीं पता नहीं था। लगता था, वह सारा का सारा भुरभुरा गया है। जहाँ कहीं किसी का हाथ लगता है, वहीं से तीखी रेखाएँ घिसने लगती हैं और वह गोल, भद्दा और सामान्य होता जा रहा है। उसका अपना व्यक्तित्व कहीं खो गया था। कई वर्षों से उसने अपने व्यक्तित्व के जिन तीखे कोनों का निर्माण किया था, वे सब समाप्त हो गए थे। इस भुरभुराने में कहीं उसके किसी अपने सगे का अनुरोध था और कहीं अनुराधा के सगों का। उन अनुरोधों का विरोध वह नहीं कर पाया था, क्योंकि वह किसी को नाराज नहीं करना चाहता था···

ब्राह्मणों की बताई गई शुभ तिथि में सेहरा बाँधकर घोड़ी पर सवार हो, रोशनी और बाजे-गाजे लेकर वह अनुराधा के द्वार पहुँचा था। मिलनियाँ हुईं, सेहरा पढ़ा गया, जयमाला हुई और फिर खाना-पीना।

फेरों पर बैठते हुए अमिताभ को लगा, विनीता आज अनुराधा के साथ कुछ अतिरिक्त रूप में जुड़ी हुई थी। वह एक क्षण के लिए भी उससे अलग नहीं हुई। जरा सा कपड़ा खिसकने पर, उसे ठीक कर देती थी। अनुराधा को जरा हिलने भी नहीं देती थी। फेरे बहुत जल्दी समाप्त हुए और अनुराधा को भीतर ले जाकर वरी में दी गई विदा की गुलाबी साड़ी में बाहर लाया गया।

घर लौटते हुए कार में साथ बैठी अनुराधा अमिताभ को नई सी अनुराधा लगी। वह तो कोई और थी, जिसको उससे कोई लगाव नहीं था। वह पास बैठा था और उसने नजर उठाकर देखा तक न था। वह धीरे-धीरे उसे समझाता रहा और अनुराधा रोती रही। यह अनुराधा कोई और होगी—वह नहीं हो सकती, जिसने खुले रूप से उसे स्वीकारा था और उसे अपना कहने में कभी भी संकोच नहीं किया था।

एकांत पाकर पुरानी अनुराधा लौटी। आँसू पोंछ डाले और मुसकराई।

''यहाँ आने का बहुत दुःख हुआ, अनु!'' अमिताभ बोला, ''रास्ते भर रोती रहीं।''

''रोना आ गया!'' अनुराधा संकुचित होती सी बोली, ''यहाँ आने का दुःख तो नहीं है। आज सवेरे से घर में भूचाल आया हुआ था। तुम नहीं जानते, अमि! वहाँ क्या हुआ!''

''क्या हुआ?''

''मैंने तुम्हारी दी हुई लाल बॉर्डर वाली सफेद साड़ी में ही फेरे लिये हैं, अमि!'' अनुराधा बहुत भावुक स्वर में बोली, ''उस पर उन्होंने एक दूसरी साड़ी लपेट जरूर दी थी, जिसे विनीता हर क्षण हटने से रोकती रही। मैं तुम्हारे प्यार में लिपटी यहाँ आई हूँ...एक वचन दोगे, अमि?''

''क्या?'' अमिताभ हतप्रभ हुआ। आज की रात वह किसी वस्तु से इनकार नहीं कर सकता था।

''मैं जब न रहूँ, अमि! तो मुझे इस साड़ी में लपेटकर जलाना...''

''अनु!'' अमिताभ ने उसे अपने कंधे से लगा लिया, ''आज ऐसी बातें न करो, अनु! मैं तुम्हारी भावना समझता हूँ।''

अनुराधा काफी देर तक रोती रही और अमिताभ उसे समझाता रहा। अमिताभ को याद नहीं कि वे लोग कब सोए।

महीना भर पहाड़ों पर घूमते हुए कैसे निकल गया, अमिताभ को मालूम नहीं हुआ। वापस दिल्ली आने पर उसे अपने भीतर एक नया ठहराव सा लगा। वह संतुष्टि का भाव था। पहले की व्याकुलता कहीं खो गई थी।

अनुराधा नए घर, नए वातावरण में आई थी। उसकी उस पद की अपनी जिम्मेदारियाँ थीं। वह उनसे आच्छादित सी हो गई थी। उसे अकसर कहीं-न-कहीं यह बात चुभ जाया करती थी कि वह अनुराधा के रूप में कुछ नहीं है, जो कुछ है, अमिताभ की पत्नी के रूप में है। व्यक्तित्व का तिरोभाव उसे भला नहीं लगता था। पर जब कभी उसने अपना स्वतंत्र व्यक्तित्व दिखाना चाहा, वह अमिताभ से टकरा गया।

उसने जीवन में पति को सहायक के रूप में चाहा था, जो उसके काम कर दिया करे। वह नहाने जाए तो उसके कपड़े अलमारी से निकाल दिया करे। वह बाहर जाने के लिए तैयार हो तो भागकर उसकी साड़ी इस्त्री करवा लाया करे। अलमारी से उसके गहनों का सेट निकाल दिया करे। जब वह काम पर चला जाया

करे तो पीछे से उसके उतारे हुए रात के कपड़े सँभाल दिया करे। बिस्तर झाड़कर बेड-कवर बिछा दिया करे। ड्रेसिंग-टेबल पर खुली पड़ी तेल की शीशी बंद कर ठीक जगह पर रख दिया करे। उसका पफ कंपेक्ट बॉक्स में डाल उसे बंद कर दिया करे। कंघी में से बाल निकालकर, कंघी को ब्रश कर उसे ब्रश में लगा दिया करे। उसके गीले तौलिए को बाहर तार पर सुखा दिया करे और बिस्तर के सिरहाने पड़े चाय के कप तथा पानी के गिलास को रसोई में पहुँचा दिया करे। जब वह काम से लौटकर आए तो नीचे खड़े स्कूटर-रिक्शा को पैसे दे आया करे और ऊपर आते ही उसके सामने पानी का गिलास, चाय का कप, कुछ फल इत्यादि काटकर रख दिया करे। सोने से पहले बिस्तर पर से बेड-कवर हटा दिया करे और जब वह सो जाए तो उसे चादर ओढ़ा दिया करे।

पर अमिताभ ऐसा नहीं था। शादी से पहले वह जैसा भी हो, पर अब वह उसका पति था और पत्नी का सहायक बनने की जगह, पत्नी को अपनी सहायिका बनाना चाहता था। जिन बातों की अपेक्षा उसे अमिताभ से थी—उसने देखा था, उन्हीं बातों की अपेक्षा अमिताभ उससे करता था।

और फिर उन्हीं दिनों अनुराधा की तबीयत खराब रहने लगी थी। वह कुछ भी खा नहीं पा रही थी। जो खाती, उल्टी कर देती। हाथों-पैरों की सूजन बढ़ती जा रही थी। ब्लड-प्रेशर ऊँचा हो गया था। दो मिनट खड़ी रहती तो हाँफने लगती। स्वभाव से भी बहुत चिड़चिड़ी हो रही थी। छोटी सी बात पर लड़ पड़ती और फिर देर तक रोती रहती।

पिताजी का पत्र आया था कि अमिताभ, बहू को इन दिनों दिल्ली में न रखकर घर पर छोड़ जाए, ताकि उसकी देखभाल की जा सके। वह वहाँ अकेला है और उसे इस विषय में कोई अनुभव भी नहीं है। ऐसा न हो कि कोई गड़बड़ हो जाए।

पहले अमिताभ झिझका। वह अनुराधा के बिना रह सकेगा क्या? जब अनुराधा ने घर पर आने से मना किया था और रोज मिलने की संभावना कुछ कम हो गई थी तो उसका नर्वस-ब्रेकडाउन होने लगा था। अब अनुराधा को कई महीनों के लिए छोड़ना पड़ेगा। पर साथ रहकर भी तो वे विशेष प्रसन्न नहीं थे। रोज ही कोई-न-कोई झगड़ा हो जाता था। उसने अनुराधा से बात की। उसे लगा कि अनुराधा भी चले जाना ही पसंद करेगी।

□

अनुराधा कानपुर चली गई।

शुरू के दो-एक दिन वह बहुत खाली-खाली रहा। उसे कोई काम नहीं था।

विवाह के बाद उसने अपने सारे बाहरी सूत्र समेट लिये थे। अब कोई ऐसा स्थान नहीं था, जहाँ वह अपना समय काट सकता।

उसे लगा, वह एक विशेष प्रकार के जीवन का आदी हो गया है। सवेरे उठकर दफ्तर, दफ्तर के पश्चात् घर। घर में पत्नी की उपस्थिति। घर का खाना। छुट्टियों में घर की झाड़-पोंछ। वह इतना पालतू हो चुका था कि उसके लिए बहुत देर तक बाहर रहना संभव नहीं था।

फिर उसका मानसिक तनाव बढ़ने लगा था। उसे लगा कि वह फिर उसी प्रकार खिंचा-तना रहने लगा है। फिर वह टची होता जा रहा है। दिल की धड़कन फिर उसके कानों में सुनाई पड़ने लगी है और उसकी छाती में जलन रहने लगी है। कहीं फिर उसका नर्वस-ब्रेकडाउन तो नहीं हो रहा।

अनुराधा का सप्ताह में एक-आध पत्र आ जाता। वह डॉक्टर के पास गई थी। डॉक्टर ने क्या कहा था। उसके रक्त का फिर परीक्षण हुआ है। उसे बहुत सारी दवाइयाँ खानी पड़ रही हैं। वह दूध रोज पी रही है, अंडा खा रही है, फल खा रही है। ये अनुराधा के उसके नाम पत्र नहीं थे—ये तो एक पत्नी की पति को दी गई सूचनाएँ थीं।

वह भी तो अनुराधा को याद नहीं करता। उसे भी अपनी पत्नी का अभाव खटकता है, जिसके बिना उसकी बहुत सारी आवश्यकताओं की पूर्ति नहीं होती। यदि उसकी पत्नी अनुराधा न हो कोई और होती तो क्या कोई अंतर होता? तब भी वह उसे इतना ही प्यार करता। क्योंकि हर पति को अपनी पत्नी से प्रेम करना चाहिए। यह उसकी भावना नहीं—घरेलू सुख-शांति के लिए उसका कर्तव्य था। वह बहुत दुर्बल व्यक्ति था, जिसने साहस के अभाव को आदर्शों की ओट दे रखी थी। वह शारीरिक आवश्यकताओं के लिए कहीं और नहीं जा सकता था, इसलिए बार-बार उसे अपनी पत्नी की याद आती थी। और पत्नी की जरूरत पड़ती थी, इसलिए उससे वह प्रेम करता था। जिससे उसकी आवश्यकताओं की पूर्ति होती थी, वह उसी से प्रेम तो करेगा…

तो क्या वह अनुराधा से प्रेम नहीं करता? या अनुराधा उससे प्रेम नहीं करती? यह क्या सामाजिक और शारीरिक आवश्यकताओं के कारण किया गया एक समझौता मात्र है? उसे अनुराधा न मिलती या अनुराधा को वह न मिलता तो क्या कोई अंतर न पड़ता? आज उसकी आवश्यकताओं की पूर्ति कहीं और से होने लगे तो क्या उसे अनुराधा की कोई आवश्यकता न रहेगी? या अनुराधा की ही आवश्यकताओं की पूर्ति सरलता से कहीं अन्यत्र होने लगे तो अनुराधा उससे प्रेम

नहीं करेगी? फिर उस लाल बॉर्डर वाली साड़ी का क्या होगा···

अमिताभ किसी निष्कर्ष पर नहीं पहुँचना चाहता था। वह चाहता था कि किसी प्रकार दिन व्यतीत हो जाएँ। अनुराधा यहाँ लौट आए। उसकी स्नायुओं का बोझ हल्का हो जाए और उसे यह सब सोचना ही न पड़े।

अनुराधा के आने में अभी बहुत देर थी। अभी उसे बहुत दिनों तक अकेले रहना था।

जितनी देर वह घर पर रहता, उसका ध्यान बहुधा बाहर के द्वार की ओर लगा रहता। अकसर दरवाजा खटकता और वह जाकर खोलता तो वहाँ कोई न होता। उसे लगता, उसके कान उसकी अपनी इच्छा के कारण धोखा खाते हैं। वह चाहता है कि कोई आए। क्यों चाहता है? क्या इसलिए कि उसका समय कट जाए या···घर में वह अकेला है? इन दिनों नौकर भी नहीं है। वह निपट अकेला है। फिर वह किसकी प्रतीक्षा करता है? किसी विशेष व्यक्ति से मिलना हो तो वह उसके घर जाकर मिल सकता है। फिर वह किसकी प्रतीक्षा करता है, इस निपट अकेले घर में?

उस दिन दरवाजा खटकने पर उसने खोला तो एक अपरिचित लड़की को खड़े देखकर चौंका। उसने आँखों में प्रश्न भरकर पूछा, "कहिए!"

लड़की हकलाई, "आपको विम चाहिए?"

"जी नहीं।"

"आप विम नहीं यूज करते?" लड़की ने काफी प्रयत्न करके पूछा।

उसने जबरदस्ती दरवाजा बंद कर दिया।

लड़की इस व्यवसाय में नई थी। काफी संकुचित हो रही थी। मुख कैसा लाल हो रहा था। पर वह स्वयं क्यों तड़प रहा है? वह क्यों जबरदस्ती दरवाजा बंद कर चला आया? किससे डरकर? वह उस लड़की को किसी बहाने से घर के भीतर भी ला सकता था। यह अलग-थलग फ्लैट! किसी को पता भी न चलता। वह घर में अकेला भी है एकदम···वह और अधिक तपता गया···लड़की एकदम सुंदर नहीं थी। पर जवान तो थी। उसके द्वार पर आई थी और घर में वह अकेला था। अपनी इच्छा से दरवाजा बंद कर उसे लौटा आया है, फिर वह पछता क्यों रहा है?

बुरी बात है, उसने सोचा—अनुराधा उसकी पत्नी है। वह उससे प्रेम करता है। वह और किसी के प्रति ऐसा व्यवहार नहीं रख सकता। उसे शर्म आनी चाहिए। अनुराधा सुनेगी तो क्या कहेगी। पर उसने अनुराधा के डर से नहीं, अपने ही डर से ऐसा किया था···और फिर यदि वह अनुराधा से प्रेम करता है तो अकेले घर में एक

अपरिचित लड़की को अपने सम्मुख खड़े देख वह इस प्रकार तप क्यों उठा था?

काफी लंबी और तीव्र प्रतीक्षा के बाद उसे सूचना मिली, 'पुत्र के जन्म पर बधाई।' बच्चे के विषय में बहुत सारी बातें मन में उभरीं, पर सबसे ऊपर एक ही विचार था, अब वह अनुराधा को ले आएगा। बहुत दिन हो गए हैं, अब और रुकना उचित नहीं है। उसने हिसाब लगाया, इक्कीस दिनों तक सारी रीतियाँ समाप्त हो जाएँगी, बाईसवें दिन अनुराधा वहाँ से चल सकती है। पिताजी को पत्र लिखकर सूचित कर दिया कि वह बाईसवें दिन अनुराधा को ले आएगा। वह उनकी टिकटें बुक करवा दें। वह ठीक समय पर कानपुर पहुँच जाएगा।

बीच का अंतराल उसने कलेंडर की तारीखें काट-काटकर बिताया। कानपुर पहुँचकर वह अनुराधा और बच्चे से मिला। कोई असामान्य बात नहीं लगी। अनुराधा अन्य माँओं के ही समान बच्चे को छाती से लगाए दूध पिला रही थी। बच्चा चिपककर दूध पी रहा था, सामान्य सा बच्चा था, जो कभी-कभी हँसता हुआ प्यारा भी लगता था और बहुधा रोता हुआ बदसूरत तथा घृणित भी लगता था।

अनुराधा इतने दिनों में काफी दुनियादारी सीख गई थी। बच्चे के लिए खरीदी गई नई दरी, खेसियाँ, चादरें और उसकी फ्राकें इत्यादि उसने सँभाल रखी थीं। बच्चा पुराने-फटे खेसों में ही लिपटा पड़ा रहता था। अभी बच्चा छोटा था, इसलिए बहुत कपड़े गंदे करता था। वह नहीं चाहती थी कि नए कपड़े खराब हों। इसलिए जो पुराने कपड़े यहीं छोड़ जाने थे, वह उन्हीं से काम चला रही थी। अन्य कपड़े वह दिल्ली में काम में लाएगी।

तैयारी पहले से हो चुकी थी। एक दिन वह वहाँ रुका भी, वह रास्ते की योजनाओं में बीत गया। रात भर उन्हें गाड़ी में रहना था। बच्चे की तबीयत भी ठीक नहीं थी। वह बहुत टट्टियाँ कर रहा था। दवा साथ रख ली थी। पर वह कोई रामबाण तो थी नहीं। माँ ने अनुराधा को रास्ते के लिए बहुत सारे निर्देश दिए। पिताजी ने अमिताभ को समझाया और वे घर से विदा हुए।

उनका कूका आरक्षित था। तकलीफ नहीं थी, पर गाड़ी के चलते ही हवा तेज और ठंडी हो गई थी। अनुराधा ने बच्चे को अच्छी तरह लपेट-लपाट दिया। अमिताभ ने उठकर सारी खिड़कियाँ बंद कर दीं।

गाड़ी चल रही थी। कूपे में वे दोनों अकेले थे और कूपे की सारी खिड़कियाँ-दरवाजे बंद थे। अमिताभ का शरीर सहसा तप उठा। उसने अनुराधा का मुख अपने हाथों में ले लिया। अनुराधा में कोई प्रतिक्रिया न हुई। वह उसी प्रकार बुत बनी बैठी रही।

''उदास क्यों हो, अनु?'' अमिताभ ने अपने रक्त के आवेश को संयत करते हुए पूछा।

''इसकी तबीयत ठीक नहीं है।'' अनुराधा ने बच्चे की ओर देखा।

''दिल्ली पहुँचकर ठीक हो जाएगा।'' अमिताभ ने उसे आश्वासन दिया, ''किसी अच्छे डॉक्टर को दिखा देंगे।''

वह अनुराधा से सटा बैठा था, पर उसे अपने शरीर के तपने का ही आभास था। अनुराधा में कोई परिवर्तन नहीं आया था।

बच्चे ने फिर टट्टी की थी। अनुराधा ने उसे उसी गंदे नैपकिन से साफ किया और धुला हुआ नैपकिन बाँध दिया। वह गंदे नैपकिन को तर्जनी और अँगूठे के नखों में लटकाए इधर-उधर ताकती रही।

''क्या है?'' अमिताभ चाहता था, अनुराधा इस सबसे जल्दी-से-जल्दी निबट ले और वह अपना प्यार जताए।

''इसका क्या करूँ?'' अनुराधा ने नैपकिन की ओर आँखों से संकेत किया। ''जाओ, धो लाओ।''

''मुझसे नहीं होता।'' अनुराधा ठुमककर बोली, ''यह रात भर टट्टियाँ करता रहे और मैं उन्हें धोती रहूँ।''

''तो फेंक दो!'' अमिताभ का स्वर उत्तेजित था।

अनुराधा ने सिर उठाकर उसे देखा। उसकी दृष्टि में कोई भाव नहीं था। बोली, ''इस प्रकार फेंकने लगी तो दिल्ली पहुँचते-पहुँचते इसके पास एक भी नैपकिन नहीं रहेगा।''

अमिताभ उसे घूरता रहा, ''तो क्या करोगी?''

अनुराधा सोचती रही, फिर बोली, ''इसे तो फेंक ही देती हूँ।''

उसने खिड़की का पट थोड़ा सा उठाकर नैपकिन बाहर फेंक दिया और मुड़ती हुई बोली, ''इस ट्रंक को बर्थ के नीचे से बाहर खींचकर जरा खोल दो।''

''उसका क्या करना है अब?'' अमिताभ अपनी खीझ रोक नहीं पा रहा था।

''कोई पुराना कपड़ा निकाल लूँ।'' अनुराधा बोली, ''उसी को फाड़-फाड़कर काम चलाऊँ। नैपकिन बनाती जाऊँगी और गंदे होने पर फेंकती जाऊँगी।''

अमिताभ अनिच्छा से उठा और ट्रंक को बर्थ के नीचे से घसीटकर उसका ताला खोल दिया। कुंडा पकड़कर ढक्कन उठाया और बोला, ''लो, निकाल लो।''

अनुराधा ने कपड़ों को उलटा-पुलटा। ऊपर-ऊपर ज्यादातर उसकी शादी की रेशमी साड़ियाँ थीं। उन्हें निकाल-निकालकर वह बर्थ पर ढेर लगाती गई और फिर

उसने नीचे से एक लाल बॉर्डर वाली सफेद साड़ी निकाली। उसे उलट-पलटकर देखा और बोली, "यही ठीक रहेगी।" बाकी साड़ियाँ भीतर डालकर बक्स बंद कर दिया। अमिताभ ने ध्यान से साड़ी देखी और उसका मन भीतर-ही-भीतर भुरभुरा गया। उसने कुछ कहा नहीं, चुपचाप एक-एक साड़ी उठाकर ट्रंक में पटकता गया। सारा सामान उसमें ठूँसकर उसमें ताला जड़ा और पैर की ठोकरों से उसे बर्थ के नीचे धकेल दिया।

उसने एक नजर अनुराधा पर डाली। उसका ध्यान अमिताभ की ओर नहीं था। उसने साड़ी में से एक चौकोर टुकड़ा फाड़ लिया था। उसे दोहरा कर उसने तिकोन बनाया और नीचे के किनारे पर फाड़कर उसे बाँधने का प्रबंध कर लिया। वह बड़ी मग्न होकर बच्चे को नैपकिन बाँध रही थी।

अमिताभ ने गले की थूक निगली और चुपचाप ऊपरी बर्थ पर चला गया। उसे नीचे झाँकने की हिम्मत नहीं हुई। रात भर वह साड़ी के फटने के स्वर और खिड़की का पट खोलकर नैपकिन बाहर फेंकने की आहट सुनता रहा। पर उसने अनुराधा से कोई बात नहीं की।

सवेरे अनुराधा ने ही उसे आवाज लगाई, "अब उठो भी। दिल्ली आ रही है।" वह नीचे उतरा। अनुराधा से बिना आँखें मिलाए उसने चीजें समेटीं। अटैची-केस बंद किया, बिस्तर बाँधा और हाथ झाड़कर खड़ा हो गया।

"नीचे-ऊपर तो देख लो!" अनुराधा बोली, "कुछ छूटा तो नहीं?"

उसने पहले ऊपर की बर्थ को देखा, जहाँ वह रात को लेटा हुआ था। वहाँ कुछ नहीं था। फिर नीचे की बर्थ के नीचे झाँका। वहाँ कोई कपड़ा सा लटक रहा था। उसने हाथ बढ़ाकर कपड़ा खींच लिया। यह लाल बॉर्डर था—सफेद साड़ी, शायद रात भर में टुकड़े-टुकड़े करके बाहर फेंकी जा चुकी थी।

अमिताभ ने दाँत भींचकर, बाएँ हाथ से खिड़की का पट उठाया और दाएँ हाथ से सफेद साड़ी का लाल बॉर्डर कहीं दूर फेंक दिया।

गाड़ी धीमी होती-होती दिल्ली जंक्शन के प्लेटफार्म नंबर ग्यारह पर आकर रुक गई।

□

किरचें

तीन दिनों के झुटपुटे के बाद आज पहली बार सूर्य निकला था। बादल छँट गए थे और धूप बहुत भली लग रही थी।

लिथी खुआंग की तबीयत दो-तीन दिनों से काफी खराब चल रही थी। सूर्य निकलने से उसको भी काफी राहत मिली थी। पता नहीं तबीयत ही कुछ सुधर गई थी या मौसम का ही प्रभाव था।

लि का पति हो सवेरे से ही बाहर गया हुआ था। मौसम के सुधरने की वजह से ही उसका बाहर जाना संभव हो पाया था।

हो को बाहर भेजकर लि घर के छोटे-मोटे कामों में लग गई थी। वह चाहती थी कि दोपहर के लगभग जब हो लौटे, तब तक वह सारे कामों से निबट चुकी हो, ताकि दोनों आज के इस सुनहरे दिन की छुट्टी को फुरसत से बिता पाएँ।

वियतनाम के हा बाक प्रांत में, हीन-होआ नगर के बाहर की इस बस्ती में, जुलाई के महीने में ऐसे सुनहरे दिन बहुत कम आया करते थे। और इन दिनों तो लि ऐसे दिनों के लिए तरसकर रह गई थी। पिछले कुछ दिनों से उसके मन में कुछ विशेष कामों के प्रति बहुत तीव्र उत्कंठा पैदा होने लगी थी। वह कुछ विशेष स्थानों पर जाना चाहती थी, विशेष तरह की चीजें खाना चाहती थी। लगभग दो वर्ष पहले इन्हीं दिनों जब लि पहली बार माँ बनने की प्रतीक्षा कर रही थी, तो भी उसकी इच्छाएँ कुछ इसी प्रकार तीव्र हो उठी थीं। पर वे इच्छाएँ इन इच्छाओं से बहुत भिन्न थीं। तब लि मीठी चीजें बहुत खाया करती थी। पर इन दिनों उसे खट्टी चीजें बहुत भाती थीं। पहली बार लि को बेटा पैदा हुआ था—और लि अपने मन में जानती है कि इस बार उसकी गोद में बिटिया आने वाली है।

लि के मन में इन दिनों ममता बहुत उमड़ती है। उसे लगता है कि अब वह दो बच्चों की माँ है। उसके भीतर दुगुनी ममता है। पर अभी अपनी अनजाई

बिटिया को वह प्यार नहीं कर पाती। बस कभी-कभार एकांत पाकर अपने उभरे हुए पेट पर धीरे से हाथ फिरा लेती है। कभी-कभी अनदेखी-अनचीही बेटी को पुचकार लेती है और उससे बातें कर लेती है। जब भीतर-ही-भीतर बहुत हिल-डुल होती है, तो बच्ची को प्यार से इस शरारत के लिए डाँट भी देती है, ''क्यों तंग करती है, बिट्टो मेरी!'' वह उसे समझाती है, ''अभी से इतनी शैतान है तू तो जन्म लेने के बाद क्या करेगी! न, मेरी बेटी! माँ को तंग नहीं करते!''

और अपने आप ही मुसकरा पड़ती है लि।

बाकी समय लि अपना सारा प्यार बेटे पर उड़ेलती रहती है।

□

आज सवेरे से लि अपने बेटे के कामों में लगी हुई है। कभी-कभी झुँझलाकर सोचती है—काम ही किसका है उसे। एक इस बेटे का और एक इसके बाप का। दोनों बाप-बेटे परेशान करते रहते हैं। नन्हा काई भी बहुत शैतान हो गया है। लि की कोई बात नहीं मानता।

धूप निकल आई थी, तो लि के मन में बेटे को नहला देने की बात भी आई। दो दिनों से बारिश हो रही थी और लि ने नन्हे काई को इस डर से नहीं नहलाया था कि कहीं बच्चे को ठंड न लग जाए। पर आज धूप निकल आई थी। आज उसे नहला ही देना चाहिए, बहुत गंदा हो रहा था। और फिर आज न नहलाया तो कल मौसम जाने कैसा रहे!

लि ने आँगन में नहलाने की चीजें इकट्ठी कर ली थीं और नन्हे काई को भी पकड़ लाई थी।

वह जोर-जोर से रोता जा रहा था। तीन दिनों से लि और हो ने उसे आँगन में निकलने नहीं दिया। इतनी देर तक कमरे में बंद रहने के बाद काई आँगन में निकला था, तो वह मिट्टी से खेलना चाहता था, इधर-उधर भाग-दौड़ करना चाहता था और घर के अहाते से भी बाहर निकल जाना चाहता था।

पहले तो लि के मन में आया कि बच्चे को थोड़ा खेल लेने दे। पर यदि एक बार वह छूट गया तो उसका दुबारा हाथ आना मुश्किल हो जाएगा। फिर देर भी हो रही थी। इसी तरह काम चला तो हो के घर लौटने तक वह अपना काम समाप्त नहीं कर पाएगी···

''न, बेटे! रोते नहीं हैं।'' उसने काई को समझाया, ''और राजे बेटे, माँ को तंग नहीं करते।''

काई रोता रहा और लि उसके कपड़े उतारती रही। पहले कमीज उतारी।

बनियान की बारी आई तो काई एकदम मचल गया। वह उसके हाथों से छूट-छूट जा रहा था। एक बार तो वह लगभग हाथों से निकल ही गया था। पर लि ने उसे फिर घसीट लिया। एक हाथ से लि ने काई को पकड़ा और दूसरे हाथ से पानी को छूकर देखा—पानी बहुत ठंडा नहीं था।

और तभी लि के भीतर बहुत जोर से कुछ हिलने-डुलने लगा।

लि ने गीला हाथ अपने पेट पर रख लिया, ''न, बेटी, न! तंग नहीं करते। भैया को नहला लेने दे।''

एक ओर काई जोर-जोर से रो रहा था और उसके हाथों से निकल भागने को मचल रहा था और दूसरी ओर यह···

''तुम दोनों भाई-बहन तंग क्यों कर रहे हो मुझे!'' लि ने मुसकराकर अपने पेट के उभार की ओर देखा, ''शैतान बच्चो!''

और वह सोच रही थी, इस समय हो घर पर होता तो उसकी सहायता कर देता। उसके पेट के भीतर की हलचल बहुत प्रबल हो रही थी। बिट्टो अब और भीतर नहीं रहना चाहती—लि खुद को बता रही थी।

उसने अपना ध्यान उधर से हटाकर काई के सिर पर एक लोटा पानी डाला। काई का रोना कुछ प्रबल हो गया।

''न, बेटे! नहाते हुए रोते नहीं हैं!'' लि ने समझाया, ''जल्दी से नहा लो।''

उसने उसके सिर पर साबुन की टिकिया रगड़नी शुरू की। मुँह पर साबुन नहीं लगाया नहीं तो काई और भी अधिक जोर से रोने लगता, मुँह पर साबुन बाद में लगा लेगी। हाथों पर साबुन लगाया और मल-मलकर हाथों पर लगी मिट्टी उतारी।

काई की बहन फिर एक बार जोर से मचली थी।

और सहसा बहुत जोर से गूँ-गूँ ऊँ-ऊँ की आवाज हो उठी। लि चौंकी—क्या हुआ है बिट्टो को?

पर दूसरे ही क्षण ध्यान आया, यह बिट्टो की आवाज नहीं थी। आवाज आसमान से आ रही थी। आवाज की दिशा में बहुत सारा धुआँ और गर्द-गुबार उड़ रहा था। साफ आकाश कहीं छिप गया था। सारा वातावरण मटमैला हो गया था।

और इन सबके बीच पाँच विमान उड़े जा रहे थे।

लि को स्थिति समझने में क्षण भर भी नहीं लगा। उसने साबुन से पुते नन्हे काई को झपटकर अपनी गोद में समेटा, एक हाथ अपने पेट पर रखकर काई की बहन को सांत्वना दी और झपटकर भीतर की ओर भागी···

नहाने का पानी, साबुन और तौलिया खुले आकाश के नीचे पड़े थे।

चारों ओर शोर-ही-शोर था। आग और धुआँ। मानो मिट्टी धरती की कोख से उछलकर आकाश की ओर जाती थी और फिर आग के समान धरती पर बरस पड़ती थी।

धमाके बहुत पास आ गए थे। लि को लगा, उसका घर धमाकों से घिर गया है। वह घर में अकेली थी और उसके पास दो बच्चे थे। दोनों एक-से-एक शैतान···

अचानक आँगन में जोर का धमाका हुआ। नहाने का सामान धुएँ में छिप गया और लि कमरे के बीचोबीच औंधी गिरी। काई अब भी उसकी गोद में था।

लि के मुँह से जोर की एक चीख निकली। उसे लगा, कोई आग उसके बाएँ नितंब को चीरकर भीतर घुसती चली गई है।

काई चुप हो गया था और उसके हाथों से छूटकर नंग-धड़ंग, साबुन और मिट्टी से सना हुआ उसके सामने बैठा था।

पीड़ा के मारे लि की आँखों से आँसू निकल आए। उसने अपने निचले होंठ को दाँतों में भींच लिया। वह चाहती थी, दाँत होंठ को चीरकर मांस में धँस जाएँ, नितंब की पीड़ा से ध्यान हटाने के लिए वह अपने होंठ में दूसरा घाव करना चाह रही थी।

बाहर विमानों की आवाज दूर चली गई थी।

लि ने दाएँ हाथ से अपने पेट को दबाया और बाएँ से अपने नितंब को टटोला। उसका हाथ नंगे नितंब पर पड़ा—कपड़ा वहाँ नहीं था और हाथ किसी गरम-गरम चीज से गीला हो गया।

उसने अपने हाथ को आँखों के सामने लाकर देखा—सारा हाथ खून से लाल हो गया था।

लि ने पीड़ा से बचने के लिए अपने दाँत फिर अपने होंठ में गड़ा दिए। हाथों-पैरों को समेटकर उठना चाहा और फिसलकर गिर पड़ी।

काई पास बैठा बहुत जोर-जोर से रो रहा था।

□

हो बस्ती की सीमा तक ही पहुँचा था कि विमानों की बूँ-गूँ-ऊँ-ऊँ से उसके कान खड़े हो गए। यह अनुभव उसके या बस्ती के किसी अन्य व्यक्ति के लिए नया नहीं था। अब तो वे लोग उसके आदी हो गए थे। वर्षों से यह लड़ाई चल रही थी और जाने कब तक चलेगी।

हर दूसरे-तीसरे दिन इसी प्रकार विमान उड़ते हुए आते थे। उनसे बम गिराए जाते थे और फिर बस्ती के परे हीन-होआ नगर पर आग, धुआँ तथा धूल-ही-धूल नजर आती थी।

पिछले तीन दिनों से वर्षा के कारण ही जहाज इधर नहीं आए थे। आज धूप निकली थी तो विमान भी आ निकले थे।

हो समझ नहीं पा रहा था कि वह क्या करे। बस एक ही बात उसके मन में थी। ऐसे समय में उसे अपने घर पर लि और काई के पास होना चाहिए था। वैसे आज तक उनकी बस्ती पर कभी कोई बम नहीं गिरा था, पर विमान इसी प्रकार आते रहे तो किसी भी दिन गिर सकता था···

और अचानक विमानों से बम गिरने आरंभ हुए। धमाके, आग और धुआँ सब ओर फैल गया। किसी ओर कुछ नजर नहीं आ रहा था। हो चुपचाप जमीन पर औंधा लेट गया।

हो को समय का कुछ पता नहीं चला। कब विमान बम बरसाकर चले गए—वह नहीं जानता। उसके मन में एक ही प्रश्न था—लि और काई ठीक तो हैं न? और जैसे ही उसे यह एहसास हुआ कि विमान आकाश पर मँडरा नहीं रहे, हो उठकर भागा।

उसका ह्रदय धड़क रहा था। आज पहली बार विमान उनकी बस्ती के ऐन ऊपर बम बरसाकर गए थे—ईश्वर भला करे!

छँटते हुए धुएँ में से हो भागा जा रहा था। अब धमाके नहीं हो रहे थे। पर शोर बहुत बढ़ गया था। हर घर से रोने और चीखने की आवाजें आ रही थीं। स्थानीय स्वयंसेवक और सैनिक अधिकारी भी प्रकट हो गए थे। मोटरगाड़ियाँ इधर-उधर भागती फिर रही थीं।

अपने घर पर दृष्टि पड़ते ही हो को लगा, उसके दिल की धड़कन बंद हो जाएगी। उसके अपने घर के आँगन में बम गिरा था। हो ने जोर की एक चीख मारी और भागता हुआ घर के भीतर घुस गया। उसके गालों पर आँसू धारा-प्रवाह बह रहे थे। उसके सामने लहूलुहान लि औंधी पड़ी थी और उसके सिरहाने बैठा काई रो रहा था।

हो घुटनों के बल बैठ गया, "लि! लि!"

लि ने कोई उत्तर नहीं दिया।

बाप को देखकर काई और जोर से रो पड़ा।

हो ने विवशता से इधर-उधर देखा। आसपास कोई नहीं था। उसने लि को

सीधा करने के लिए हाथ लगाया तो सहसा उसके शरीर के भीतर होती हुई उथल-पुथल को छू गया।

हो को समझ नहीं आ रहा था, वह क्या करे!

और तभी एक अधिकारी कई स्वयंसेवकों के साथ घर के भीतर आया। हो आँसुओं भरी आँखों और बिसूरते होंठों से उन्हें चुपचाप देखता रहा।

अधिकारी एक ही नजर में सबकुछ समझ गया। उसने झुककर लि को सीधा कर उसकी हृदय-गति देखी और सहसा वह अपने साथियों की ओर मुड़ा, "जीवित है।"

स्वयंसेवक झुके और लि को उठाकर ले गए।

हो ने रोते हुए काई को गोद में उठाया और उनके पीछे-पीछे बाहर चला आया। लि को उन्होंने एंबुलेंस में लिटाया। उसमें चार-पाँच घायल और भी थे। हो साथ वाली जीप में बैठ गया। काई रोना बंद कर फटी-फटी आँखों से इधर-उधर देख रहा था।

सबकुछ अपने आप ही हो गया था। किसी ने भी किसी से कुछ नहीं कहा था। पहले जीप चली और उसके पीछे-पीछे एंबुलेंस चल पड़ी। वे हीन-होआ नगर की ओर जा रहे थे।

हो के मस्तिष्क में एक ही बात थी। ये लोग लि को साधारण घायल के रूप में ही ले जा रहे हैं या यह जानते हैं कि उसके शरीर के भीतर एक और नन्ही सी जान सूर्य की रोशनी देखने को कसमसा रही है। लि की इस अवस्था के कारण नन्ही सी जान भी खतरे में थी।

हो ने कितनी ही बार सोचा कि वह उठकर अधिकारी को यह बता दे। पर वहाँ कोई भी किसी से नहीं बोल रहा था। और हो की अपनी अवस्था भी ऐसी हो रही थी कि उसे स्वयं ही इस बात में संदेह था कि उसके गले से आवाज भी निकलेगी क्या?

सूर्य ढल चुका था। गाड़ियाँ अस्पताल के अहाते में प्रवेश कर रही थीं। और हो तब तक उस अधिकारी को कुछ नहीं बता पाया था।

□

हो बरामदे के एक कोने से दूसरे कोने तक टहल रहा था। वह रात भर इसी प्रकार टहलता रहा था। और अब ऊषा की पहली किरणें धरती को छू रही थीं।

हो को पता भी नहीं चला कि रात किधर गई। वह तो यही जानता है कि डॉक्टर ने लि को सरसरी नजर से देखकर ऑपरेशन थियेटर में भेज दिया था। उसे

इतना भर बता दिया गया कि लि बम से छिटक आए हुए धातु के टुकड़े से घायल हुई थी और धातु का टुकड़ा लि के बाएँ नितंब के भीतर घुस गया था और अभी भी भीतर ही था। उसे ऑपरेशन करके निकाला जा सकता है। लि थियेटर के भीतर बंद थी और वह बाहर टहल रहा था।

काई एक बेंच पर सोया पड़ा था।

हो ने एक नजर काई को देखा। वह अपने घुटने पेट से लगाए गठरी बना सोया पड़ा था। हो के जी में आया कि उसे एक चादर ही ओढ़ा दे। पर चादर कहाँ से लाता!

रात भर हो टहलता रहा था। और किसी ने उसे यह भी नहीं बताया था कि लि कैसी है। वह बचेगी भी या नहीं—वह नहीं जानता था। यदि लि नहीं बची तो?

'उसके मरने से पहले मुझे उससे थोड़ी बात कर लेने दो', वह कहना चाहता था? पर किससे कहता? यहाँ कौन था, जो उसकी बात सुनता? जिस दरवाजे के भीतर उसकी लि को ले जाया गया था, उसके भीतर उसे जाने नहीं दिया गया था और स्वयं भीतर घुस जाने का साहस वह कर नहीं पाया था।

और तभी दरवाजा खुला था।

हो पलटकर खड़ा हो गया। उसकी साँस रुकने सी लगी।

''मिस्टर हो, आप आ सकते हैं।'' खुले दरवाजे के बीच प्रकट हुई नर्स ने कहा। नर्स उसे कई रास्तों से घुमाती हुई वार्ड में ले आई थी। घायलों के उस जंगल में उसने एक बेड पर लि को देखा।

जीती-जागती लि उसके सामने लेटी हुई थी। उसकी आँखों से आँसू टप-टप गिर रहे थे। हो को देखकर लि एक बार जोर से सुबकी और फिर उसी प्रकार शांत होकर रोती रही।

हो के सिर से मनों बोझ हट गया। उसके होंठों पर एक मुसकान फैल गई, ''लि! रो क्यों रही हो?''

वह आकर उसके सिरहाने के पास खड़ा हो गया। लि कुछ नहीं बोली। हो ने आश्चर्य से लि को देखा और फिर उसकी आँखें नर्स की ओर उठ गईं।

नर्स उसके पास आ गई थी। ''हमें खेद है, मिस्टर हो! हम आपकी बच्ची को नहीं बचा सके।''

''बच्ची!'' और सहसा हो को ध्यान आया कि लि अपने शरीर में एक नन्ही सी जान को भी पाल रही थी।

हो की आँखों में आँसू उतर आए।

"आप बच्ची को देखना चाहेंगे?" नर्स उससे पूछ रही थी।

हो का सिर अपने आप ही स्वीकृति में हिल गया।

और फिर हो नर्स के पीछे-पीछे चलता हुआ, बहुत सारे गलियारों को पार कर एक कमरे के सम्मुख आया।

नर्स उसे वहीं रुकने का इशारा कर स्वयं भीतर चली गई।

वह बंद दरवाजे को ताकता रहा। इस बंद दरवाजे के उस पार उसकी बच्ची थी, जो कल लि के शरीर का अंग थी।

दरवाजा खुला। नर्स के हाथों में सफेद कपड़ों में लिपटा एक बच्चा था। नर्स ने कपड़े की तहें हटा दीं।

एक गोरा-चिट्टा, स्वस्थ बच्चा कपड़े के बीच पड़ा था। उसके मुख पर रोने के से भाव थे। शायद चीखती-चीखती ही उसकी बच्ची मर गई थी।

और नर्स ने बच्ची के सिर को एक ओर घुमाते हुए हो को बच्ची का बायाँ गाल दिखाया। गाल पर एक बड़ा सा ताजा-ताजा घाव था। चमड़ी फटी हुई थी और नंगा लाल मांस दिख रहा था। खून चारों ओर जमकर काला पड़ रहा था।

"यह बम के उस धातु के टुकड़े से हुआ है," नर्स बोली, "जो श्रीमती लि के नितंब में घुस गया था।"

नर्स ने कपड़े से बच्ची को ढक दिया।

"हमें खेद है, मिस्टर हो!" वह फिर बोली, "हम आपकी बच्ची को बचा नहीं सके। पर इतनी कम आयु का घायल इससे पहले कभी हमारे पास आया भी तो नहीं था!"

नर्स ने आँखें मींचकर अपनी आँखों में आए आँसू झटक दिए और दरवाजे के भीतर चली गई।

थोड़ी देर बाद हो लि के बेड के पास एक स्टूल पर बैठा था। काई उसकी गोद में था, जो आश्चर्य से कभी माँ को देखता, कभी बाप को। बोल कोई भी नहीं रहा था।

□

दृष्टिदेश में एकाएक

अस्पताल के बिस्तर पर पड़े-पड़े उसका बूढ़ा शरीर थक गया था। बिस्तर पर पड़े-पड़े भी कोई थक जाता है, यह उसे इन्हीं दिनों मालूम हुआ था। सारे अंग टूटने लगे थे। साठ वर्षों के इस लंबे जीवन में वह इतने दिनों तक कभी भी अस्पताल में नहीं रहा था। आज नौ हफ्ते पूरे हो गए थे।

अस्पताल का पहला हफ्ता। वह एक हफ्ता उसने यों इस बिस्तर पर पड़े-पड़े काटा था, अपनी बारी के इंतजार में। कोई भी काम नहीं था उन दिनों। खाली बैठे-बैठे ऊब होने लगती थी, जैसे आज हो रही थी। जब वह ऊबने लगता, तब कभी बेड नंबर सैंतीस से बातें करने लगता, कभी उनतालीस से। पर उन बातों से मन नहीं बहलता था। इस वार्ड का हर व्यक्ति अपनी तकलीफ के बारे में ही बात करता था—या फिर अपने घरवालों की तकलीफ के बारे में। हँसी-खुशी की बात कोई नहीं करता था। ऐसे वातावरण में उसे अपनी तकलीफ और भी बढ़ती हुई लगती। जी बहुत ऊब जाता तो वह उठकर टहलने लगता। पर टहलना बड़ा खतरनाक था। जमीन पर पड़ी हुई छोटी-मोटी चीजों का पता नहीं लगता था। कभी कोई गिलास लुढ़क जाता, कभी चिलमची खनक पड़ती और कभी वह स्टूल से टकरा जाता।

दूर से आते हुए किसी आदमी का भी तो पता नहीं लगता था। जब वह व्यक्ति बहुत पास आ जाता, तब कहीं पता लगता। बहुत बचने पर भी कभी-कभी टक्कर हो जाती।

अब उसने बिस्तर पर पड़े-पड़े कई खेल आरंभ किए थे। उसे पता था कि वार्ड के अंत में दीवार पर घड़ी लगी हुई है। नर्सें और दूसरे अटेंडेंट उसी से समय देखा करते थे। हर आधा घंटे बाद बजने वाली उसकी घंटियाँ भी उसने सुनी थीं। कभी-कभी जब वार्ड में एकदम सन्नाटा होता—जैसा कि गरमी की दोपहरियों में

अकसर हो जाता है—तो उस घड़ी की आवाज भी सुनाई देती—टिक्-टिक्। वह कल्पना करता—घड़ी का पेंडुलम चल रहा होगा, उसी आवाज के साथ-साथ—धक्-धक्।

उसे घड़ी के पेंडुलम से लगाव सा हो गया था, जैसा बीमारी में अकसर किसी-न-किसी से हो जाता है। उसे लगता, पेंडुलम उसका कोई बहुत निकट का संबंधी है। सबकुछ इसी पेंडुलम पर ही तो निर्भर है। यह चलता है तो समय बीतता है। समय इसलिए बीतता है कि उसकी बारी आए। उसे लगता, उसकी बारी जल्दी लाने के लिए ही पेंडुलम चलता रहता है रात-दिन··

घड़ी का खेल किसी कारण अच्छा न लगता तो वह आवाजों को पहचानने की चेष्टा करता। यह जोर से खाँसनेवाला व्यक्ति बाईं ओर कहीं अंत में होना चाहिए। सदा कराहता हुआ यह स्वर दाईं ओर से आता है। घर्र-घर्र, ठक्-ठक्··यह ट्राली है, जिस पर मरीज को लेटाकर ले जाया जाता है। कड़क-कड़क··यह दवा की ट्राली है। टक्-टक्··तीखी आवाज नर्सों के सेंडल की है। बिना आवाज के चलने का आभास डॉक्टर के क्रेपसोल के जूतों का होता है।

एक हफ्ते के पश्चात् जब उसका ऑपरेशन हुआ तो स्थिति और भी बदल गई। इस बदली हुई स्थिति में वह पड़ा है, पूरे दो महीनों से। आँखों पर पट्टी बँध गई थी। कुछ भी नजर नहीं आता था। पहले समीप की चीजें तो दिखती थीं न। धुँधला-धुँधला तो कुछ पता लगता था। पास खड़ा व्यक्ति खाना देनेवाला नौकर है या डॉक्टर, इतना तो मालूम हो ही जाता था। अब तो कुछ नहीं। दिन और रात तक का पता नहीं चलता।

दो महीने बड़ी मुश्किल से कटे थे।

अब तो पट्टी बँधे इतना समय हो गया था कि उसे लगता, उसने अपनी आँखों से आज तक कभी कुछ नहीं देखा। इसी प्रकार सोचते-सोचते ही यह बात उसके मन में इतनी पक्की हो गई है कि वह उस पर विश्वास कर बैठा है।

ऑपरेशन से पहले जब उसे धुँधला-धुँधला दिखता था, कितनी साध थी मन में दुनिया को साफ-साफ देखने की! जैसे बाकी सब लोग देखते हैं। कितना बुरा लगता था उसे, जब घर में कोई ग्रुप फोटोग्राफ आता तो वह उन सारे लोगों में से अपने बेटों को नहीं पहचान सकता था, क्योंकि तसवीरें बहुत छोटी-छोटी होती थीं। कितना बुरा लगता था, जब वह घर में एक बेटे के भ्रम में, दूसरे से कुछ पूछ बैठता। या बहू के भ्रम में बेटी अथवा बेटी के भ्रम में बहू को कुछ कह देता।

जाने कब से मन में हीन भावना जमनी शुरू हो गई थी। वह स्वयं को कभी

दूसरों के साथ रखकर बराबरी का दावा नहीं कर सकता था—अपनी इन्हीं आँखों के कारण। कैसे करता, जब उसके अपने ही मन ने यह कभी स्वीकार नहीं किया था।

बड़े बेटे गिरीश ने जब ऑपरेशन की बात की थी, तब वह हँस पड़ा था, 'जिंदगी भर जब कुछ नहीं हुआ, बेटे! तो अब क्या होगा? और अब करना भी क्या है।'

हाँ, भला क्या लाभ है ऑपरेशन का? जीवन भर कुछ-न-कुछ इलाज तो वह करवाता ही आया है। तब कुछ नहीं हुआ तो अब क्या होगा? और अब तो हालत पहले से भी अधिक बिगड़ गई थी। दिन-प्रतिदिन बिगड़ती जा रही थी। फिर ऑपरेशन का मामला है, जाने कितना खर्च हो जाए?

शेष सारी बातों का समाधान हो सकता था, पर पैसे? वे कहाँ से आएँगे? और जब वह कुछ कमाता नहीं है—कमा सकता भी नहीं है, तब फिर ऑपरेशन का भारी बोझ अपने बेटों पर डालना उचित होगा क्या? गुजारे भर का ये मुश्किल से कमाते हैं बेचारे!

गिरीश ने कितना जोर दिया था, कितना मनाया था। और अंत में जब उसने अपनी सौगंध दे दी, तब पिता का मन हठ न कर सका।

गिरीश की जिद के सामने झुककर वह आ गया था यहाँ।

ऑपरेशन के बाद होश में आने पर आँखों पर बँधी पट्टी कितनी अखरी थी। मन में एक भय धीरे-धीरे सिर उठा रहा था। बहुत कोशिश की कि वह उस भय को कुचल दे। पर वह सपोलिया धीरे-धीरे साँप बन गया और अब नाग के समान उसके मन में फुफकारने लगा था। उसकी आँखें साफ नहीं देखती थीं। दूर की चीजें वह नहीं देख सकता था। पढ़ने में तकलीफ होती थी। अधिक सर्दी हो या गरमी, आँखें सूज जाती थीं। पर एकदम अंधा तो नहीं था न वह!

अब उसने गिरीश के कहने में आकर ऑपरेशन करवा लिया है। आँखों पर पट्टी बँधी है और वह एक-एक दिन गिन रहा है। डॉक्टर के अनुसार ऑपरेशन ठीक-ठाक हो गया है। जिस दिन पट्टी खुलेगी, उसकी आँखें ठीक हो जाएँगी। वह दुनिया को एकदम स्वस्थ आँख वालों की तरह देख सकेगा।

पर पट्टी खुलने से पहले कोई निश्चित बात नहीं कही जा सकती। ऐसा भी हो सकता है कि कोई त्रुटि रह गई हो। पट्टी खुलने पर ही उसका पता लगेगा और तब वह दुनिया के उस धुँधले रूप को भी नहीं देख सकेगा, जिसे वह इस ऑपरेशन के पहले तक देख लेता था।

आरंभ में यह भय बहुत सशक्त हो उठा था, विश्वास की हद तक। दिन इसी

चिंता में कट जाते थे। रातों को नींद नहीं आती थी। वह बिस्तर पर पड़ा-पड़ा उस बुरी घड़ी को कोसा करता, जिस घड़ी में वह गिरीश की सौगंध के मोह में आकर ऑपरेशन कराने की बात मान गया था। धीरे-धीरे आशंका पिघलने लगी थी और फिर एकदम वाष्प बन गई थी। रोज ही वार्ड में किसी-न-किसी का ऑपरेशन होता था। सब ठीक हो जाते थे। शायद ही कभी कोई ऑपरेशन असफल हुआ हो। फिर उसी से कोई दुश्मनी है क्या डॉक्टरों को!

आशा की वह छोटी सी किरण दिन-प्रतिदिन स्फीत होती गई और मन में उल्लास घिरता गया। डॉक्टरों से अधिक विश्वास गिरीश दिलाया करता था। ऑपरेशन के बाद हफ्ते भर तक वह उसके पास रहा था यहाँ।

दो महीनों से वह एक बच्चे के से विश्वास से उस भविष्य को देख रहा था। आज दस बजे पट्टियाँ खुलनी थीं और बारह बजे की गाड़ी से गिरीश को भी आना था, कितना कुछ हो जाना था आज-ही-आज में।

और तभी वार्ड की दीवार घड़ी ने आठ घंटियाँ बजाईं। सिर्फ दो घंटे रह गए थे पट्टियाँ खुलने में।

अपने भविष्य के विषय में इन दिनों इतना सोचा था उसने—इतना सोचा था कि एक तरह से अपने आपको पूरा विश्वास दिला दिया था कि ऑपरेशन सफल हो गया है और उसको दृष्टि मिलने वाली है, जो शायद उसके पास पहले कभी नहीं थी।

और अचानक घड़ी के पेंडुलम जैसी ही कोई चीज उसके भीतर कहीं बहुत जोर से बजी। वह धक् सा रह गया। वह इतना निश्चिंत कैसे हो सकता है अभी से। माना कि प्रायः ऑपरेशन सफल हो जाते हैं, पर कोई-कोई तो बिगड़ भी जाता है न! वह कैसे समझ बैठा है कि बिगड़ने वाला ऑपरेशन उसी का नहीं होगा? यदि वाकई ऑपरेशन सफल न हुआ तो? आशाओं के ये जितने भी छोटे-छोटे पक्षी पाले थे, इनका क्या होगा? मुरगी के चूजों सी ये छोटी-छोटी आशाएँ उसकी मानसी सृष्टि थीं। अब इन चूजों ने आँखें खोल दी थीं। उनकी आँखों के गोल-गोल पीले दायरे कितने स्पष्ट हो गए थे! उनके नन्हे-नन्हे शरीरों पर हल्के-हल्के सफेद रोएँ आ गए थे। वे सब नष्ट हो जाएँगे, एक ही झटके में। इतने सारे चूजों का इस प्रकार नष्ट हो जाना, वह सह पाएगा क्या?

सहसा उसके मन में बहुत सारा आक्रोश उमड़ आया। उसका सारा अंतर उसमें भीग गया। कोई भी अछूता नहीं था उस आक्रोश से—न गिरीश, न डॉक्टर। कितने बड़े जोखिम के कगार पर लाकर खड़ा कर दिया है उन्होंने उसे—वह सोच

रहा था। संसार को साफ-साफ देखने का सपना स्वयं कभी नहीं पाला था उसने। उसे तो याद भी नहीं कि कभी उसकी आँखें ठीक भी रही हों। फिर क्या जरूरत थी कि उसे इस बुढ़ापे में इतने सुंदर सपने दिखाए जाते? और अब, जबकि वह उन सपनों पर विश्वास कर चुका है, उन्हें सच मान चुका है, कहीं वे पूरे न हुए तो? इतना बड़ा धक्का उसका कमजोर मन सह सकेगा? निराशा के इतने बड़े धक्के से हृदय की धड़कन रुक सकती है··· उसने एक गहरी साँस ली। धड़कन का क्या है, वह तो दृष्टि मिलने की खुशी से भी बंद हो सकती है। और उसे लगा कि वार्ड के अंत में दीवार पर लगी हुई घड़ी को किसी ने वहाँ से उतारकर उसके भीतर कहीं फिट कर दिया है। उसका पेंडुलम भीतर-ही-भीतर, उसकी खोपड़ी की दीवारों से बहुत जोर-जोर से बज रहा है—ठक्-ठक्।

उसने अपने हाथों से झुर्रियों भरे माथे का पसीना पोंछा और करवट बदल ली। वह भविष्य की बात नहीं सोचेगा। पट्टी खुलने की बात नहीं सोचेगा। दृष्टि मिलने-न-मिलने की बात नहीं सोचेगा। साठ वर्ष का वह हो गया है। जाने अब और कितने दिन है वह इस संसार में। दृष्टि मिलने-न-मिलने से कोई बहुत बड़ा लाभ या हानि नहीं होगी उसको।

दृष्टि तो उसकी ऐसी ही थी बहुत पहले से। बहुत पहले से क्या, जब से उसे याद है, ऐसी ही थी। उसे आज भी वह दिन याद है, जब चौथी कक्षा में बोर्ड पर लिखी हुई रकम न पढ़ पाने के कारण वह सवाल हल नहीं कर सका था। कितना पीटा था मास्टरजी ने उसे! वह कहता रहा था कि वह बोर्ड पर लिखी रकम नहीं पढ़ सकता, उसे वह नजर नहीं आती। और मास्टरजी पीटते रहे उसे लगातार—'हाँ, रकम क्यों नजर आएगी कमबख्त तुझे। नजर आएगी तो सवाल न हल करना पड़ेगा। मसखरी करता है मेरे साथ? देखता हूँ, कैसे नजर नहीं आती रकम तुझे!'

रोता-सुबकता और पीठ सहलाता हुआ जब वह घर पहुँचा तो मार पड़ने के साथ-साथ बोर्ड पर लिखी रकम नजर न आने की बात भी घर जा पहुँची। बाबूजी कितने नाराज हुए थे उस पर। उसने पहले ही क्यों नहीं बताया यह सब उन्हें? बाबूजी नाराज थे—सबसे नाराज थे। मास्टरजी को बहुत फटकारा उन्होंने—उनको क्या हक था बाबूजी के फूल से बच्चे को पीटने का। अंग्रेजी सरकार के दफ्तर के बड़े बाबू को नाराज करके मास्टर नौकरी नहीं कर सकता था।

बाबूजी अपनी पत्नी से भी नाराज थे, क्योंकि उसी की आँखों के कारण उनके बच्चे की आँखों में भी दुर्गुण आया था। पर उसे वह क्या कहते?

और तभी से इन आँखों को लेकर डॉक्टरों के यहाँ आना-जाना शुरू हुआ

था। कई प्रकार की दवाइयाँ की गईं, पर लाभ कोई नहीं हुआ। आँखों के कुकरे थे, जो अकसर फूल जाया करते और आँख के परदे को घायल कर देते थे। कुकरों का डॉक्टर कुछ कर नहीं सके थे और दूसरा कोई इलाज नहीं था।

फिर बाबूजी का स्थानांतरण हुआ था और वह कुल्लू की पहाड़ियों में चले गए थे। वहाँ का एक दिन बहुत उभर-उभरकर आया करता है, उसकी आँखों के सामने। बाबूजी दौरे पर बाहर गए थे और घर में अम्माँ की सहेली जुबैदा चाची आई हुई थीं। जुबैदा चाची बड़ी हिकमन थीं। बहुत सारे टोने-टोटके जानती थीं और दवा-दारू भी। शहर भर की मसीहा वही थीं। अम्माँ ने अपने लाड़ले की आँखों की चर्चा भी छेड़ दी। जुबैदा चाची ने पलकों को उलट-पलटकर उसकी आँखों को देखा और हाथ झटककर बोली, 'लै बहन! तुमने भी खामख्वाह काके को तंग कर रखा है। भला कुकरे भी कोई चीज है? अभी ठीक करती हूँ…' और वह चली गई थी जल्दी-जल्दी। लौटी तो किसी पेड़ की जड़ लाई थी चाची। उस पेड़ का नाम उसे याद नहीं है। पर बड़ी तेज थी वह जड़—ब्लेड जैसी। चाची का कहना था, इससे वह कुकरों को छील देगी और सब ठीक हो जाएगा।

माँ भी अपने बच्चे को जल्दी ठीक कर दूषित संतान उत्पन्न करने का दोष अपने माथे से धोना चाहती थी और दौरे से लौटे हुए अपने पति को प्रसन्न भी करना चाहती थी। जुबैदा चाची ने उस जड़ से छील-छीलकर उसके कुकरों को लहूलुहान कर दिया। कितने दिनों तक मरहमपट्टी होती रही थी उसकी।

दौरे से बाबूजी लौटे तो उन्होंने सिर पीट लिया। घर में कुहराम मच गया। बाबूजी अपनी जाहिल पत्नी से बहुत परेशान हो उठे थे। सबसे ज्यादा परेशान तो वह खुद ही हुआ था। और आज भी हो रहा है।

उसकी जिंदगी डॉक्टरों से बँधकर रह गई। उसके दोनों छोटे भाई पढ़-लिखकर अफसर हो गए और वह बाबूजी की सिफारिश से केवल छोटी-छोटी नौकरियाँ करता रहा। जिंदगी भर कभी कोई अच्छी नौकरी नहीं मिली उसे। इन्हीं आँखों के कारण डॉक्टरों ने भी साफ कह दिया था कि पुतली का पर्दा कुकरों के द्वारा हुए घावों के दागों से इतना धुँधला हो चुका है कि अब कुछ नहीं हो सकता।

आखिर अपनी नियति मानकर उसने जिंदगी से समझौता कर लिया था। साठ सालों की जिंदगी तक कभी यह बात नहीं उठी कि उसे अभी दृष्टि भी मिल सकती है।

और तब वर्ष बीतते गए। यहाँ तक कि वह अपने बच्चों का अभिभावक न रहा, वे ही उसके अभिभावक बन गए। उसने अपनी चिंता करनी भी छोड़ दी। तब

एक दिन गिरीश अपने एक मित्र के साथ घर आया था, ''पिताजी, यह मेरे मित्र हैं 'डॉक्टर कश्यप।' हाल में ही इंग्लैंड से लौटे हैं, आँखों की बीमारियों के विशेषज्ञ होकर।''

''अच्छा!'' वह हँसा था, एक फीकी सी हँसी, ''बड़ी खुशी हुई, डॉक्टर साहब, आपसे मिलकर! लेकिन आप बहुत देर से आए। मुझे स्वयं ही अब कोई आशा नहीं रही।''

वह समझ गया था कि गिरीश क्यों लाया है डॉ. कश्यप को। गिरीश भी समझ गया था उसके मन की बात। गिरीश जानता था कि आँखों की बीमारी उसकी दुखती रग है। उनकी बात करने से उसे कोई खुशी नहीं होती। उल्टे उसके घाव हरे हो जाते हैं। उसे याद आ जाता है कि वह साफ-साफ नहीं देख सकता।

''पिताजी, माफ कीजिएगा, आपको''गिरीश सफाई देना चाहता था शायद।''

डॉक्टर कश्यप ने उसे बीच में ही रोक लिया, ''कोई बात नहीं, वर्मा साहब! मरीज तो निराश हो ही जाते हैं, पर वह डॉक्टर ही क्या जो आशा छोड़ दे! ऐसे केस ही तो हमारी कसौटी होते हैं···'' और डॉक्टर कश्यप का स्वर बहुत मुलायम हो गया, ''यदि मैं आपकी आँखें देखना चाहूँ तो आपको एतराज तो नहीं होगा?''

न जाने क्यों वह इनकार न कर सका। बूढ़े मन में भी कहीं आशा थी— शायद इसी डॉक्टर के भाग्य में यश लिखा हो।

डॉक्टर कश्यप ने आँखें उलट-पलटकर देखीं। काफी देर तक देखता रहा, फिर दूसरे दिन अपने क्लीनिक में आने के लिए कहकर वह चला गया।

क्लीनिक में आधा घंटे तक निरीक्षण करने के बाद वह मुसकराया—''अभी कुछ नहीं बिगड़ा, गिरीश! गेरी बात मानो और पिताजी को दिल्ली के 'ऑल इंडिया इंस्टीट्यूट ऑफ मेडिकल साइंसेज' में ले जाओ।''

''पर वे क्या करेंगे, डॉक्टर साहब!'' उसे डॉक्टर का गिरीश से बात करना अच्छा नहीं लगा था। डॉक्टर उसे क्यों नहीं समझाता? अपनी तकलीफ वह जानता है, जितने इलाज आज तक हुए हैं, उनका उसे पता है—गिरीश को क्या मालूम!

''देखिए!'' डॉक्टर ने बताया, ''आपकी पुतली की जिल्दी घाव के दागों से धुँधली हो चुकी है। ऑपरेशन करके यदि उस जिल्द को ही बदल दिया जाए···''

''ऐसा भी हो सकता है, डॉक्टर!'' उसके मन में वर्षों से घुटी निराशा बोली थी।

''अब तो यह बड़ी मामूली बात हो गई है!'' डॉक्टर मुसकराया था।

और फिर घर में कितने दिनों तक हुज्जत होती रही थी पैसों को लेकर। जब

वह अपने बेटों के लिए पिता का कर्तव्य पूरी तरह नहीं निभा पाया, तो उसे क्या अधिकार है, उन पर अनावश्यक बोझ डालने का? पर गिरीश! वह किसी तरह नहीं माना था और उसे यहाँ आना पड़ा।

तभी बोर्ड की घड़ी ने साढ़े नौ बजाए।

'बस, आधा घंटा और!' उसने सोचा।

जाने क्यों सहसा उसे लगा कि ऑपरेशन सफल नहीं हुआ है। डॉक्टर पट्टी खोलेगा और पूछेगा। वह आँखें झपकाकर देखेगा और उसे कुछ भी नजर नहीं आएगा। वह हँसकर कहेगा—'डॉक्टर, पट्टी तो खोलिए!' और डॉक्टर कैसा मुँह बनाकर कहेगा—'ओह, इट इज अनसक्सेजफुल!' यह खूब जोर से कहकहा मारकर हँसेगा और कहेगा—'मैंने तो पहले ही कहा था, पर मेरी कौन सुनता है?'

खड़-खड़, घर्र-घर्र की आवाज से उसका ध्यान बँट गया। ट्राली लेकर कोई वार्ड में आया था। उस पर डालकर वे किसी को ले जाएँगे। जाने किसी का ऑपरेशन होना है या पट्टी खुलनी है या···टक्-टक्···किसी नर्स के जूते की आवाज।

उसे लगा, ट्राली उसी के बेड के पास आकर रुकी है। शायद उसे ही लेने आए हों। साढ़े नौ बजे तो काफी देर हो गई। हाँ, दस भी बजने वाले ही होंगे। दस बजे उसकी पट्टी खुलनी है।

नर्स के जूतों की आवाज उसके पास आकर रुक गई। फिर कागज के उलटने-पलटने की आवाज आई। उसके सिरहाने, दीवार पर लटका हुआ, उसका केस-रिकार्ड देखा जा रहा होगा। इस तरह कितने ही लोग रिकार्ड देखते हैं। यदि कोई रिकार्ड देख, उससे बिना बोले ही चला जाए तो उसे पता भी नहीं चलेगा कि वह कौन था—डॉक्टर, नर्स, कंपाउंडर, जमादार या कोई और।

"उठिए, बेड नंबर अड़तीस!" रिकार्ड देखनेवाले ने कहा, "आपकी पट्टियाँ खुलेंगी।" यह इस समय रोज वाली नर्स की आवाज थी।

"उठो, भैया!" यह मर्दानी आवाज जाने किसकी थी।

वह उठकर बैठ गया। वैसे इस आवाज को वह पहचानता था। यह व्यक्ति पहले भी कितनी बार उसे इस प्रकार ट्राली पर डॉक्टर के पास निरीक्षण के लिए लेकर गया था। वह अकसर सोचा करता था—यह व्यक्ति क्या होगा यहाँ? कंपाउंडर, चपरासी या जमादार! अच्छा! पट्टी खुल जाए तो देखूँगा इसे। भीतर ही कहीं वह हँसा, जैसे आँखें ठीक हो ही जाएँगी!

उस व्यक्ति ने एक हाथ उसकी गरदन और कंधों के बीच और दूसरा घुटनों

के नीचे डालकर उसे पलंग से घसीट लिया। वह ट्राली पर सीधा होकर आराम से लेट गया। जब पहले दिन उस व्यक्ति ने उसे इस तरह घसीटा था, तब बड़ा गुस्सा आया था उसे—क्या है! आदमी हूँ, कोई बिस्तर-ट्रंक नहीं हूँ! पर शायद ये लोग सबको इसी तरह घसीटते हों। किस-किस का ध्यान करें आखिर! इनका तो सवेरे से शाम तक यही काम है! अब उसे गुस्सा नहीं आता इस व्यक्ति पर।

ट्राली चली—घर्र-घर्र, ठक्-ठक्। और साथ जूतों की खट्-खट्! ट्राली की चाल से वह अंदाजा लगा रहा था कि वे वार्ड के सिरे पर पहुँच गए हैं। और जब ट्राली को झटका लगा तब वह समझ गया कि वे वार्ड से निकल आए हैं। ट्राली एक क्षण के लिए रुकी। वार्ड के साथ वाले ड्यूटी रूम में थोड़ी सी बातचीत हुई—बेड नंबर अड़तीस पट्टियाँ खोलने के लिए डॉ. शर्मा के पास। और ट्राली फिर चल पड़ी। घर्र-घर्र, ठक्-ठक्...

बाईं ओर जाकर ढलान से ट्राली नीचे उतरी। अब वे डॉक्टर के पास कमरे की ओर जा रहे थे। ट्राली फिर रुकी। शायद कमरा आ गया था।

उसे उठाया गया और ले जाकर एक कुरसी पर बैठा दिया गया। कमरा काफी ठंडा था और कुरसी गद्देदार थी। वह समझ गया, उसे कमरे के बाहर बेंच पर नहीं, डॉक्टर के कमरे में कुरसी पर बैठाया गया है। वह बैठा रहा। उसके आसपास कोई आवाज नहीं थी।

फिर सहसा उसे आसपास किसी के होने का आभास हुआ। कपड़ों की फड़फड़ाहट थी और साथ ही जूतों की ठक्-ठक्।

"कैसे हैं, वर्मा साहब?" डॉ. शर्मा का स्वर था।

"आपकी दया है, डॉक्टर।" वह उदासीन सा बोला।

"तो पट्टियाँ खोल दें आपकी!" डॉ. शर्मा बड़े हल्के स्वर में बोल रहे थे।

"आपकी इच्छा।"

ओह! पट्टियों की बात, जिसे वह अब तक भूलना चाह रहा था, फिर उभर आई।

डॉ. शर्मा बहुत अच्छी तरह बोलते हैं। फिर वह ऐसे उदासीन क्यों हैं? डॉक्टर को बुरा भी लग सकता है।

"हाऊ डू यू फील, मिस्टर वर्मा?" डॉक्टर के हाथों का स्पर्श उसके सिर पर हो रहा था, "एक्साइटेड?"

"येस, ए बिट, डॉक्टर!" वह बहुत धीरे से बोला।

"ओ.के. नाऊ वी सी।" डॉक्टर ने कहा।

और उसके सिर पर पट्टियों का दबाव कम होने लगा। धीरे-धीरे पट्टियाँ खिसकती गईं। उसे लगा, वह जड़ होता जा रहा है। उसमें अब कोई संवेदन नहीं रह गया है। इस समय तो जाने क्या-क्या लगना चाहिए था उसे। पर क्या अनुभव हो रहा है उसे? कुछ भी नहीं। वह अनुभूति-शून्य है। क्या हो गया है उसे? वह बिल्कुल उत्तेजित नहीं है या उत्तेजना की अधिकता से अनुभूति-शून्य हो गया है?

पट्टी का अंतिम सिरा और उसके साथ की रुई उसकी गोद में गिरी। पट्टी खुल चुकी थी—अब? अब?

"हाऊ आर यू?" डॉक्टर ने पूछा।

"..." अब कुछ नहीं बोला।

"डोंट गेट एक्साइटेड।" डॉक्टर ने उसकी आँखों पर हाथ फेरा, "धीरे-धीरे आँखें खोलिए।"

वह जड़ सा बैठा रहा। और सहसा शरीर की सारी शक्ति लगाकर उसने पलकें खोलीं, पलकें खुलीं—और कुछ नहीं। सब अँधेरा—जैसा पट्टी बँधी होने पर था। उसने आँखें दो-तीन बार झपकी और अँधेरे के परदे उठने लगे—धुँधलका—धुआँ—हटता हुआ धुआँ—और सबकुछ साफ था।

वह उठकर खड़ा हो गया।

"बी सीटेड।" डॉक्टर ने उसके कंधों पर जोर डालकर उसको बैठा दिया—"कैन यू सी?"

"एवरी थिंग, डॉक्टर!" उसने नजरें उठाकर डॉक्टर को देखा, आँखों में बच्चों का सा उल्लास था। फिर उसने पास खड़ी नर्स को देखा। कुरसी को देखा। उसके हाथों पर रखे अपने हाथों को देखा...

"गुड! कांग्रेचुलेशंस।"

"थैक यू सो मच, डॉक्टर! थैंक यू वैरी मच।"

डॉक्टर ने अपने हाथ की टॉर्च जलाई और काफी देर तक आँखों का निरीक्षण करता रहा। फिर बोला, "एवरी थिंग इज ऑल राइट। एक दवाई दूँगा आपको। महीना भर उसे आँखों में डालते रहिए। सब ठीक है।"

"मैं घर जा सकता हूँ डॉक्टर?" सहसा उसे लगा कि वह अब एक क्षण भी यहाँ नहीं रुकना चाहता। अपनी पत्नी और बच्चों से मिलना चाहता है। उन्हें बताना चाहता है कि अब वह सबकुछ देख सकता है।

"दो-एक घंटे आपके कागज तैयार होने में लगेंगे, फिर आप जा सकते हैं।" डॉक्टर ने कहा, "सिस्टर, साहब को बेड तक पहुँचा दो।"

"मैं खुद चला जाऊँगा।" और वह बाहर निकल आया।

सबकुछ कितना साफ है—यह बरामदा, यह कमरा, यह फर्नीचर! कितना साफ दिखता है सबकुछ। वह स्वयं रास्ता तय कर सकता है। अब उसे सीढ़ी से गिरने का भय नहीं है। कोई भी नाली वह बिना किसी संकोच के फलाँग सकता है।

वह अपने वार्ड में आया। वह बाईं ओर से उस खाँसनेवाले को देख सकता है। दाईं ओर के उस कराहनेवाले को भी देख सकता है।

वह आकर अपने बेड पर बैठ गया।

गरदन घुमाकर उसने दीवार घड़ी की ओर देखा। अब तक वह इसी की ठक्-ठक् सुनता आया है। इसी के पेंडुलम की कल्पना करता आया है। पर अब वह घड़ी को देख सकता है। उसके पेंडुलम को हिलते हुए देख सकता है। वह किसी क्षण भी बता सकता है कि वह बाईं ओर है या दाईं ओर। वह उस घड़ी में लिखी गिनती इतनी दूर से पढ़ सकता है। इतनी दूर से…अपने पलंग पर बैठे-बैठे। और उस दिन चौथी कक्षा में उसके मास्टरजी ने कितना पीटा था, क्योंकि बोर्ड पर लिखी हुई रकम नहीं पढ़ी गई थी। अब दें सवाल…अब वह क्लास में सबसे पीछे बैठकर भी सारी रकम पढ़ लेगा।

…और सहसा उसे कुछ हो गया

…अब मिली हैं मुझे आँखें—जब मैं साठ साल का हो चुका हूँ। अब, जबकि मैं फिर से स्कूल नहीं जा सकता। नौकरी नहीं कर सकता। जब मेरे बच्चे भी अपनी जिंदगी में इतना आगे तक चल चुके हैं। उन्हें न अब मैं पढ़ा सकता हूँ, न लिखा सकता हूँ। अब, जबकि धक्के-मुक्के से वे जो कुछ बनना था, बन चुके हैं। यदि अब आँखें न ही मिलतीं तो क्या बिगड़ जाता। अब कौन सा सवाल हल न कर सकने के कारण कोई पीटेगा मुझे।

पहले आँखें मिली होतीं तो उसके बच्चे भी अपने चचेरे-ममेरे भाइयों की तरह बड़े-बड़े अफसर होते। रिश्तेदारों के सामने वह दब्बू न बनता, स्वयं को उनसे हीन न समझता। अब क्या करेगा इन आँखों का?

वह अपने बेड पर बैठा गिरीश का इंतजार कर रहा था। गिरीश बारह की गाड़ी से आएगा। उसे देखकर कितना खुश होगा। कहेगा, "मैं पहले ही कहता था पिताजी! आप एकदम ठीक हो जाएँगे। आप नाहक ही मना कर रहे थे।"

ठीक तो है, गिरीश ने उसे आँखें दी हैं। उसे जताने का पूरा अधिकार है। पर उसे लगा, उसके मन में गिरीश के प्रति कहीं भी कृतज्ञता नहीं है। आक्रोश-ही-

आक्रोश था अपने बेटे के प्रति उसके मन में। कोमल भाव नहीं था। अब तक कितना अच्छा था उसका जीवन। वह अपनी कमी को अपना भाग्य मान बैठा था। यदि उसके जीवन में उसके बच्चों के जीवन में कोई कमी थी, तो उसका क्या दोष? वह तो स्वयं मजबूर था। गिरीश ने उसे क्या दिया—दृष्टि? उसे दिखता है अब साफ-साफ। हाँ, उसको दिखता है···उसको एक जीवन मिला था, जो एक मजबूरी के कारण बहुत गलत ढंग से जिया गया। अब जबकि जीवन का सारा रास्ता वह चल आया है, उस गलती को सुधारना चाहता है, पर सुधार नहीं सकता। कैसे सुधार सकता है! व्यतीत जीवन दुबारा नहीं जिया जा सकता। व्यर्थ जीवन की कोंच कैसे सहेगा वह? गिरीश के प्रति वह कृतज्ञ कैसे हो सकता है! गिरीश को क्या पता कि गिरीश ने उसे क्या दिया है।

□

शटल

ईशरदास कमरे में टहलता-टहलता, फिर जाकर अपनी चारपाई पर बैठ गया। चारपाई खिड़की के पास दीवार के साथ लगी हुई थी, जहाँ तकिया रखकर, उससे टेक लगा, खिड़की की रोशनी में वह कुछ-न-कुछ पढ़ता रहता था।

जब वह स्वयं कमाता था, उसकी अपनी नौकरी होती थी—तब भी वह पढ़ता था। पर तब समय कम होता था और पुस्तकें बहुत सारी। वह बाजार जाकर अपनी मरजी से पुस्तकें और पत्रिकाएँ खरीद लाता था। जब कभी अवकाश मिलता, पढ़ने बैठ जाता। उसकी पत्नी भागवंती कितनी-कितनी बार उसे पुकारती, तब कहीं वह खाने के लिए रसोई में जाता था। खाते हुए भी पुस्तक हाथ से नहीं छोड़ता था। भागवंती पढ़ी-लिखी नहीं थी, न उसे पुस्तकों में कोई रुचि थी। गाँव की सीधी-सादी लड़की थी, चुपचाप और खामोश, जो अब लड़की कम और औरत ज्यादा दिखने लगी थी।

भागवंती कभी-कभी चिढ़कर कहती, ''रोटी तो आराम से खा लो, किताब कहीं भागी तो नहीं जाती!'' और वह अकसर उसके हाथ से पुस्तक छीन लिया करती। ईशरदास उसकी छीना-झपटी का विरोध नहीं करता था। वह जानता था कि घर में और कोई नहीं है। वह पढ़ने लगता है तो भागवंती अकेली पड़ जाती है। वह बहुत बोलती नहीं है, इसलिए पास-पड़ोस में उसका जाना भी कम है। वह अपनी पत्नी के अकेलेपन को दूर करना चाहता था, पर भागवंती के खामोश स्वभाव के कारण वे अधिक बातें भी नहीं कर पाते थे।

और घूम-फिरकर बात पुस्तकों पर आ जाती। ईशरदास जो कुछ पढ़ता, वह भागवंती को भी सुनाता। तब भागवंती को पुस्तकों से कोई विरोध न रहा। पास-पड़ोस की औरतों की चुगली-बखीली से उसे अपने पति की पुस्तकें ही अच्छी लगने लगी थीं।

पर जब से बढ़ती हुई बीमारी के कारण ईशरदास को काम-धंधा छोड़ना पड़ा था, तब से वह बहुत अकेला हो गया था। पुस्तकें अब भी घर में आती थीं, पर वे उसके बेटों की पसंद की होती थीं। उसकी पसंद और बेटी की पसंद में बहुत अंतर था। उसके बेटे जो प्रेम-कथाएँ पढ़ते थे, ईशरदास को वे एकदम नापसंद थीं।

फिर बेटों की बहुएँ आ गई थीं। घर में उपन्यासों की जगह फैशनेबुल पत्रिकाओं ने ले ली थी। स्त्रियोपयोगी पत्रिकाओं का वह क्या करता? और कल जब इनके नन्हे-मुन्ने पढ़ने लायक होंगे और घर में 'चंदामामा' तथा 'बालभारती' आने लगेगी, तब वह क्या करेगा।

आज भी ईशरदास के पास पढ़ने के लिए कुछ नहीं था। और उसे दूसरा भी कोई काम नहीं था। भागवंती बड़े बेटे के घर गई हुई थी। बड़ी बहू की तबीयत ठीक नहीं थी। बड़ा बेटा आकर माँ को ले गया था।

ईशरदास को कभी-कभी बड़े बेटे पर क्रोध आता था। जिसका भी विवाह होता है और एक-आध बच्चा आ जाता है, वही बाप से अलग होकर रहना चाहता है। अलग होना था तो हो जाता, किंतु अलग रहकर वे लोग बाप को कुछ देने को राजी नहीं थे। कहते—घर बसाकर पिता को खर्च के लिए नकद कुछ देना बड़ा कठिन है। हाँ, कोई उनके पास आ रहे तो उसका खर्च वे उठा लेंगे।

खर्च के बच्चे—ईशरदास सोचता—सारी उमर जो अपनी कमाई से खाता-पीता रहा हो और छाती तानकर जीने का आदी रहा हो, वह अब खाने के लिए इनके द्वार जा बैठेगा? कभी नहीं, ईशरदास भूखा मर जाएगा, पर इनके द्वार नहीं बैठेगा। नहीं दे सकते तो मत दो—कोई तुमसे आस लगाए भी नहीं बैठा।

वैसे भी वह जानता था कि बेटों का ऐसी बात से क्या मतलब होता है। वे उसे अपने पास रखकर कब खुश थे। उसे रखकर उन्हें करना भी क्या था, जो दिन भर चारपाई पर पड़ा रहता या दिन भर हर छपे कागज को पढ़ते रहने का प्रयत्न करता। वे चाहते थे कि उनकी माँ—भागवंती—जाकर उनके पास रहे। उनके बच्चों को सँभाले। उनकी रोटियाँ पका दिया करे। और जब वे बाहर जाना चाहें तो घर की रखवाली किया करे। सालों को साहबी सूझती है। बीवियों से काम कराने से कलेजे में टीस उठती है। इतनी ही साहबी है तो रखें नौकर, रखें आया! वह तो होगा नहीं; चाहेंगे कि माँ के रूप में रोटी भर देकर सस्ती और विश्वसनीय नौकरानी का इंतजाम कर लें।

या फिर कोई छोटा भाई-बहन जाकर रहे उनके पास। मुंडू की तरह भाग-भागकर बाजार से चीजें ला दिया करे। या फिर उनकी मेम साहबों को चारपाई पर

बैठे-बैठे पानी के गिलास या चाय के कप पकड़ाया करे। उन्हें कहीं जाना हो तो पहले ही बच्चे को घर के पिछवाड़े में ले जाकर बहलाता रहे। ईशरदास इन बातों के लिए एकदम तैयार नहीं था। वह अपनी पत्नी या बच्चों से नौकरी करवाकर, आर्थिक सहायता किसी रूप में नहीं चाहता था। जब नौकरी करने की ही नौबत आ जाएगी तो किसी और के घर नौकरी करेंगे, जहाँ नौकरी करके मुँह खोलकर अपना हक माँगा जा सके।

पर कभी-कभी, जब दोनों बड़े बेटों में से कोई आ जाता कि उसकी पत्नी बिस्तर पर पड़ी हुई है और उसके घर में चूल्हा भी नहीं जला, तब भागवंती को जाना ही पड़ता था। ऐसे में ईशरदास भी अपने भीतर बैठे पिता को रोक नहीं पाता था और वह स्वयं ही भागवंती को कहता, ''तुम चली क्यों नहीं जातीं? आखिर हम किस दिन के लिए हैं? कैसी माँ है तू, बेटों के दुःख में भी हाथ नहीं बँटाना चाहती?''

और भागवंती उसे, अपने आपको, बेटों तथा बहुओं को कोसती हुई चली जाया करती। पीछे से ईशरदास कमरे में इधर-से-उधर चक्कर लगाया करता, सिगरेटें फूँका करता और खिड़की से बाहर सड़क की ओर ताका करता था।

वह जानता था कि वह बहुत बूढ़ा हो चुका है। उसमें और उसके बच्चों में जीवन की सामान्य आवश्यकताओं के सिवाय और कोई संपर्क नहीं रह गया है। वे दूसरी तरह के प्राणी हैं। वह उनके लिए एक ऐसी पुरानी वस्तु है, जो घर में बेकार पड़ी है, पर मोह या लोक लाज के कारण उसे किसी प्रकार बाहर फेंका भी नहीं जा सकता।

उसका कोई बच्चा उसके पास पाँच मिनट बैठकर भी खुश नहीं था। वे उसके कमरे के बाहर बैठे खुसुर-पुसुर करते रहते हैं। फिर कोई एक आकर उसे आवश्यक सूचना दे जाता है। वे तो उसके पास नहीं ही आते, कभी कभी ईशरदास ही वहाँ चला जाता है, जहाँ सब बेटे बैठे होते हैं; पर उसे देखते ही वे एक-एक कर खिसकने लगते हैं और अंत में वहाँ ईशरदास अकेला ही रह जाता है।

एक भागवंती ही है, जिससे वह कभी-कभार थोड़ी सी बातचीत कर सकता है। वही उसकी बात समझ सकती है। वह भी उसी युग की है, जिस युग का ईशरदास है; पर उसके पास भी अधिक समय नहीं होता। वह उसके समान बेकार तो नहीं है। रसोई या गुसलखाने में पचासों काम उसकी प्रतीक्षा कर रहे होते हैं। और कुछ न हो तो वह घर की झाड़-पोंछ ही करती रहती है।

वह अभी तक घर के जीवन से जुड़ी हुई है। ईशरदास के समान, धारा से

निकलकर किनारे आ लगे जड़ पत्थर के समान नहीं हो गई है। घर के हर जीव को उससे कोई-न-कोई काम पड़ता ही रहता है। चाहे उनके काम करती हुई ही, पर वह उनसे संबंध बनाए हुए है।

पर जब दोपहर को वह आराम करने के लिए लेटती है, या शाम को थककर, आँगन में चारपाई डालकर पड़ी रहती है, ईशरदास उसके पास आ बैठता है। उन दोनों ने पैंतीस साल एक साथ बिताए हैं। उसकी बातें भागवंती ही समझ सकती है। उन्होंने मिलकर इस घर को बनाया है। ये बच्चे पैदा किए हैं। उन्हें पाला-पोसा है। पढ़ाया-लिखाया है। उनमें से तीन के विवाह भी कर दिए हैं। चौथे के विवाह की बात चल रही है। पर बड़े दो अलग हो चुके हैं, और वह जानता है कि तीसरा भी मन-ही-मन अलग होने के सपने सँजो रहा है। मियाँ-बीवी, जो दिन भर अपने कमरे में घुसे बातें करते रहते हैं—और क्या करते होंगे।

और जब भागवंती बड़े बेटे के पास चली जाती है तो इस घर में उससे दो बातें करनेवाला भी कोई नहीं रह जाता। ईशरदास को अकेलापन बहुत अखरता है। वह अकसर सोचता है—उसके ये बेटे जिनकी शादियों को दो-दो, चार-चार साल हुए हैं, वे यह क्यों नहीं सोचते कि उनके बाप की शादी को पैंतीस साल हो गए हैं। ये साले अभी से अपनी बीवियों से एक दिन भी अलग नहीं रह सकते तो वह, जिसने पैंतीस साल में अपने आपको एकदम आश्रित बना लिया है—कैसे भागवंती के बिना रह सकता है। बुढ़ापे में और कोई साथ बैठकर प्रसन्न भी नहीं है—वे उसकी पैंतीस वर्षों की संगिनी को भी उससे अलग करने पर तुले हुए हैं।

अभी पिछले ही दिनों, भागवंती दूसरे बेटे के घर गई हुई थी। जब हफ्ते भर के बाद वह यह कहकर कि "तुम्हारे बाबूजी का हालचाल पूछ आऊँ," उससे मिलने आई थी तो कैसा भूचाल आया था घर में! ये सारे इधर-उधर मुँह छिपाते मुसकराते फिरते थे। साले समझते हैं कि बूढ़े सनक गए हैं। और कुछ नहीं, तो पैंतीस वर्षों के साहचर्य से उत्पन्न मैत्री भावना का तो ध्यान होता इन्हें! पर नहीं, ये तो समझते हैं कि इन्हीं के जोड़े भगवान् ने अपने हाथों बनाए हैं। और किसी में तो लगाव है ही नहीं। जब भागवंती चली जाती है तो ईशरदास मात्र अकेला ही नहीं रह जाता, और बातों की भी कितनी मुश्किल हो जाती है। सवेरे समय पर चाय नहीं मिलती। बहू अपने पति को चाय देकर समझ लेती है कि अब और किसी को कोई जरूरत ही नहीं रही। भागवंती सबको खिलाने से पहले, उसे रसोई में बुलाकर अपनी देख-रेख में खाना खिला देती है। वह जानती है कि उसे कौन सी चीज नुकसान करती है, किस चीज में उसे कितना नमक चाहिए और कितनी मिर्च। पर

बहू उसे रसोई में बुलाकर नहीं खिला सकती। वह थाली सजाकर उसकी चारपाई पर ही रख जाती है। कभी पानी देना भूल जाती है तो कभी फुल्का। कभी सब्जी कम हो जाती है तो कभी सब्जी में नमक-मिर्च। जो कुछ मिलता है, वह चुपचाप खा लेता है। दो फुल्के खाकर पाँच-दस मिनट बैठा प्रतीक्षा करता रहता है कि शायद कोई फुल्का लेकर आए। या सब्जी कम हो जाए तो उसकी राह देखता रहता है, पर जब कोई नहीं आता तो थाली उठाकर रसोई में रख आता है। उसे रसोई में थाली रखते देखकर बहू को भी याद आ जाता है—''बाबूजी! सब्जी! बाबूजी! फुल्का···''

''नहीं, पुत्तर!'' वह कह देता है, ''सब ठीक है, मैं खा चुका हूँ।''

वह नहाने जाता है तो किसी को ध्यान नहीं होता कि उसके कपड़े मैले हो चुके हैं। उसे धुले हुए कपड़े दे दिए जाएँ। वह स्वयं नहीं जानता कि उसके कपड़े कहाँ रखे हैं। पैंतीस वर्षों से उसे अपने कपड़ों का पता नहीं है। यह काम भागवंती का है। वह जब नहाने आता है तो उसे गुसलखाने में कपड़े टँगे मिलते हैं। अब भागवंती अपनी किसी बहू की सेवा करने गई है, इसलिए वह कई-कई दिन मैले कपड़े पहनता जाता है···

ऐसी ही कितनी बातें होती हैं। वह कुछ माँग नहीं सकता। भागवंती यहाँ होती है तो उसे कुछ माँगने की जरूरत नहीं होती। वह जानती है कि उसे किस समय क्या चाहिए। और कुछ माँगना पड़े ही तो पत्नी से क्या संकोच! जब घर उसकी पत्नी के अधिकार में है तो उसे भी हर चीज पर पूरा अधिकार है। पर भागवंती के जाते ही घर पराया हो जाता है। वह अपनी किसी भी बहू से कोई चीज नहीं माँग सकता। और उसकी कोई भी बहू यह नहीं जानती कि उसे किस समय क्या चाहिए। न ही कोई जानना चाहती है···

आज फिर भागवंती को गए हुए पूरे दस दिन हो गए हैं। दस दिनों से लगातार इसी तरह वह कमरे में टहल रहा है। सिगरेट फूँक रहा है और खिड़की के पार घूर रहा है। इन दस दिनों में उससे किसी ने सिवाय खाने के लिए पूछने के और कोई बात नहीं की है। घर के किसी पालतू जानवर की तरह उसे ठीक समय पर खाना मिलता रहा है—और बस। उसे भी किसी के संग की आवश्यकता है, उसे भी अकेलापन खलता है, यह किसी ने नहीं सोचा। इन दस दिनों में उसने एक बार भी पेट भर ठीक से खाना नहीं खाया है। और इन दस दिनों में उसने केवल एक ही बार कपड़े बदले हैं···

आखिर इस तरह वह कितने दिन काट सकता है! बड़ी बहू की तबीयत जाने

कब तक खराब चले। कौन जानता है कि वे लोग तबीयत ठीक करना ही न चाहते हों, वह कब तक इस प्रकार घुटता रहेगा। उसे लगा, उसका कमरा किसी ने बाहर से बंद कर दिया है। और वह कमरा न रहकर पिंजरा बन गया है। फिर वह पिंजरा दिन-प्रतिदिन छोटा होता जा रहा है और वह उसमें दबता जा रहा है। वह इस घुटन में और नहीं रह सकता...

तो क्यों न वह थोड़ी देर के लिए बड़े बेटे के घर चला जाए। बड़ी बहू बीमार है तो आखिर ससुर के नाते उसका भी तो कर्तव्य है कि उसका हाल-चाल पूछने जाए। जब उसकी बेटी की तबीयत ठीक नहीं होती तो क्या वह उसे देखने नहीं जाता? आखिर बहू और बेटी में अंतर भी क्या है? फिर वहाँ भागवंती है। कुछ देर उसके पास भी बैठ आएगा। जाने उसकी तबीयत कैसी होगी। बेचारी को इस बुढ़ापे में भी इतना काम करना पड़ता है। फिर बेटे के बच्चे से भी कुछ देर खेल आएगा।

इतने सारे काम जब इकट्ठे आ पड़े तो जाना जरूरी दिखने लगा। मन-ही-मन ईशरदास ने तैयारी कर डाली। जी में आया कि अभी उठे और बड़े बेटे के घर की ओर चल दे। पर यहाँ किसी को कहे बिना चला जाना भी ठीक नहीं था। अब इस समय किसको बताए कि वह बड़े बेटे के घर जाना चाहता है।

घर पर कोई होगा भी कि नहीं। बहू तो होगी ही, पर उसे वह कहाँ खोजता फिरे। जाने रसोई में हो कि अपने कमरे में, गुसलखाने में या आँगन में। उसे खोजना मुश्किल होगा। और वैसे भी बहू को कहकर चला जाना उसे ठीक नहीं जँचा। वह जानता था कि बाद में सारे लोग मिलकर उसका मजाक बनाएँगे।

अच्छा है कि वह दोपहर का इंतजार कर ले। दोपहर को जो कोई उसे खाना देने आएगा, वह उसी को कह देगा कि वह शाम को बड़े बेटे के घर जाना चाहता है; या वह जा रहा है। हाँ, ठीक है, निश्चित रूप से कह देगा कि वह जा रहा है। जिसे जो कुछ कहना होगा, कह लेगा। उसकी सूचना देने और जाने के बीच में काफी समय होगा। इन सबकी प्रतिक्रिया भी मालूम हो जाएगी। उसे प्रतीक्षा कर लेना ही ठीक जँचा। दोपहर को जब खाने की थाली लेकर बहू आई तो उसने धीरे से कह दिया, "बहू! शाम को मैं बड़े के घर जा रहा हूँ। उधर का कोई काम हो तो बता देना।"

"नहीं, काम तो कोई नहीं है।" बहू बोली और उतावली में कमरे से निकल गई।

वह जाकर अपने पति से कहेगी—ईशरदास जानता है—और ये लोग बाकी

लोगों को बताएँगे। एक-दूसरे को देखकर मुसकराएँगे और कहेंगे, 'अम्माँ के बगैर बाबूजी का अब भी मन नहीं लगता।'

पर ईशरदास उनकी परवाह नहीं करेगा। उनकी बात क्यों सोचे, जो अपनी बुद्धि से सोचने को तैयार नहीं। वह जानता है कि उन्होंने उसे एक मनुष्य के रूप में स्वीकार करना ही छोड़ दिया है।

थोड़ी देर में उनका तीसरा बेटा आया, "बाबूजी! सुना है, आप अम्माँ के पास जा रहे हैं!"

ईशरदास भीतर ही कहीं संकुचित हो गया—अम्माँ के पास! हाँ, वह अम्माँ के पास जा रहा है। "हाँ, मैं बड़े के घर जा रहा हूँ। बहू का हाल पूछ आऊँ।" उसने दूसरे शब्दों में स्वीकार कर लिया।

"कब जाएँगे?" लड़के ने पूछा।

"धूप ढलते ही शाम को किसी समय चला जाऊँगा।" ईशरदास इन सारे प्रश्नों का प्रयोजन नहीं समझ पा रहा था। चला जाएगा वह किसी भी समय। भला पूछताछ की क्या आवश्यकता?

तीसरा लड़का भी शायद उसके भावों को समझ गया था। बोला, "आप इतनी दूर जाएँगे तो देर लगेगी ही। फिर कुछ देर बैठेंगे भी, इतने में अँधेरा हो जाएगा!" वह अपनी बात कहने से पहले रुका, "आप रात वहीं क्यों नहीं ठहर जाते? कल सवेरे आ जाइएगा!"

रात! ईशरदास सोच रहा था—प्रस्ताव बुरा नहीं है। इस तरह वह कुछ अधिक समय वहीं बिता आएगा। बोला, "पर मैं तो केवल उनका हाल पूछने जा रहा हूँ!"

"ठीक है।" लड़का बोला, "पर इतनी हड़बड़ी की क्या बात है! आराम से जाइए और आराम से आइएगा। आखिर वह भी तो अपना ही घर है।"

ईशरदास को इससे इनकार नहीं था। पर सामान? उसे एक-आध जोड़ा कपड़े भी चाहिए ही होंगे।

"तो मैं आपका सामान तैयार करवा दूँ?"

और वह ईशरदास के उत्तर के बिना ही कमरे से चला गया।

थोड़ी देर में बहू उसके पास एक थैला भी रख गई थी।

क्या-क्या रखा होगा बहू ने—वह सोच रहा था—शायद कपड़े रखे हों। शेव का सामान—दातुन। वह जानती है कि वह केवल नीम की दातुन करता है। हो सकता है कि यह बड़े के घर में न मिले। वे सब साहब लोग हैं—ब्रश करते हैं, दातुन को वहाँ कौन पूछता है।

और जाने बहू ने क्या रखा होगा। भागवंती उसका सामान तैयार करती तो एक थैले में ही उसकी जरूरत की सारी चीजें रख देती, पर भागवंती यहाँ होती तो उसे कहीं जाने की आवश्यकता ही न होती। पर चलो, ठीक है। जो कुछ बहू ने रख दिया, ठीक ही होगा। वैसे भी वह कौन सा परदेश जा रहा है। बड़े के घर ही तो जा रहा है। जो चीज चाहिए होगी, वहाँ मिल ही जाएगी। वह भी तो आखिर घर ही है। वहाँ भी तो लोग बसते ही हैं। जरूरत की सारी चीजें मिल जाएँगी।

और वैसे भी अच्छा है कि वह वहाँ जाकर रह आएगा। तीसरे बेटे ने अच्छी ही बात सुझा दी। बड़ा यह शिकायत भी तो करता है कि वह कभी जाकर उसके घर नहीं रहा। उसकी शिकायत भी दूर हो जाएगी।

ईशरदास शाम होने के कुछ पहले ही निकल पड़ा और शाम होते ही बड़े के घर पहुँचा।

बेटा अभी दफ्तर से नहीं लौटा था। भागवंती और बहू घर पर थीं। बहू का हाल उसने पूछा। बहू ने बताया कि उसे अभी भी काफी कमजोरी है। किसी भी समय बुखार लौट सकता है।

पर ईशरदास को लगा, उसे भागवंती का हाल पूछना चाहिए, बहू का नहीं। वह जानता था कि बहू की तबीयत ठीक नहीं है और भागवंती यहाँ काम करने आई है। पर देखने से उसे लगा कि भागवंती ही बीमार है, और बहू को कोई तकलीफ नहीं है। भागवंती बहुत ही कमजोर लग रही थी। उसकी तबीयत भी गिरी-गिरी थी।

''कैसी हो?'' ईशरदास बहुत सारे संकोच के बाद भी उसकी चारपाई की पाटी पर बैठ गया।

''ठीक हूँ।'' भागवंती ने जीभ से होंठ गीले करके बहुत मद्धिम आवाज में कहा। वह एक ओर खिसक गई, ''आराम से बैठ जाओ!''

ईशरदास आराम से बैठ गया। भागवंती के विषय में उससे ज्यादा और कौन जानेगा। उसके चेहरे का इस प्रकार मुरझा जाना, बार-बार जीभ से होंठों को गीला करना, इस प्रकार धीरे-धीरे बोलना, जैसे बोलने के लिए भी ऊर्जा का संचय करना पड़ता हो। वह देख रहा था कि भागवंती ठीक नहीं है। जब वह ठीक होती है तो इतनी सुस्त नहीं होती। आलस्य उसका स्वभाव नहीं है।

''वहाँ सब लोग कैसे हैं?'' भागवंती ने पूछा।

और ईशरदास उसे एक-एक के विषय में बताता रहा। उसने अपने बारे में भी बताया कि वह वहाँ बहुत आराम से है। तीसरी बहू उसका बहुत ध्यान रखती

है और उसे किसी भी प्रकार की कोई असुविधा नहीं थी।

वह बताता जा रहा था और साथ-साथ भागवंती के चेहरे की ओर देखता जा रहा था। वह जानता था कि भागवंती समझती है कि वह झूठ बोल रहा है। भागवंती उसे और अपनी बहुओं को अच्छी तरह जानती थी। पर मुख से शिकायत करने की आदत दोनों में से किसी को भी नहीं है।

ईशरदास के मन में बड़े बेटे के लिए बहुत सारा आक्रोश जमा होता जा रहा था। उसे अपनी माँ की हालत नजर नहीं आती। जाने बेचारी को कितना खटना पड़ता है! इनकी अपनी बीवी की अंगुली भी दुःख जाए तो आँखों से आँसू झरते हैं और माँ चारपाई से लग जाए तो पता नहीं लगता। बीवी का रंग लाल सुर्ख हो रहा है, पर उसे अभी कमजोरी है और इस बूढ़ी के शरीर में एक बूँद खून नहीं है, फिर भी यह काम कर रही है।

भागवंती पर भी क्रोध आ रहा था। आखिर उसे क्या पड़ी है इनके लिए मरने की। जब अलग हुए हैं तो खुद सँभालें अपने बीवी-बच्चों को। जब तक काम कर सकती है, करे; पर जान देने की क्या जरूरत है।

जी में आया कि भागवंती से कहे, ''चल, उठ! तैयार हो जा। मैं तुझे अपने साथ ले चलूँगा। यहाँ रहकर मरने की जरूरत नहीं है।'' पर वह जानता था कि ऐसे न भागवंती जाएगी, न उसे ले जाना उचित ही है। बड़ा बेटा नाराज हो जाएगा और ईशरदास किसी को नाराज करना नहीं चाहता।

दरवाजे पर कुछ खटका हुआ था और उसका पोता चिल्ला रहा था, ''पापा! पापा आए। पापा···''

उसका बड़ा बेटा आ गया था।

वह चारपाई से उठ बैठा—मिल आए बेटे से। पर वह जानता था कि बेटा पहले बहू के पास जाएगा। हालचाल पूछेगा। वह उसे ईशरदास के विषय में बता देगी। तब वह स्वयं ही इस ओर आ जाएगा।

ईशरदास और भागवंती दोनों ही चुपचाप बैठे हुए थे। वह देख रहा था कि कब उसका बेटा आए। शायद भागवंती भी यही सोच रही थी।

बेटा आया, ''नमस्ते, बाबूजी!''

''खुश रहो।'' ईशरदास बोला, ''कैसे हो?''

''क्या बताऊँ?'' बेटा भी बैठ गया था, ''बड़ी परेशानी में हूँ। उधर वह ठीक ही नहीं हो रही, इधर अम्माँ भी कुछ ढीली हो गई हैं। समझ में नहीं आता क्या करूँ?''

ईशरदास चुप बैठा रहा। वह क्या कहे?

''आपका क्या हाल है?''

''ठीक हूँ।'' ईशरदास ने कहा, ''बहुत आराम से हूँ।''

''थैले में क्या है?'' और बिना उत्तर सुने ही बेटा बोला, ''आपसे कितनी बार कहा बाबूजी कि आप कुछ न लाया कीजिए। आप जब भी आते हैं, कुछ-न-कुछ ले आते हैं...''

''मैं कुछ नहीं लाया, पुत्तर!'' ईशरदास बोला, ''मेरे कपड़े हैं।''

''अच्छा।'' बेटा हँसा, ''मैं अभी आया।''

और वह चला गया।

ईशरदास को जरा बुरा लगा। भला वह खाली हाथ क्यों आया? ऐसे खाली हाथ आना क्या अच्छा लगता है...पर लाता भी कहाँ से? उसकी कोई अपनी कमाई है! बेटों के तो अपने ही इतने खर्च हैं कि कुछ बचता नहीं। उसे रोटी मिल जाती है, यही बहुत है। उसके हाथ पर कोई कुछ रखे तब तो...

उसने बेटे को बता दिया था कि वह अपने कपड़े लाया है, पर बेटे ने कुछ कहा नहीं था। जाने क्यों कुछ नहीं कहा...

''आप कब आए, बाबूजी?'' बेटा लौट आया था।

''हो गया घंटा भर।'' वह बोला, ''अब चलूँगा। तुमसे मिलने के लिए ही बैठा था। बहुत दिन हो गए थे तुम्हें देखे।''

''मैं भी सोच ही रहा था उधर आने की।'' बेटे ने कहा, ''पर मेरा खयाल है कि आप अँधेरा होने से पहले-पहले ही चले जाएँ, नहीं तो आपको मुश्किल होगी।''

''हाँ, ठीक है,'' ईशरदास उठकर खड़ा हो गया, ''ठीक वक्त पर घर पहुँच ही जाऊँ तो अच्छा है।''

''आइए, मैं बस पर चढ़ा आऊँ।'' बेटा बोला।

''नहीं तुम बैठो।'' ईशरदास ने थैला उठा लिया, ''अभी दफ्तर से आए हो। थके होगे। फिर बहू भी अकेली है।''

वह मुड़ा, ''अच्छा, भागो!''

बहुत दिनों के बाद उसने भागवंती को प्यार के नाम से संबोधित किया था। बेटा उसे दरवाजे तक छोड़ने आया।

''बाबूजी, यह...'' उसने देखा, बेटा उसे एक रुपए का नोट दे रहा था, ''...बस के लिए।''

एक बार ईशरदास के जी में आया कि अपनी जेब खनखनाकर कहे, 'बहुत पैसे हैं बेटे, मेरे पास।' पर फिर चुपचाप रुपया ले लिया। अगली बार आएगा तो बच्चे के लिए कुछ लेता आएगा।

"अच्छा, भई···" और वह चल पड़ा।

बेचारी भागो—सोचता जा रहा था—अगर मैं रुक जाता तो उसे और भी काम करना पड़ता—एक आदमी का बोझ और। अच्छा ही हुआ, बेटे ने उसे ठहरने के लिए नहीं कहा।

रास्ते में उसने बेटे के रुपए से सिगरेट की एक डिब्बी खरीद ली। घर लौटकर भी तो कमरे में बंद होकर सिगरेट ही फूँकनी है—उसने सोचा—खत्म हो जाएँगी तो किससे माँगेगा।

एक सिगरेट उसने जला ली और धीरे-धीरे बस स्टैंड की ओर चल पड़ा। थैला व्यर्थ ही उसका एक हाथ उलझाए हुए था।

□

नमक का कैदी

इस बात को कई महीने हो गए थे। सदा ऐसा नहीं होता था, न ही लगातार होता था। किसी-किसी समय ऐसा लगता था कि मेरी साँस फूल रही है या मेरी छाती फट रही है। जब कभी मैं जरा सा तेज चलता था, ऐसा हो जाया करता था। तब मैं जहाँ होता, वहीं रुक जाता या फिर बहुत ही धीरे-धीरे डग उठाता था। दो-चार मिनटों के बाद मैं अपने आप ही ठीक हो जाता। कभी-कभी तो बिना तेज चले भी ऐसी तकलीफ हो जाया करती थी। कहीं जाना होता, बस पकड़नी होती, रेलगाड़ी में सवार होना होता, मुझे चिंता सी लग जाती—मेरे पहुँचने से पहले कहीं बस निकल न जाए, गाड़ी में कहीं बहुत भीड़ न हो। चिंता मेरे मस्तक से उतरकर छाती में आ जाती। कहीं-कहीं सुइयाँ चुभने लगतीं। फिर दर्द होने लगता और छाती फटने लगती। दम फूल जाता, जैसे कई मीलों से दौड़ता आया होऊँ। साँस तक लेने में कठिनाई होने लगती, जैसे फेफड़े खाली भी हों और उनमें साँस समा भी न पाए। मुझे रेलगाड़ी याद हो आती। यार्ड से आ प्लेटफार्म पर लगती हुई, एकदम खाली गाड़ी। लोगों की भीड़ की भीड़। सब लोग एक साथ भीतर घुसने के प्रयत्न में। छोटे से दरवाजे में फँसे दस-दस आदमी। खाली डिब्बा और फिर भी यात्री भीतर न जा पाएँ। दरवाजे में ही जम जाएँ। ऐसे समय में लगता, मैं गिरकर बेहोश हो जाऊँगा, पर न कभी गिरा, न बेहोश हुआ।

बहू से मैंने एक दिन चर्चा कर दी। यों ही कह दिया था, पर बहू चिंतित हो उठी। दिन भर वह बालकनी पर टँगी-टँगी बेटे की प्रतीक्षा करती रही। या तो मुझे खाना देने भीतर आई या फिर दो-एक बार यह देखने भी आई कि मेरी छाती सचमुच फट तो नहीं गई, उसमें छेद तो नहीं हो गया। जिस प्रकार फटी-फटी आँखें और मुट्ठी में अपनी साड़ी का पल्लू भींचे-भींचे वह मुझे देखने के लिए भीतर आती, उससे मुझे लगता था कि वह सोचकर आती है कि भीतर आने पर

वह देखेगी कि मेरी छाती फट गई है। उसमें आर-पार छेद हो गए हैं और वह झटपट उन छेदों में अपनी साड़ी का पल्लू ठूँसकर उन्हें बंद कर देगी। पर बेचारी को ऐसा कोई अवसर नहीं मिला।

शाम को बेटा घर आया तो बहू ने उसे सीढ़ियों में ही सबकुछ बता दिया। बेटा अपने कमरे में न जाकर मेरे कमरे में आ गया। उसने बड़ी चिंतित मुख-मुद्रा में मेरा हाल-चाल पूछा। मैंने उसे बता दिया। उसने अपनी नाराजगी जताई कि मैंने उसे पहले क्यों नहीं बताया और डॉक्टर को बुलाने चला गया।

बेटे ने एक नहीं, कई डॉक्टरों को बुलाया। डॉक्टरों ने मुझे देखा-भाला, ठोंका-पीटा और कहा कि मुझे कोई बीमारी नहीं है···केवल बुढ़ापे के कारण ही यह सब होता है। बुढ़ापे में आदमी के स्नायु कमजोर हो जाते हैं, इसलिए सोच-विचार से, चिंता से या शारीरिक थकावट से ऐसा हो जाता है। बुढ़ापे का कोई इलाज डॉक्टरों के पास है नहीं, इसलिए मेरी बीमारी का भी कोई इलाज उनके पास नहीं था। उन्होंने मुझे सोचने-विचारने, चिंता करने और शरीर को थकाने से मना कर दिया।

मैंने अकेले में बहुत सोचा—क्या मैं सोचता-विचारता हूँ? क्या मैं चिंता करता हूँ? क्या मैं शरीर को थकाता हूँ? सोच-सोचकर मेरे सिर में दर्द होने लगा, पर मुझे एक भी अवसर ऐसा नहीं आया, जब मैंने जान-बूझकर सोचा हो, या योजना बनाकर कभी चिंता की हो या अपने शरीर को कभी थकाया हो। मैंने तो सदा उसे आराम ही दिया है। बहुत सोचकर मैं इस निष्कर्ष पर पहुँचा कि सोच-विचार आ जाता है, चिंता लग जाती है और शरीर अपने आप थक जाता है। मेरे पास भी अपनी बीमारी का कोई इलाज नहीं था।

उस दिन मैं अपने घर के नीचे वाली सड़क के बाजार तक गया था। मेरे सिगरेट समाप्त हो गए थे, वे तो मुझे लाने ही थे। सिगरेटों के लिए मैं कभी भी बेटे या बहू को नहीं कहता था।

मैं सीढ़ियाँ उतरकर नीचे आ गया। इधर-उधर अच्छी तरह देखकर सड़क पार की और सिगरेटों की दुकान पर जा पहुँचा। सिगरेटवाले ने मुझे देखते ही गोल्ड-फ्लैक की दस डिबियाँ, पनामा के डिब्बे में सजाकर दे दीं। वह मुझे अच्छी तरह जानता है। इंजीनियर साहब के बाप को···यानी मुझको यहाँ के सारे दुकानदार जानते हैं। वह यह भी जानता है कि मैं केवल गोल्ड-फ्लैक ही पीता हूँ। और वह यह भी जानता है कि मैं उसकी दुकान पर आता हूँ तो केवल सिगरेटों के लिए आता हूँ···क्योंकि पान मैं नहीं खाता। और सिगरेटों के मैं दस पैकेट लेता हूँ।

मैंने उसे पैसे दिए और लौट पड़ा।

सहसा मुझे लगा, मेरी छाती में फिर तकलीफ है और उसी के साथ-साथ, पहले माथे पर पसीने की हल्की-हल्की बूँदें उभरीं और फिर मेरा सारा शरीर पसीने से भीग गया। मैं खड़ा-का-खड़ा रह गया। सोचा, अभी मेरी तकलीफ पहले की तरह दो-एक मिनटों में ठीक हो जाएगी। पर ऐसा हुआ नहीं, वह बढ़ती गई, जैसे सिगरेट का कश लेकर मुँह से बाहर फेंका हुआ धुआँ समय के साथ फैलता ही जाता है।

मैं सड़क के किनारे की एक दुकान की टेक लेकर खड़ा हो गया और फिर वहीं बैठ गया। मुझे इस प्रकार बैठते दुकानदार ने देख लिया था। वह दुकान से नीचे उतर आया। साथ के और दो-तीन दुकानदार भी आ गए। वे लोग मुझे उठाकर मेरे घर छोड़ गए।

घर पर अकेली बहू थी। बेटा काम पर गया हुआ था। बहू ने मेरी हालत देखी तो एकदम घबरा गई। उसने झटपट पहले डॉक्टर को फोन किया और फिर बेटे के दफ्तर।

डॉक्टर पाँच मिनटों के भीतर ही आ गया और उसके देखते हुए ही बेटा दफ्तर से आ गया। डॉक्टर ने बेटे को मुझे जल्दी-से-जल्दी बड़े अस्पताल पहुँचाने के लिए कहा। उसका विचार था कि मुझे दिल का दौरा पड़ा है। किसी भी समय मेरी हृदय गति रुक सकती थी।

मेरी छाती फट रही थी और मैं हैरान होकर सोच रहा था कि इस बार तकलीफ लंबी जरूर खिंची थी; पर यह पहली बार नहीं हुई थी। दो-एक मिनटों के लिए ही होती थी। पहले तो किसी ने इसे हृदय-रोग नहीं बताया था। उन्होंने तो इसे मेरा बुढ़ापा ही कहा था। फिर इस बार···एक ही तकलीफ के क्या अलग-अलग नाम भी हो सकते हैं या बुढ़ापा और हृदय-रोग एक ही बीमारी के दो नाम हैं?

बेटा जिस टैक्सी में दफ्तर से आया था, वह अभी नीचे ही खड़ी थी। उसी में डाल वह मुझे बड़े अस्पताल ले गया।

मेरा दिल डूब रहा था। धीरे-धीरे जैसे मैं बेहोश सा हो रहा था। मेरे चारों ओर डॉक्टरों की एक भीड़ सी घिर आई थी, जैसे बंदर या रीछ का नाच देखने के लिए बच्चों का झुंड घिर आता है। वे लोग मुझे देख रहे थे, छू रहे थे। मुझे बहुत से यंत्र लगाए गए···टाँगों पर, बाँहों पर, छाती पर। और फिर जब मुझे लगा कि अब मेरी छाती फट जाएगी और मैं मर जाऊँगा, तब उन्होंने मुझे एक इंजेक्शन दे दिया।

रात को लोग सोने वाले थे तो मैं जागा। देखा, डॉक्टर साहब राउंड पर हैं। उन्होंने मुझे बताया, मुझे पलंग से नीचे नहीं उतरना होगा। इसीलिए पलंग के चारों ओर जंगला लगा दिया गया है। तकिए के बिना सोना होगा, इसलिए तकिया हटा लिया गया है। मुझे हर समय लेटे रहना है। उठकर बैठना भी मना है। मुझे पूरी तरह आराम करना होगा। खाने के लिए मुझे दूध मिलेगा, मक्खन निकाला हुआ। और कुछ भी नहीं। नमक, घी और सिगरेट बंद।

मैं डॉक्टर साहब को देखता रहा। मेरे सामने शीशा नहीं था, पर मैं समझता हूँ कि मेरा मुँह अवश्य ही भौंचक सा खुल रहा होगा। डॉक्टर साहब ने मेरे चेहरे से कुछ तो समझ ही लिया होगा। तसल्ली देते हुए बोले, ''भगवान् का धन्यवाद करो कि समय पर अस्पताल पहुँच गए। दो-चार मिनट भी देर से आते तो तुम्हें कोई नहीं बचा सकता था। यदि कहीं रिलैप्स हो गया तो बस छुट्टी!''

डॉक्टर के जाने के बाद मुझे नींद नहीं आई। क्या सुबह ये लोग मुझे बाथरूम तक भी नहीं जाने देंगे? ये लोग चाहते हैं कि मैं यहीं लेटा रहूँ। ये लोग मुझे बिस्तर पर ही बेड-पैन देंगे। बिस्तर पर बेड-पैन। छिह! छिह! कितने गंदे हैं ये लोग! साले कितने साफ बनते हैं और बिस्तर और टॉयलेट में कोई अंतर ही नहीं मानते।

तीन दिनों के बाद दूध पीते हुए सहसा मुझे उबकाई आ गई और मैंने सारा दूध उलट दिया।

मुझे दिन में छह बार मक्खन निकाला हुआ दूध दिया जाता था। घर से सेब और संतरे आते थे। मुझे लगा कि मैं अब और मीठा दूध नहीं पी सकता। नमकीन चीज के लिए मन बहुत तरस रहा था।

मुझे भूख लगती थी। अँतड़ियाँ कुलबुलाने लगती थीं, पर जब नर्स दूध का गिलास लेकर आती तो मेरी भूख मर जाती। दूध···दूध···मुझे उबकाई आने लगती···एक महीने के पश्चात् उन्होंने मुझे पलंग से उतरने और टॉयलेट तक चलकर जाने की अनुमति दी। टॉयलेट जाने की मुझे कोई प्रसन्नता नहीं हुई। पर अब मैं घर जाकर कोई नमकीन चीज खा सकूँगा—इस बात की मुझे खुशी थी।

मैं पलंग से उतरा तो मेरी टाँगें काँप गईं। मैं लड़खड़ाकर फिर से पलंग पर बैठ गया। मैंने अपने शरीर को देखा, मैं पहले से बहुत दुबला हो चुका था। इस दुबले-पतले शरीर का बोझ भी मेरी टाँगें नहीं उठा पा रही थीं।

मुझे पता ही नहीं लगा कि मेरे भीतर क्या होता रहा। पर डॉक्टर को अपने सामने पा जैसे मेरे भीतर उबाल आ गया। जी में आया कि डॉक्टर को गरदन से पकड़कर तीन-चार चाँटे लगा दूँ। पर मेरा शरीर अपने स्थान से हिला तक नहीं।

बस जीभ चल पड़ी, ''तुमने मुझे भूखा रख-रखकर इतना दुर्बल कर दिया है कि मैं अपने पैरों पर खड़ा भी नहीं हो सकता। तुम मुझे मारना चाहते हो?''

डॉक्टर मुझे देखता रह गया। उसका चेहरा वैसा ही निर्विकार रहा। बोला, ''धीरे-धीरे फिर शक्ति आ जाएगी।''

कुछ दिनों के बाद मैं पलंग पकड़-पकड़कर पग-पग चलने लगा। मुझे अपना पोता बहुत याद आता था, वैसे तो मैंने अपने बेटे को भी बैठते, खड़ा होते, सहारा लेकर डगमगाते हुए चलना सीखते हुए देखा था, पर मेरा पोता अभी पिछले वर्ष ही इस प्रकार चलता था। मैं उसे अपनी अंगुली पकड़ा देता था और वह दो डग भरकर गिर पड़ता था। मैं और मेरा पोता एक ही स्तर पर आ गए थे। मैं नए सिरे से चलना सीख रहा था।

□

उस दिन मुझे दही और चावल खाने के लिए दिए गए। मुझे लगा, मेरे दाँत चबाना भूल गए हैं। दो-चार बार चबाने पर ही मेरे जबड़ों में दर्द होने लगता था। एक तो वैसे ही फीके-फीके दही-चावल मुझे अच्छे नहीं लगे और फिर यह थकावट! मैंने थाली परे सरका दी।

पर दूसरे ही दिन मुझे बहुत तकलीफ हुई। यह तकलीफ पहली बार से बहुत ज्यादा थी। मेरी छाती फटी जा रही थी। मैं पसीने-पसीने हो गया था। मेरा दिल डूब रहा था। और अपने चारों ओर खड़े डॉक्टरों की भीड़ में खड़े, मैंने अपने बेटे और बहू को पहचाना था। वे दोनों चुपचाप रो रहे थे और मेरा पोता बेटे की गोद में, हैरानी से कभी अपनी माँ को, कभी बाप को और कभी मुझे देख रहा था…

डॉक्टर ने कहा था कि कोई बदपरहेजी हो गई थी, इसलिए मुझे फिर से मक्खन निकाला हुआ दूध दिया जाने लगा।

मुझसे बैठा भी नहीं जाता था। दवा पीने भर में मैं हाँफने लगता था।

मैंने डॉक्टर को बहुत धीरे से और काफी मैत्रीपूर्ण ढंग से सलाह दो, ''डॉक्टर! कोई दवा देकर मार डालो, ऐसे भूखे क्यों मारते हो?''

डॉक्टर हँस पड़ा। बोला, ''हम आपका ठीक इलाज कर रहे हैं। आपको जान-बूझकर दुर्बल किया जा रहा है। हम आपके शरीर की चरबी गला रहे हैं।''

उस दिन शाम को बेटा मुझे देखने के लिए आया तो मैंने उससे कहा, ''मुझे घर ले चलो।''

''डॉक्टर अभी नहीं मानते।'' बेटे ने कहा।

''न माने।'' मैं बोला, ''फिर भी मुझे ले चलो।''

''यहाँ आपका इलाज हो रहा है।'' वह बोला।

''ये लोग धीरे-धीरे मुझे मार रहे हैं।'' मैंने भेद भरे स्वर में उसे बताया, ''ये मेरी चरबी गला रहे हैं, फिर मेरी हड्डियाँ गलाएँगे। ये लोग मुझे जीवित घर जाने नहीं देंगे। तुम अब रोज अस्पताल मत आया करो, इनसे पूछ आओ कि मेरा शरीर लेने के लिए तुम्हें कब आना चाहिए।''

बेटा रो पड़ा। उसने मेरा हाथ अपने हाथ में ले लिया।

''पिताजी, आप ऐसी बातें न सोचें।'' उसने कहा, ''आप ठीक हो जाएँगे। यहाँ आपका ठीक इलाज हो रहा है। और फिर देखिए न!'' उसने मुझे समझाया, ''यदि उनकी इच्छा के विरुद्ध मैं आपको ले गया और आपको फिर कभी कोई तकलीफ हुई तो वे लोग आपको फिर से एडमिट नहीं करेंगे। यहाँ एक ही तो ऐसा अस्पताल है। छोटे शहरों में बड़ी तंगी है।''

बेटा चला गया।

मैंने बहुत सोचा, पर मुझे यही लगा कि बेटा मेरी बात नहीं मानेगा। वह मुझसे बहुत प्यार करता है। वह मुझे बचाकर, सँभालकर रखना पसंद करेगा; जैसे मैंने अपने परदादा की घड़ी एक डिब्बे में सँभालकर गोदरेज अलमारी की सेफ में रखी हुई थी। वह घड़ी चलती नहीं थी—बस पड़ी थी।

डॉक्टर आया तो मेरे भीतर से जैसे कोई और बोला, ''डॉक्टर! मुझे कुछ खाने को दो।''

अपने भीतर के इस व्यक्ति को मैं नहीं पहचानता था। वह बहुत दीन था। अपनी माँ से चॉकलेट माँगते हुए भी मेरा पोता इतना दीन नहीं होता था। फिर मैं तो इतना का हो चुका था।

''क्या खाएँगे आप?'' डॉक्टर ने पूछा।

''डॉक्टर, दूध पीते-पीते मैं तंग आ गया हूँ।'' यह मैं बोला पर उसके बाद मेरे भीतर का वही अपरिचित बोला, ''डॉक्टर, मुझे दे दो कोई नमकीन चीज। अच्छा, नमक का एक चम्मच ही दे दो।''

उस अपरिचित के मुँह में नमक के नाम पर ही पानी आ गया था।

''नमक आपके लिए विष है।'' डॉक्टर ने कहा, ''आपको नमक नहीं दिया जा सकता। आपको ब्रेड का एक सादा स्लाइस और उबली हुई बिना नमक की सब्जी मिल जाएगी।''

उबला हुआ पपीता और उबले हुए बींस। मुझसे दो दिन भी नहीं खाए गए। पपीता भी भला कोई सब्जी है और बींस उबले हुए⋯बिना नमक के! हत्तेरी!

शाम को बेटा आया तो मैं बरस पड़ा, ''तुम मुझे घर ले जाना नहीं चाहते। अस्पताल में ही मरा हुआ देखना चाहते हो। मुझे कुछ खाने को नहीं देते। तरसा-तरसाकर मारना चाहते हो। ऐसे मर गया तो खाने के लिए प्रेत बनूँगा मैं, प्रेत!''

बेटा चुपचाप मुझे देखता रहा। कुछ भी नहीं बोला। और जब मैं बोल-चलकर शांत हो गया, वह मुझे दफ्तर के बारे में बताने लगा।

बेटे के जाने के बाद मेरे भीतर बहुत हलचल रही। मुझे किसी नाटक का रिहर्सल याद आ रहा था, जिसमें बहुत शोर-शराबा होता है, डाँट-डपट होती है और विशेष प्रकार का ठीक-ठीक अभिनय करने का बार-बार प्रयत्न होता है। डॉक्टर के आने पर फिर मेरे भीतर का अजनबी जागा। उसने हाथ जोड़ दिए और बहुत विनीत स्वर में बोला, ''डॉक्टर साहब! मुझ पर दया कीजिए।''

डॉक्टर ने बहुत आश्चर्य से मेरी ओर देखा। मैंने आज तक उससे इस प्रकार बात नहीं की थी।

''क्या चाहिए आपको?'' उसने पूछा।

मैंने स्टेशन जाने वाली सड़क के मोड़ पर एक मैला सा कपड़ा बिछाकर बैठे एक बूढ़े को कई बार देखा था। उसकी दाढ़ी बढ़ी होती थी। आँखों में गाद जमी होती थी और मुँह के दो किनारों से लार बह रही होती थी। वह जमीन पर सिर टेककर कहा करता था, ''एक पैसा, बाबा!''

मैंने पाया कि वह बूढ़ा अपना कपड़ा झाड़कर अपने स्थान से उठ बैठा है और आकर मेरे भीतर बैठ गया है।

वही बूढ़ा डॉक्टर से बोला, ''मुझे भूखा न मारो। मुझे कुछ दो खाने के लिए। यह सब मुझसे नहीं खाया जाता।''

''मछली खाएँगे आप?'' डॉक्टर ने पूछा।

''मछली!'' मेरे मुँह में पानी आ गया, ''मछली! हाँ, डॉक्टर! मछली।''

डॉक्टर कागज पर लिखकर चला गया।

मैं अपने पलंग पर लेटा हुआ मछली का स्वाद याद करने का प्रयत्न कर रहा था। मुझे मछली खाए बहुत दिन हो गए थे। मेरे मुँह में उसका स्वाद नहीं आ रहा था। पर फिर भी मैं अच्छी तरह जानता था कि मछली बहुत स्वादिष्ट चीज है...

मैं कैसा भुक्खड़ हो गया हूँ—मोड़ पर बैठने वाले को अपने भीतर से बाहर धकियाकर मैंने सोचा, यदि लोगों को पता चल जाए कि मैं खाने के विषय में क्या-क्या सोचता हूँ तो मेरी क्या इज्जत रह जाएगी। मेरे बेटे के विषय में लोग क्या सोचेंगे कि उसका बाप कैसा व्यक्ति है।

पर मैं अधिक देर यह सब नहीं सोच सका। मेरे मस्तिष्क में मछली तैरने लगी थी और मेरे भीतर फिर वह मोड़ वाला बूढ़ा आ बैठा था। कभी मछली ऊपर-ऊपर तैरती, कभी तह में चली जाती। कभी उसका सारा शरीर दिखता और कभी केवल मुँह।

वे लोग मछली के पकौड़े तल देते तो और भी अच्छा रहता—मैंने सोचा।

खाना देने वाली नर्स ने खाने की ट्राली रोककर मेरी थाली में मछली रखी तो मैं उसे देखता रह गया। मछली उबली हुई थी, सफेद-सफेद! बिना नमक की—जैसे कच्ची हो।

मैंने नाविकों के विषय में पढ़ रखा था कि समुद्र में भटक जाने पर जब उन्हें खाने के लिए कुछ भी नहीं मिलता, वे लोग कच्ची मछलियाँ खाते हैं। पर मैं···मैंने मछली का टुकड़ा मुँह में डालकर निगलने का प्रयत्न किया···जी में आया नर्स से कहूँ, पानी का एक टब दे जाए, मैं यह मछली उसमें तैराऊँगा···

मैं रात भर पानी में तैरती मछलियों के स्वप्न देखता रहा।

दूसरे दिन खाने वाली ट्राली के साथ एक नई नर्स थी।

उसके वार्ड में घुसते ही मैंने देख लिया था कि वह नई है। इस वार्ड में उसे मैंने पहले कभी नहीं देखा था।

मैंने अपने आपको तैयार करना शुरू किया। उसको जरा सा भी शक हो जाता तो बात बिगड़ जाती। पर शक हो ही क्यों? मैंने इधर-उधर देखा। किसी का भी ध्यान मेरी ओर नहीं था। मैंने अपने बिस्तर के पैताने पड़ी हुई थाली उठाई और खिसककर साथ वाले खाली पलंग पर बैठ गया।

इस पलंग का मरीज आज सवेरे ही डिस्चार्ज हुआ था और मैं तभी से इस विषय में सोच रहा था।

वह खाने की ट्राली ठेलती हुई आई और मेरी थाली में भी, रोटियों के साथ उबले हुए आलू का नमकीन भुरता और मसालेदार कीमा डालकर चली गई।

उसके आगे बढ़ते ही मैं फिर अपने पलंग पर खिसक आया। रोटियों को मैंने छूआ नहीं। एक चम्मच कीमा मुँह में डाला। मुँह से लार बह निकली। दो महीनों के बाद मेरे जीभ को नमक मिला था। नमक तो नमक! इसमें तो और भी मसाले थे।

सहसा मेरी रीढ़ की हड्डी पर भय की छिपकली रेंग गई। किसी ने भी मेरी थाली में कीमा और आलू का नमकीन भुरता देख लिया तो थाली छिन जाएगी।

मुझे लगा, मेरे भीतर हिंस्र पशु है, जिसके नाखून और दाँत बहुत पैने हैं और

वह किसी को चीर-फाड़कर खा जाने को तैयार बैठा है। यदि किसी ने मुझसे मेरी थाली छीनी तो मैं उसको अवश्य मार बैठता।

नई नर्स को वार्ड के अंत तक जाते-जाते अपनी भूल का अहसास हो गया। मैंने जल्दी-जल्दी कीमा निगलते हुए देखा, वह बार-बार अपने कागज उलट-पलट रही थी।

फिर वह तेजी से लौटी और आकर मेरे पलंग के पास खड़ी हो गई। भय की छिपकली मेरी रीढ़ की हड्डी से चिपक गई थी। मैंने थाली को अपने दोनों हाथों की पूरी शक्ति से पकड़ रखा था।

पर मैंने देखा। नर्स मेरी ओर नहीं बढ़ रही थी, न ही वह मेरी थाली छीन रही थी। वह अपने हाथों में कागज पकड़े भौंचक खड़ी थी। उसकी दृष्टि मेरे पलंग के साथ लगे हुए टीन के बोर्ड पर थी, जिस पर लिखा था 'बायल्ड'।

मेरी पकड़ अपनी थाली पर ढीली हो गई।

मैंने अपने चेहरे पर मुसकान लाने का प्रयत्न किया और धीरे से बोला, "सिस्टर, डरो नहीं! मैं किसी को नहीं बताऊँगा।"

वह अपनी स्तंभित अवस्था में से उबरी, "किसी को मत बताना, प्लीज!" मैंने स्वीकृति में सिर हिला दिया और वह चली गई।

अब कोई जल्दी नहीं थी। मैंने अपनी थाली को देखा। कीमा मैं खा चुका था। आलू का भुरता मैं मजे-मजे में खा रहा था। बचपन में मैं इसी प्रकार चॉकलेट मुँह में डालकर चूसा करता था और जब अचानक याद आता कि चूसने से चॉकलेट समाप्त हो जाएगी, तो चूसना भी बंद कर देता था, बस उसे मुँह में रखे भर रहता था।

जब मुझे लगा कि थाली में भुरता कम रह गया है, मैंने चम्मच में कम-कम लेना आरंभ कर दिया और बहुत देर तक भुरते का आनंद लेता रहा। मैं बहुत दिनों के बाद आज मुसकराया था। मेरा मन कर रहा था, मैं जोर-जोर से हँसूँ पूरे वार्ड में दौड़ता फिरूँ, और चीख-चीखकर डॉक्टरों से कहूँ, "तुम सब पागल हो।"

शाम को फिर पुरानी नर्स ड्यूटी पर थी। ट्राली आकर मेरे पास रुकी तो उसने थाली में उबली हुई बींस के साथ कई टुकड़े उबली हुई मछली के डाल दिए। "सिस्टर, प्लीज!" मैंने कहा।

मुझे लगा, मेरे भीतर आ बैठने वाला अजनबी अब मेरे साथ एकाकार हो गया। मैं अब उसे स्वयं से अलग नहीं कर पाता था।

"क्या है?" नर्स ने पूछा।

''सिस्टर, थोड़ा सा कीमा!'' मैं घिघियाया, ''मुँह का टेस्ट बदलने के लिए।''

''ओह, नो!'' उसने ट्राली आगे ठेली, ''नॉट फॉर यू।''

मैंने बड़ी कठिनाई से स्वयं की थाली को उसके सिर पर पटक देने से रोका।

मेरे बाईं ओर वाले पलंग पर भी एक मरीज आ गया था और दाईं ओर के पलंग वाले मरीज से भी मैंने काफी जान-पहचान कर ली थी और मेरा मस्तिष्क सुबह से एक योजना पर काम कर रहा था।

नर्स खाना देकर चली गई।

''इतनी सारी चीजें!'' मैंने कहा।

मैंने देखा, बाईं ओर वाले मरीज ने मेरी बात सुन ली थी और मेरी थाली की ओर देख रहा था।

''आप मछली खाएँगे?'' मैंने मुसकराकर बड़ी आत्मीयता से पूछा।

उसने कुछ नहीं कहा। सोचता रहा कि क्या कहे।

मैंने अपने पलंग से उठकर मछली के तीन-चार टुकड़े उसकी थाली में डाल दिए।

उसने मुझे बहुत मना किया, पर मैं नहीं माना।

''यह आपने ठीक नहीं किया।'' वह बोला, ''अब आप क्या खाएँगे?''

''मेरे पास काफी है।'' मैंने कहा।

वह नहीं माना और उसने जबरदस्ती अपनी गोभी की सब्जी मेरी थाली में डाल दी।

हल्दी में रंगी पीली-पीली नमक-मिर्च वाली गोभी मेरी थाली में पड़ी थी। मैंने पहले जीभ अपने होंठों पर फेरी और फिर मुँह में आया पानी गटक गया। जी में आया, अपने पलंग से उतरकर अपने पड़ोसी मरीज के पैर पकड़ लूँ और कहूँ कि वह रोज इसी प्रकार अपनी थोड़ी सी सब्जी मुझे दे दिया करे।

□

उसी शाम को बेटा मुझे घर ले आया। घर आकर उसने बताया कि डॉक्टर कई दिनों से मुझे डिस्चार्ज करने की सोच रहे थे, पर उसने मुझे बताया नहीं था कि कहीं मैं और जल्दी मचाऊँ।

मैं घर आकर बहुत प्रसन्न था। हर घड़ी की चिक्-चिक् समाप्त हुई। अस्पताल में तो दवा पीकर या खाना खाकर एक मिनट के लिए भी बिस्तर पर बैठा नजर आ जाऊँ तो वार्ड के कोने से सिस्टर-इंचार्ज की आवाज आती थी, ''लेट जाइए।'' और फिर खाना…सिगरेट को भी जी तरसकर रह गया था…

घर पर भी जब मेरे सामने बिना नमक-मिर्च की उबली हुई सब्जियाँ आईं तो मुझे गुस्सा आ गया। मैंने प्लेट उठाकर पटक दी। प्लेट खन्-न्-न् करती हुई टुकड़ों में बँट गई और सब्जियाँ सारे कमरे में बिखर गईं। मैंने देखा, बहू अपना बायाँ पैर बार-बार दबा रही थी। शायद उसे टूटी हुई प्लेट का टुकड़ा लग गया था। पर मुझे एकदम दया नहीं आई। मैं इतने गुस्से में था कि यदि वह मेरी बहू न होती, कोई और होता तो मैं टूटी प्लेट के टुकड़े या और जो कुछ मेरे हाथ में आता, उसे उठा-उठाकर मारता।

"यही सब खिलाना था तो घर क्यों लाए?" मैंने कहा और उसी प्रकार फुफकारता हुआ गुस्से में लेट गया।

बहू ने कुछ नहीं कहा। वह जाकर बेटे को बुला लाई। बेटे को देखते ही मैं उठ बैठा। बेटा मेरी ओर देखता रहा। उसने कुछ कहा नहीं।

मैंने ही कहा, "भूखे रहकर जीने से मैं खा-पीकर मरना अच्छा समझता हूँ।"

"पिताजी, आप हमारी मजबूरी समझिए।" अंत में बेटे ने कहा, उसकी आँखों में आँसू थे, "हम अपने हाथों से आपको विष नहीं दे सकते।"

वे दोनों कमरे से चले गए। मुझे कुछ कहने का अवसर उन्होंने नहीं दिया। मैं भन्नाता हुआ लेट गया। नौकरानी आकर कमरा साफ कर गई और बहू दुबारा मेरा खाना लाई। इस बार वह वही सब्जियाँ स्टील की थाली में लाई, ताकि मैं बरतन न तोड़ सकूँ।

मैं तभी समझ गया, बेटा और बहू अपनी जगह पर पक्के हैं, वे मुझे नमक नहीं देंगे। 'डाँट-डपट या क्रोध से काम नहीं चलेगा, दोस्त!…' मैंने अपने आपको समझाया, '…बुद्धि से काम लो।'

दूसरे दिन बेटा दफ्तर चला गया और बहू अपने कमरे में कुछ पढ़ने लगी तो मैंने खेलने के बहाने अपने पोते को बुला लिया। जितने दिन मैं अस्पताल में रहा था, पोता मुझसे मिला नहीं था। लगता था, मेरी बीमारी की चिंता में बेटे और बहू ने पोते का एकदम ध्यान नहीं रखा था। वह बड़ी ललक से मेरे पास आया।

"चॉकलेट कौन खाएगा?" मैंने उसे गोद में लेकर पूछा।

"बबलू!" उसने कहा।

"तो पहले बबलू बेटा रसोई से थोड़ा नमक लाए।" मैंने उसे गोद से उतारकर फर्श पर खड़ा कर दिया।

मुझे आशंका थी कि तीन वर्ष का बबलू नमक कैसे लाएगा, फिर भी प्रयत्न

करने में क्या हर्ज है। मैं बबलू की प्रतीक्षा करता रहा।

बबलू आया तो उसकी मुट्ठी में चुटकी भर नमक था। मैंने बड़े यत्न से सारा नमक उससे ले लिया, उसकी नन्ही हथेली को जीभ से चाट लिया। फिर नमक अंगुली-अंगुली चाटा और शेष अखबार के टुकड़े में लपेटकर अपने तकिए के नीचे रख लिया।

''बबलू नमक कहाँ से लाया?'' मैंने पूछा।

''मीना ने दिया।'' उसने कहा।

मीना हमारी नौकरानी है।

'यह तरीका फिर भी काम कर सकता है'—मैं सोच रहा था—'यदि मैं मीना को ही रुपया-दो रुपया दे दिया करूँ, तो वह मुझे नमकीन चीजें दे सकती है। शायद वह मुझे सिगरेट भी ला दे। सिगरेट…'

''चॉकलेट!'' बबलू अपनी माँग कर रहा था।

''पापा शाम को बाजार से ला देंगे।'' मैंने उसे कमरे से बाहर कर दिया। मेरे दिमाग में सिगरेट का धुआँ था…

बबलू बुरा सा मुँह बनाकर चला गया। उसे मुझसे इस धोखे की आशा नहीं थी।

सिगरेट—मैं सोच रहा था—'जिस दिन मुझे अस्पताल ले जाया गया था, उस दिन मैं गोल्ड फ्लैक के दस पैकेट लाया था। वे मेरी अलमारी में होने चाहिए।'

मैंने अपने कमरे का दरवाजा बंद कर लिया और अलमारी खोली। सामने ही दसों पैकेट पड़े थे। साथ ही माचिसें भी थीं। मैंने एक पैकेट निकाल लिया और सदा खुली रहनेवाली अलमारी को ताला लगाकर चाबी अपनी जेब में डाल ली। बेटा मेरी सिगरेटों के पैकेट नहीं छीन सकता…

शाम को मैं सिगरेट पी रहा था। मैंने बेटे के आने की आहट सुनी। मैंने झट से सिगरेट बुझा दी…पर सहसा मेरे मस्तिष्क में बिजली कौंधी।…मैंने सिगरेट फिर से जला लिया और दीवार से टेक लगाकर आराम से कश खींचने लगा।

बेटा मेरे कमरे के द्वार पर आया। उसने परदा हटाया, ''कैसे रहे, पिता…''

उसने मुझे सिगरेट पीते हुए देख लिया था।

वह झपटकर आया और उसने मेरे हाथ से सिगरेट छीन लिया।

''आपको सिगरेट कहाँ से मिले?'' उसने पूछा।

मुझे अधिक प्रयत्न नहीं करना पड़ा। बड़ी सुविधा से मैं कह गया, ''बहू ने मँगवा दिए थे।''

अब झूठ बोलने में मुझे कठिनाई नहीं होती थी। काफी अभ्यास कर लिया था।

बेटा मेरे कमरे में रुका नहीं, वह अपने कमरे में चला गया। मैं अपने कमरे में बैठा बेटे और बहू की लड़ाई सुनता रहा। बेटा जोर-जोर से चीख रहा था। बहू पहले तो धीरे-धीरे बोलती रही, फिर वह भी तेज हो गई। वह किसी बात से बार-बार इनकार कर रही थी···

फिर मुझे लगा, जैसे बेटे ने बहू को चाँटा मार दिया हो! चीखना बंद हो गया। लड़ाई थम गई।

मैं अपनी चारपाई पर लेटा-लेटा मुसकराया। मैं बहू को बहुत अच्छी तरह जानता हूँ। कल से मुझे नमकीन सब्जियाँ भी मिलेंगी और सिगरेट भी।

'मेरा बेटा एकदम उल्लू है।' मैंने मन-ही-मन कहा।

□

एक नई शुरुआत

घनश्यामदास की तबीयत कल शाम से काफी खराब थी।

कोई और समय होता तो शायद वे चारपाई से हिलते भी नहीं। कौन सा अब दफ्तर जाना होता है। पड़े रहते चुपचाप! रिटायर हो जाने का यही तो सुख है। पर चुप पड़े रहने की बात पूरी होती नजर नहीं आ रही थी उन्हें।

सहसा उन्होंने ऊँचे स्वर में पुकारकर कहा, ''सुना तुमने! मेरे लिए तीन-चार दातुनें भी रख लेना। कौन जाने वहाँ दातुनें मिलें, न मिलें।''

वे हाँफकर चुप हो गए थे। वे अधिक चीख-चिल्ला नहीं सकते थे। दिल के मरीज के लिए वे सारी बातें खतरनाक हैं, जो कल शाम से हो रही थीं। वे सोचते जाते थे और दर्द की एक तीखी छुरी उनकी बाईं पसलियों से ऊपर की ओर चलनी शुरू हो जाती थी···

उनकी बात का उत्तर किसी ने नहीं दिया था। उत्तर की उन्हें कोई इच्छा भी नहीं थी। वे अपनी पत्नी को काफी अच्छी तरह जानते थे। एक लगभग पूरी-की-पूरी उम्र कटी थी उसके साथ। वह यदि उत्तर देती तो कोई-न-कोई ऐसी ही मूर्खतापूर्ण बात कहती, जिससे उनकी तकलीफ बढ़ ही जाती, घटती नहीं।

कल शाम से इस घर में कोई किसी से बात नहीं कर रहा था। किसी ने मजबूरी में किसी से कुछ कहा भी तो बहुत धीमे स्वर में, जैसे ऊँचे स्वर में बोलने से कोई मर्यादा टूटती हो, किसी का अपमान होता हो। इतने ऊँचे स्वर में बोलने की बात तो कोई सोच ही नहीं सकता था, जितने ऊँचे स्वर में घनश्यामदास बोले थे। सब चुप-चुप थे, अपने आप में डूबे हुए। कौन अधिक दुःखी है, यह कोई नहीं जानता था, इसलिए कोई किसी को सांत्वना भी नहीं दे रहा था।

घनश्यामदास कैसे इतने ऊँचे स्वर में बोल गए, शायद पत्नी के प्रति खीझ के कारण। सुबह से वह तैयारी कर रही है और अभी तक तैयार नहीं हो पाई है। दोपहर

दो बजे वाली बस तो निकल ही गई समझो। उसके बाद वाली भी पकड़ पाएँगे कि नहीं, कहा नहीं जा सकता। देर हो जाएगी शायद। लड़की अकेली जाने वहाँ किस हाल में होगी। छोटे-छोटे बच्चे हैं और फिर इस उम्र में यह सदमा! और यहाँ यह है लड़की की माँ—एक कपड़ा अटैची में रखती है और सिर पर हाथ रखकर रोने लगती है। ऐसे कब तक तैयार होगी यह···

उनकी खीझ दुःख से भी ऊँची चढ़ गई थी कहीं। दुःख दबकर, तह होकर, खीझ के नीचे कहीं छिप गया था। शायद इसी कारण वे इतने ऊँचे स्वर में बोल सके थे···

पर ऊँचा बोलकर वे पछताए ही थे। क्रोध उनके लिए विष था विष! क्रुद्ध होते ही जैसे उनके शरीर का सारा रक्त उनके सिर को जा चढ़ता। मुँह लाल सुर्ख हो जाता और एक तरह के नशे में वे कुछ कह जाते, कुछ कर जाते। पर गुस्से का भाटा बहुत दुखदाई होता। क्रोध बाढ़ के पानी के समान जब पीछे हटता तो जैसे कितने ही साँप-केंचुए, कीड़े-मकोड़े और भयंकर बीमारियाँ पीछे छोड़ जाता। घनश्यामदास पस्त हो जाते, जैसे नशा टूटा हो। साँस उखड़ने लगती, छाती में दर्द बढ़ जाता और अंग-अंग में दर्द होने लगता।

□

अभी कल सवेरे घनश्यामदास अपनी मुक्ति की बात सोच रहे थे।

एक लंबा परिवार पाला था उन्होंने। लगता था, जैसे उनके बच्चे न हों, राशन लेने वालों की एक लंबी कतार हो, जो खत्म होने पर नहीं आती। वे अपनी पत्नी से मजाक किया करते थे—"परमेश्वरी! जब तक तू आखिरी बच्चे को खिलाएगी, तब तक पहले को फिर भूख लग चुकी होगी। इतने बच्चे हैं तेरे!"

"नजर मत लगाया करो जी, मेरे बच्चों को।" परमेश्वरी चिढ़कर कहती, "पैदा किए हैं तो उन्हें खिला भी लूँगी, तुम चिंता मत करो।"

कोई स्वस्थ आदमी भी इतने बच्चों को पालता, पढ़ाता, उनकी नौकरियाँ लगवाता!, उनके ब्याह करता हुआ थक जाता। उन्होंने तो एक लंबा जीवन अपने इस रोगी शरीर के साथ काटा था। पर कट ही गया था। वे अपनी नौकरी में लग रहे थे और घर में सारे काम होते गए थे।

पिछले वर्ष रिटायर होकर उन्होंने एक बार आँखें खोलकर अपने परिवार की ओर स्टॉक-चेकिंग की दृष्टि से देखा था। जरा एक बार हिसाब-किताब तो कर लें, क्या-क्या हो गया और क्या-क्या करना है। कितनी क्षमता है और कितना समय है। उन्हें अपनी पढ़ाई के दिन याद थे। परीक्षा में समय पूरा होने से आधा घंटा पूर्व जब

वार्निंग–बेल बजती थी, तो वे इसी प्रकार अपना प्रश्न–पत्र और उत्तर–पुस्तिका जाँचते थे। उलट–पलटकर देखते, कितने प्रश्न करने हैं, कितने प्रश्न किए हैं। शेष कितने हैं और समय बचा है, आधा घंटा। बस वे इसी गति से काम करने में जुट जाते कि आधा घंटे में शेष कार्य पूरा हो जाए; क्योंकि जितना काम आधा घंटे में समाप्त नहीं होगा, वह छूट गया ही माना जाएगा। और काम का छूट जाना, अधूरा रहना—उन्हें पसंद नहीं था। अपनी जिम्मेदारी पूरी कर देनी चाहिए, बाद में कोई उसका मूल्य चाहे कितना ही आँके।

कुछ ऐसी ही दृष्टि से रिटायर होने पर उन्होंने अपने परिवार को देखा था।

नौकरी समाप्त हो गई थी। अब उन्हें न तो किसी नौकरी में एक्सटेंशन मिल सकती थी और न कोई नई नौकरी ही वे कर सकते थे। नई नौकरी करने की हिम्मत उनमें अब नहीं थी। इसी नौकरी में उनका शरीर घिसट गया, इसी को बहुत मानना चाहिए। बच्चे सब अपनी–अपनी जगह पहुँच गए थे। बचे थे दो। छोटे दोनों के प्रति उनकी जिम्मेदारी!

इन दोनों ने भी शेष बच्चों के समान उनकी बात मानी होती तो उनकी नौकरी में ही ये जिम्मेदारियाँ भी पूरी हो जातीं। पर ये छोटे दोनों अपने–अपने ढंग से उनकी बात मानने से इनकार करते रहे थे। बिट्टो ने एम.एस–सी. करके नौकरी कर ली थी और शादी को टालती आई थी। राजा बार–बार फेल हो रहा था और किसी भी प्रकार बी.ए. पार नहीं कर पा रहा था।

यदि वे बिट्टो का विवाह कर देते और राजा को किसी भी छोटी मोटी नौकरी पर लगा सकते, तो बात बन जाती। स्वयं अपने और पत्नी के लिए तो उनकी पेंशन भी पर्याप्त थी। वे अपना गुजारा कर सकते थे। हाँ, दिल्ली को छोड़ गाँव चले जाते, अपने घर पर। मकान का किराया भी बच जाता और दिल्ली की महँगाई से भी बच जाते।

पर ये दोनों काम…! परीक्षा के दिनों की आधा घंटा शेष वाली चेतावनी की घंटी जैसा कुछ बज रहा था। ये दोनों काम यदि जल्दी–जल्दी हो जाएँ। वर्ष भर के भीतर बिट्टो का विवाह हो जाए और राजा इसी वर्ष बी.ए. करके कोई नौकरी कर ले। बिट्टो के विवाह और वर्ष भर के खर्च का बोझ उनका प्रॉविडेंट फंड का पैसा सँभाल सकता था। वर्ष भर तो वे अपने इस सरकारी क्वार्टर में भी किसी–न–किसी प्रकार काट ही जाएँगे…

परीक्षा भवन में अंतिम आधा घंटे में वे जिस प्रकार समय के साथ होड़ करते थे, पिछले महीनों में कुछ ऐसा ही समय उन्होंने बिताया था। उस आधा घंटे के

संघर्ष और भाग-दौड़ के बाद की मुक्ति का सुख! काम पूरा करने का संतोष! अपनी इस परीक्षा से मुक्ति की बात भी कल सवेरे ही सोची थी उन्होंने!

बिट्टो की सगाई पिछले सप्ताह कर दी थी उन्होंने। तीन महीनों के भीतर-भीतर शादी! फिर रह जाता था केवल अकेला राजा! उसका वे क्या करें…? उसका कोई हल नहीं सूझ रहा था उन्हें। इस बात की गारंटी कौन देगा कि राजा इस बार परीक्षा में पास हो ही जाएगा। वह बी.ए. हो ही जाएगा और इस परीक्षा में इतने अंक ले ही आएगा कि कोई ढंग की नौकरी कर, कम-से-कम अपना ही बोझ उठा सके।

उनकी स्थिति कुछ वैसी ही थी, जैसी सारा परचा करने के पश्चात् पाँच अंकों के किसी प्रश्न का उत्तर न आने पर होती थी। इन पाँच अंकों का क्या करें? राजा का क्या करें? यदि वह इसी वर्ष के भीतर बी.ए. करके नौकरी पर न लगा तो वे उसका क्या करेंगे और अपना क्या करेंगे? सरकारी क्वार्टर उन्हें छोड़ना पड़ेगा। प्रॉविडेंट फंड का पैसा बिट्टो की शादी में चुक जाएगा। फिर वे अपनी पेंशन में तीन व्यक्तियों की गृहस्थी दिल्ली में चला पाएँगे क्या?

पाँच अंकों के बचे हुए इस प्रश्न ने उन्हें बहुत तंग किया था और इसके विषय में सोच-सोचकर कितनी ही बार उनकी तबीयत खराब हो गई थी—दर्द की छुरी बाईं पसलियों से ऊपर की ओर चल पड़ती थी और वे चारपाई पर पड़े-पड़े छटपटाते रहते थे।

और कल सवेरे ही उन्होंने अपनी मुक्ति की बात सोची थी। उन्हें सहसा ही लगा था कि परीक्षा के तीन घंटे के अंतिम पाँच मिनटों में जैसे उन्होंने घबराकर प्रश्न-पत्र उलटा-पुलटा हो और उन्होंने पढ़ा हो कि उन्हें छह में से पाँच प्रश्न ही करने थे। एक प्रश्न वे छोड़ सकते थे—कोई सा भी। एक प्रश्न छोड़ देने पर भी उनका परचा अधूरा नहीं माना जाएगा। वे राजा की पढ़ाई भी छोड़े जा सकने वाले प्रश्न के समान ही मानेंगे। यदि वह नहीं पढ़ा तो उसका अपना दोष था। उन्होंने अपनी ओर से कोई कोर-कसर नहीं छोड़ी थी। वे उसे अपनी जिम्मेदारी नहीं समझेंगे। आज से उस प्रश्न को छोड़ देने का निर्णय कर लेंगे। वे तीन महीनों के भीतर-भीतर बिट्टो का विवाह कर देंगे। और फिर वर्ष समाप्त होने पर सरकारी क्वार्टर छोड़कर गाँव चले जाएँगे। राजा नौकरी करने लगे, दिल्ली रह जाए या कहीं और चला जाए तो ठीक है। कुछ न कर सके, उनके साथ आना चाहे तो शायद जब तक वे जीवित हैं—खाना तो उसे दे ही देंगे।

और जैसे उनका परचा पूरा हो गया था। तनाव से भरे हुए तीन घंटों के बाद की सुख-शांति उनके भीतर आ समाई थी। वे बड़े हल्के से हो गए थे। अपने रोगी

शरीर को अधिक कष्ट देने का क्या लाभ? उन्होंने सबकुछ ढीला छोड़ दिया था— दिन भर के कड़े परिश्रम के पश्चात् आराम की शाम के समान। अब वे तृप्त से थे।

बिट्टो की सगाई बहुत धूमधाम से नहीं की थी उन्होंने। धूमधाम की कौन सी बात थी, कौन सा घर में पहला विवाह था। फिर वे रिटायर हो चुके थे। अधिक धूम-धड़ाका करने के फेर में पड़ते तो प्रॉविडेंट फंड का पैसा वर्ष भर से पूर्व ही दम तोड़ देता।

फिर भी घर के सारे लोग—सारे बच्चे आए थे, एक इंदु को छोड़कर। इंदु ने बधाई का पत्र लिख दिया था और लिखा था कि जगदीश—उसके पति—बीमार हैं। अतः वह नहीं आ सकेगी। उसने काफी विस्तार से लिखा था कि बिट्टो की सगाई में आने का उसका कितना मन था। वह आती तो सब लोगों से मिल लेती। वैसे तो दिल्ली से चंडीगढ़ कोई बहुत दूर नहीं था, पर फिर भी घर-गृहस्थी में से निकलना जरा मुश्किल हो जाता है। सगाई के बहाने ही आ जाती। पर पति को छोड़कर कैसे आती?

घनश्यामदास ने भी लिख दिया कि वह जगदीशजी का हाल विस्तार से लिखे, उनके ठीक होने की सूचना शीघ्र दे और बिट्टो के विवाह पर आने की तैयारी अभी से पूरी कर डाले। विवाह के समय वे कोई बहाना नहीं सुनेंगे।

सगाई हो गई थी और सब लोग अपने-अपने घर लौट गए थे। घनश्यामदास बड़े हल्के और प्रसन्न मन से चारपाई पर लेटे-लेटे छत को देख-देखकर मुसकराते रहते। उन्होंने मान लिया था कि वे सरकारी नौकरी से रिटायर हो चुके हैं और गृहस्थी के चक्कर से भी बस अब रिटायर होने ही वाले हैं। दो-तीन महीनों की ही बात थी। ये दो-तीन महीने भी बस ऐसे ही थे, जैसे वेटिंग-रूम में बैठा हुआ एक यात्री, जिसकी बर्थ गाड़ी में रिजर्व हो चुकी हो। सामान सारा ब्रेक-वैन में बुक हो गया हो और वह बैठा घड़ी देख रहा हो कि गाड़ी प्लेटफार्म पर आए तो वह हौले से अपनी बर्थ पर जा बैठे। सारा कुछ हो चुका है, बस समय की बात है—वे बहुधा स्वयं को सूचना देते रहते।

पहले दिन में एक-आध बार वे राजा को डाँट-डपट भी कर दिया करते थे, कभी पढ़ाई को लेकर और कभी उसके व्यवहार को लेकर। पर अब उन्होंने उसे कुछ भी कहना छोड़ दिया था। वह उनके सामने पड़ जाता तो उनके भीतर एक चुहल सी मचलने लगती—'आप्शनल क्वेश्चन है साला!' वे स्वयं को सूचित करते और मुसकराने लगते—'इससे क्या सिर मारना!'

उन्हें स्वयं अपने ऊपर आश्चर्य होने लगता, आखिर कैसे उन्होंने स्वयं को

उससे इतना तोड़ लिया है कि उसके कॅरियर की बात, उसके भविष्य की बात, उसकी पढ़ाई और नौकरी की बात—उसकी कोई भी बात उन्हें विचलित नहीं कर पाती थी। यह सचमुच ही एक रिटायर्ड आदमी का दृष्टिकोण था।

□

और ऐसे ही कल शाम जब वे चारपाई पर लेटे-लेटे, रिटायर्ड जीवन का रस लेते हुए हल्के-हल्के ऊँघ से गए थे कि उन्हें जगदीश, इंदु के पति की मृत्यु का तार मिला था!

तार पढ़कर वे चुपचाप बैठे रहे, वैसे के वैसे ही, जैसे कुछ हुआ ही न हो। कुछ क्षणों के पश्चात् उन्होंने अपनी धोती के सिरे से चश्मा साफ किया और तार को फिर से पढ़ा। तार पढ़कर उन्होंने परमेश्वरी को पुकारा। और अपनी पुकार को सुनकर ही उन्हें पता चला कि वे रो रहे हैं, उनकी आँखों से आँसू गिर-गिरकर उनके भौंचक से खुले मुँह को नमकीन कर रहे हैं और उनकी आवाज भर्रा ही नहीं गई, फट गई है।

परमेश्वरी भागी-भागी आई और उसके साथ-साथ ही बिट्टो भी आ गई। राजा को भी किसी प्रकार—शायद उनकी आवाज सुनकर—पता लग गया कि कुछ हो गया है। उन तीनों ने उन्हें घेर लिया था और वे तार हाथ में पकड़े रोते जा रहे थे।

बिट्टो ने उनके बढ़े हुए हाथ से तार पकड़ लिया, पढ़ा और बहुत धीरे से बोली, ''माँ! जगदीश जीजाजी नहीं रहे…''

परमेश्वरी ने धाड़ मारी और घनश्यामदास को पता नहीं क्या हुआ। वे चीखकर बोले, ''जाओ, यहाँ से चले जाओ! मेरा सिर मत खाओ!''

घर में कुछ देर तक चीखें उठती रहीं, कभी किसी की, कभी किसी की और अंत में सबकुछ मौन हो गया! तीन जने घर के विभिन्न कोनों में बैठकर रोते रहे। राजा छत पर खड़ा-खड़ा चुपचाप सिगरेट पीता रहा और आकाश को घूरता रहा।

□

दु:ख की पहली बाढ़ से उभरकर, आँसू पोंछ घनश्यामदास गंभीर हो गए थे। उनकी छाती में बाईं ओर हल्का-हल्का दर्द हो रहा था, पर कोई ऐसा तेज नहीं था कि वे उसके बारे में सोचते।

वे सोच रहे थे इंदु के बारे में। इंदु अगले जून में आयु के पैंतीस वर्ष पूरे करेगी। अभी उम्र क्या है उसकी! और छोटे-छोटे तीन बच्चे हैं। छोटा लड़का तो अभी कुल डेढ़ साल का है। ससुराल कहने को इंदु की एक छोटी ननद मात्र है, जिसका विवाह तीन वर्ष पहले स्वयं इंदु ने अपने हाथों किया है। सास-ससुर, देवर-जेठ कोई नहीं।

वह अब किसके द्वार पर जाएगी? कहाँ जाकर बैठेगी?

और शायद जगदीश ने बीमा भी नहीं करवाया था—नहीं, करवाया था, करवाया था शायद! कुछ ठीक पता नहीं उन्हें। प्रॉविडेंट फंड भी कितना होगा। जमा-पूँजी? यदि कुछ भी तो कितने दिन चलेगा?

इस वय में विधवा होने का, पति के बिछुड़ने का दु:ख, जो इंदु को होगा, वह तो होगा ही; पर उसका यह आर्थिक पक्ष? अभी तो ढेर सारी जिंदगी पड़ी है—लंबी और संघर्ष से भरी। और तीन-तीन बच्चे। उन्हें पढ़ाना-लिखाना होगा, पालना-पोसना। लड़की का विवाह करना होगा! कैसे करेगी बेचारी इंदु! उसका अब कौन है?

और सहसा उन्हें लगा, वे यों ही व्यर्थ चिंता कर रहे हैं। इंदु की ससुराल में कोई न सही, मायके में तो हैं। उसके भाई हैं, भाभियाँ हैं, बहनें हैं···और तुरंत ही उन्हें लगा, वे अब गलत सोच रहे हैं। भाई-भाभियाँ ही किसी की जिम्मेदारी उठा सकते तो उन्हें अपनी बिट्टो के विवाह और राजा की पढ़ाई के लिए इस बुढ़ापे में अपने रोगी शरीर को कष्ट देने की क्या आवश्यकता थी? जिन भाइयों पर छोटे बहन-भाइयों की, कुछ वर्षों के लिए जिम्मेदारी नहीं छोड़ी जा सकती, उनसे यह आशा कहाँ की जा सकती है कि वे अपनी विधवा बहन और तीन-तीन बच्चों की जिम्मेदारी आजीवन उठाएँगे। नहीं···यह संभव नहीं है।

तो फिर कौन?

उनके सिवाय और कौन? और कोई नहीं। उन्हें ही करना होगा। इंदु उनकी बेटी है। ऐसे समय में वे उसे सहारा नहीं देंगे तो और कौन देगा। वे रिटायर अवश्य हो गए हैं, पर अभी जीवित हैं। फिर वे यह क्यों सोचते हैं कि और कौन?

कल सवेरे जल्दी-से-जल्दी, जो भी बस मिले, उससे चंडीगढ़ चले जाएँगे। जगदीश का संस्कार कर, वे इंदु और उसके बच्चों को अपने साथ दिल्ली ले आएँगे···

दिल्ली—उन्होंने सोचा—सरकारी क्वार्टर उन्हें छोड़ देना है। वे रिटायर हो चुके हैं। पेंशन उनकी बहुत अधिक नहीं है। प्रॉविडेंट फंड का पैसा बिट्टो के विवाह के लिए है, उसका विवाह भी आवश्यक है। जब इंदु का विवाह किया है तो बिट्टो का भी करना होगा। वे उससे मुँह नहीं मोड़ सकते। प्रॉविडेंट फंड का पैसा, इंदु के लिए नहीं बचाया जा सकता। बचा भी लिया जाए तो वह कितने दिन चलेगा?

उनकी मानसिक अवस्था कुछ वैसी थी, जैसी किसी परीक्षा के लिए आवेदन-पत्र भरते हुए होती थी। वे दस बार सोचते थे—उनकी तैयारी पूरी हो चुकी है न? वे परीक्षा में उत्तीर्ण होंगे क्या? पर कभी-कभी ऐसा सोचने का अवसर नहीं भी हो सकता। पूरी तरह से तैयारी न होने पर भी परीक्षा में बैठना पड़ सकता है। तब विद्यार्थी

यह मान लेता है कि वह परीक्षा के लिए तैयार ही है···

इसका अर्थ यह हुआ कि—वे सोच रहे थे—परमेश्वरी, इंदु और उसके तीन बच्चों के साथ उन्हें नई गृहस्थी शुरू करनी पड़ेगी। राजा भी निश्चित ही साथ रहेगा। एक बार पहले भी उन्होंने अपनी गृहस्थी आरंभ की थी। पर तब उनके साथ केवल परमेश्वरी थी। तब वे जवान भी थे। उनके सामने लंबा, आशामय जीवन पड़ा था। पर अब उन्हें आयु की इस सीमा में पहुँचकर, फिर से शुरुआत करनी होगी। एक नई शुरुआत! क्या करेंगे वे? इस बूढ़े-रोगी शरीर से वे क्या करेंगे? कैसे कमाएँगे? घर का खर्च कैसे चलाएँगे?

गाँव जाना बेकार होगा। गाँव में कोई ऐसा धंधा नहीं है, जिसे वे कर सकें। नौकरी वहाँ नहीं मिलेगी। जमीन उनके पास नहीं है। जमीन मिल भी जाए तो वे खेती कर पाएँगे क्या?

तो फिर?

तो दिल्ली में ही रहना होगा। पर दिल्ली में रहकर क्या होगा? क्या वे कोकाकोला बेचेंगे, पान-सिगरेट की दुकान करेंगे या···

उन्हें लगा, तीन घंटे का परचा समाप्त कर, वे परीक्षा भवन से निकल ही रहे थे कि उनके हाथ में एक नया प्रश्न-पत्र पकड़ाकर परीक्षा भवन में वापस भेज दिया गया है। उनकी टाँगें सो गई हैं, झुके-झुके रीढ़ की हड्डी चटखने सी लगी है और अंगुलियाँ लिखते-लिखते जड़ हो गई हैं···वे नया परचा, पूरे तीन घंटे का परचा फिर से कैसे आरंभ कर सकते हैं?

पर और हो ही क्या सकता है?

सहसा उनका ध्यान भटक गया। वे अपने ही विषय में क्यों सोच रहे हैं? आखिर इंदु की बात वे क्यों नहीं सोचते? इस मृत्यु से सबसे अधिक प्रभावित वही होने जा रही थी। सबसे अधिक उसे ही सहना था।

एक विशिष्ट ढर्रे में अपनी जिंदगी के पैंतीस वर्ष बिताकर इंदु को भी, फिर से एक नई शुरुआत करनी पड़ेगी। अब उसका पति नहीं होगा। वह अधिकारपूर्वक किसी से अपनी आवश्यकताएँ पूरी करने को नहीं कह सकेगी। उसके बच्चे किसी चीज के लिए मचलकर जिद नहीं कर सकेंगे। वे अपने नाना के घर पर होंगे, नाना की दया पर—उस नाना की दया पर, जो स्वयं न जाने कब चल दें। जाने किस बात पर, दर्द की छुरी उसकी बाईं पसलियों पर से ऊपर चले और सबकुछ काटकर रख दे···

सहसा घनश्यामदास को लगा, उनका रक्त ठंडा पड़ता जा रहा है। वे काफी डर गए हैं। दर्द की छुरी ने उन्हें बुरी तरह डरा रखा है···और, और शायद उनमें यह साहस नहीं आ रहा कि छाती ठोंककर कहें, 'इंदु बेटी! जब तक मैं हूँ, तब

तक तू क्यों घबराती है!'

कैसे कहेंगे वे? जिस व्यक्ति ने सारी उम्र कुरसी पर बैठकर सरकारी नौकरी की हो—वह अब बुढ़ापे में कोकाकोला की बोतलें बेचेगा! सिगरेट की डिब्बियाँ बेचेगा! और यह कौन सी आयु है, उनकी दुकान पर बैठने की। आधा घंटा कहीं बैठ जाएँ तो कमर दुःखने लगती है, दिल धड़कने लगता है और साँस फूलने लगती है···क्या ऐसा नहीं हो सकता—उन्होंने सोचा कि इंदु ही नई शुरुआत करे। वह उनसे आयु में बहुत कम है। जवान है। जीवन में एडजस्ट कर सकती है। उसे तो भोगना पड़ेगा ही, वही क्यों न नई शुरुआत करे?

पर कैसे?

उनकी आँखों के सामने कई धुँधले-धुँधले चित्र उभरे। पर स्वयं ही एक-एक कर उन्होंने सब हटा दिए। नहीं! वे अपनी बेटी को ऐसे किसी काम के लिए नहीं कह सकते। क्या इंदु का फिर से विवाह नहीं हो सकता? विवाह···? विवाह तो बिट्टो का करना है। इंदु का विवाह कहाँ से होगा? बिट्टो अभी छोटी है, इंदु से अधिक पढ़ी-लिखी है, देखने में सुंदर है, अच्छी नौकरी करती है—उसके विवाह में इतनी परेशानियाँ थीं तो इंदु और उसके तीन बच्चे!

नहीं—उन्होंने सिर झटका—कुछ नहीं। मुझे ही नए सिरे से शुरुआत करनी होगी। बाप होकर, उन्हें यह सब सोचना शोभा नहीं देता।

''परमेश्वरी!'' उन्होंने फिर ऊँची आवाज में पुकारा, ''तैयार हो?''

वे हिम्मत करके उठ खड़े हुए।

हाथ में बड़ी दृढता से छड़ी पकड़े, चेहरे की रेखाओं को सख्त बनाए, वे बड़ी कठोर मुद्रा में खड़े थे। हाँ, वे फिर से नई शुरुआत का दम रखते हैं। आयु का क्या है। बात तो जीवट की है और जीवट की उनमें कमी नहीं है।

सहसा उनके चेहरे की सख्त रेखाओं के नीचे-नीचे किसी शरारती हठीले बालक के समान एक परिहास सा तैर गया—'दूसरों को तो भरमा लोगे, शायद इंदु को भी, पर स्वयं को धोखा कैसे दोगे, घनश्यामदास?'

छड़ी पर उसके हाथों की पकड़ कुछ ढीली हो गई। छड़ी कुछ-कुछ काँपने लगी थी।

'कितना अच्छा होता, यदि इंदु बेटी ही कुछ हिम्मत करे।' उन्होंने सोचा, पर वे उससे कैसे कहें?

उन्हें जोर की खाँसी आ गई। वे खाँस-खाँसकर दुहरे हो रहे थे और दर्द की छुरी उनकी बाईं ओर की पसलियों को खटखटाने लगी थी।

□

निचले फ्लैट में

वह अँधेरे में आँखें फाड़े एकटक छत को घूर रही थी। वस्तुतः वह आँखों से काम नहीं ले रही थी। वे तो ऐसे ही खुली थीं। उसकी सारी ऐंद्रिय शक्तियाँ उसके कानों में सिमट आई थीं। वह केवल सुनने का प्रयास कर रही थी, यह कैसी आवाज थी? सचमुच कोई आवाज थी भी या केवल उसका भ्रम ही था?

सहसा उसकी पूरी खुली आँखें और भी फैल गईं, पर उनमें से स्थिरता का भाव बदल गया था। उनमें भाव शून्यता के स्थान पर अब एक निश्चित भाव आ गया था। यह भय था। उसके चेहरे की तनी रेखाएँ शिथिल पड़कर भय से विकृत सी हो गई थीं। अँधेरे में भी उसके चेहरे का रंग बदलता सा लग रहा था, पीलेपन की ओर। काफी प्रयत्न के पश्चात् उसने जीभ से अपने होंठ गीले किए और एकदम निःशब्द करवट बदल ली। उसने बहुत धीमे से अपने पति को छुआ। गहरी नींद में पति पर छुअन का कोई प्रभाव नहीं पड़ा। उसने पूरी ताकत से अपनी अंगुलियाँ पति की बाँह में गड़ानी आरंभ कर दीं।

पति ने झपाक से आँखें खोल दीं। उन आँखों में जिज्ञासा का भाव था। शायद वह समझ नहीं पाया था कि उसकी नींद कैसे टूट गई। उसने आँखें खोल भर दी थीं, पर जाग जाने का कोई भाव अभी उसके चेहरे पर नहीं आया था।

वह बहुत धीरे से फुसफुसाकर बोली, ''जरा सुनना! मुझे तो नीचे कुछ खटका सा सुनाई पड़ रहा है।''

पति ने भी उसके ही समान नीचे की ओर कान लगा दिए। उसके उनींदे चेहरे पर भी खिंचाव आ गया, जैसे अकस्मात् ही वह पूरी तरह जाग गया हो। पर फिर उतनी ही तेजी से उसके चेहरे पर निश्चिंतता पुत गई।

''कुछ भी नहीं है।''उसने कहा और करवट बदल ली।

वह कुछ देर तक चुपचाप, निष्क्रिय सी अपने पति को देखती रही और फिर

जैसे किसी भीषण आशंका से एकदम सहम गई। पति को जगाकर उसके मन में जो बल और चेहरे पर कुछ बेफिक्री आई थी, वह फ्यूज उड़ गए बिजली के बल्व के समान तुरंत ही बुझ गई। वह पहले से भी अधिक डर गई थी—यह करवट बदलकर अभी सो जाएगा। और वह उसी तरह जागती रहेगी, अकेली की अकेली। और तभी उसके मन में भय के साथ खीझ भी घुल गई। साथ के पलंग पर उसका पति सोया हो तो फिर क्यों वह इस प्रकार भयभीत काँपती रहे?

उसने कुछ सख्त हाथों से पति को हिलाया। उसकी आवाज भी भय के स्थान पर खीझ से भर गई थी, ''मैं कहती हूँ, नीचे कोई है। तुम्हारे करवट बदलकर सो जाने से वे लोग भाग जाएँगे क्या?''

उसके पति ने घूमकर उसे देखा, ''तुम्हें भ्रम हो रहा है। खुद भी डर के मारे सो नहीं पातीं और मुझे भी सोने नहीं देतीं।''

पर अब उसकी आवाज में निश्चिंतता नहीं थी। वह समझ गई कि जो कुछ वह कह रहा है, उसमें स्वयं भी वह विश्वास नहीं रखता। ''तुम देखो तो सही कि कोई है या नहीं।'' वह बोली।

पति ने उठने का कोई उपक्रम नहीं किया। वह वैसा-का-वैसा ही लेटा रहा, ''यदि कोई है भी तो नीचे के फ्लैट में ही है न! तुम्हें क्या चिंता है? तुम्हारे घर में तो नहीं आया! तुम चुपचाप सो रहो।''

उसे लगा, धीरे-धीरे उसके मन में से चोरी की आशंका समाप्त होती जा रही है और अपने पति के प्रति खीझ बढ़ती जा रही है। सहसा वह कुछ सचेत भी हो गई। कहीं वह जोर से चीख ही न पड़े। नीचे पता नहीं कोई चोर आया है या नहीं। हो सकता है, घरवालों में से ही कोई किसी कारण से जगा हुआ हो, कहीं वह जोर से बोल पड़ी तो रात के सन्नाटे में उसकी आवाज उसके कमरे में ही सीमित नहीं रहेगी। कहीं लोग यही न समझ बैठें कि वे दोनों पति-पत्नी रात के इस समय भी लड़ते ही रहते हैं।

इस फ्लैट के विषय में उसने पहले ही पड़ोसियों से काफी सुन रखा था। सब लोगों का विचार था कि यहाँ जो भी दंपती आते हैं, आपस में अवश्य लड़ते हैं। अब तक वे बचे हुए थे। फिर क्यों आधी रात को चीखकर वह बदनामी मोल ले! कल सुबह-ही-सुबह पड़ोस की औरतें कानाफूसी करती फिरेंगी कि रात को उनकी लड़ाई हुई थी।

नीचे फिर कोई आवाज हुई थी। शायद अलमारी खोलने की। हाँ··· निचले फ्लैट के पिछले बेड-रूम से ही आवाज आ रही थी। उसी कमरे में उन्होंने लोहे की अपनी बड़ी अलमारी रखी हुई थी। नीचे वाली मिसेज चाँद ने उसे बताया था कि पिछली

बार घर बदलते हुए वह अलमारी सीढ़ियों में फँस गई थी और एक ओर से उसमें चिब्ब सा पड़ गया था। तभी से खोलने-बंद करने में उसका दरवाजा आवाज करने लग गया था।

यह आवाज भी वैसी ही थी, जैसे किसी ने उस अलमारी का दरवाजा खोला हो। पर इस समय उन्हें अलमारी खोलने की क्या आवश्यकता थी? कहीं ऐसा तो नहीं कि चोरों ने छुरा या पिस्तौल दिखाकर चाँद साहब से अलमारी की चाबियाँ ले ली हों और अब अलमारी का सारा सामान निकाल रहे हों।

उसका हाथ अचानक ही फिर पति की बाँह पर जा पड़ा, "सुनो! नीचे किसी ने अलमारी खोली है। तुम एक बार देखो तो।"

पति ने मुड़कर उसकी ओर देखा भी नहीं। वह उसी प्रकार लेटा रहा, "कोई अपने घर में अपनी अलमारी खोले तो मेरा देखना जरूरी है क्या?"

"कोई इस समय अपनी अलमारी क्यों खोलेगा?" उसकी आवाज कुछ तेज हो गई।

"देखो", उसका पति उसकी ओर मुड़ा, "तुम पढ़ी-लिखी और समझदार औरत हो। पुरुषों के समान, उनकी बराबरी करती हुई नौकरी करती हो। अब औरतों वाली इन घटिया बातों को छोड़ दो। यह किसी इंटेलिजेंट और इंटेलैक्चुअल महिला का सा व्यवहार नहीं है।"

"क्या मतलब?" उसकी भवें प्रश्न में तन गईं।

"क्या तुम्हें नहीं लगता", पति ने कहा, "लोगों के कामों में इस प्रकार हस्तक्षेप करना या उनकी ऐसे खोज-खबर रखना छिछोरापन है। कोई अपने घर की अलमारी कब और क्यों खोलता है, तुम्हें इससे क्या मतलब? और न ही अलमारी बनाने वाली कंपनी ने ऐसा कोई नियम बनाया है कि रात को दस बजे के पश्चात् अलमारी नहीं खोली जा सकती।"

वह झेंप सी गई। पति ने फिर उसकी दुर्बलता की ओर संकेत कर दिया था। वह इस तथ्य के प्रति बहुत सचेत थी। बहुत प्रयत्न करने पर भी उससे कुछ-न-कुछ ऐसा हो जाता था कि उसके पति को उसे अबौद्धिक कहने का अवसर मिल जाता था। उसे अपने ऊपर भी झुँझलाहट हो आई। आखिर वह क्यों आधुनिक जीवन को अपना नहीं पाती? वह अपने आसपास के लोगों से क्यों उदासीन नहीं हो पाती? यदि नीचे के फ्लैट में चोर घुस ही आए हैं, तो उसे क्या। वे उसके घर में तो अभी नहीं आए हैं। तो फिर वही क्यों पुरानी मुहल्लेदार औरतों के समान सबकी खोज-खबर रखती है…

और तभी नीचे जैसे किसी नारी-कंठ से निकलती घुटी-घुटी चीख को किसी ने सख्त हाथों से दबा दिया···वह घबराहट में ही उठकर पलंग पर बैठ गई।

उसने अपने पति की ओर देखा। वह अब भी उसकी ओर पीठ किए पड़ा था। उसने अपने दोनों हाथों में उसकी बाँह कसकर पकड़ ली और फिर पूरी ताकत से अपनी ओर खींच लिया। उसने देखा, उसका पति पूरी तरह जागा हुआ था। उसकी आँखें भय से फैली हुई थीं। उसके चेहरे का रंग एकदम रक्त-शून्य सा हो गया था और वह एकदम डूबा-डूबा सा लग रहा था

तो चीख उसने भी सुनी थी!

सचमुच ही नीचे चोर आए हुए हैं क्या? उसकी आशंका ठीक है। नीचे कुछ बहुत भयंकर घट रहा है। हो सकता है, उन्होंने किसी की हत्या कर दी हो। या फिर चाँद साहब की जवान लड़की रत्ना···

''उठकर जरा देखो तो।'' उसने बहुत धीमे और डरे हुए स्वर में पति से कहा। वह उसी प्रकार फटी-फटी आँखों से उसे देखता रहा और फिर हकलाकर बोला, ''हो सकता है, उनका अपना कोई घरेलू झगड़ा हो।''

''तो भी तुम देखो।'' वह फिर फुसफुसाकर बोली।

''मान लो'', पति ने थूक निगली, ''चोर हुए भी तो क्या मैं उनसे हाथापाई करूँगा!'' और वह कुछ उत्तेजित हो उठा, ''तुम यह पसंद करोगी कि कल सवेरे अखबार में लोग यह पढ़ें कि एक प्रोफेसर साहब शहर के बदनाम गुंडों से हाथापाई करते पाए गए। हमारी क़ुछ इज्जत है। हमारे प्रोफेशन की क़ुछ डिगनिटी है, मैं इतना गिर नहीं सकता।''

उसने देखा, उसके पति के चेहरे और उसके मुँह से निकलते हुए शब्दों में कोई सामंजस्य नहीं था।

वह निष्क्रिय, जड़ सी बैठी अँधेरे में घूरती रही। उसके भीतर कहीं सूक्ष्म वायवीय भावनाएँ स्थूल रूप धरती जा रही थीं।···नहीं···वह उसका भ्रम या संदेह मात्र ही नहीं था। सचमुच ही नीचे कुछ हो रहा था। और जो कुछ हो रहा था, वह साधारण या सहज नहीं था···और उसके पेट की निचली सतह से ऐंठन भरी एक पीड़ा सी उठी।

नीचे की स्तब्ध नीरवता के विरुद्ध किसी की बहुत हल्की-हल्की सिसकियाँ उठ रही थीं। वे इतनी हल्की और धीमी थीं कि नीरवता को भंग भी नहीं कर पा रही थीं—उसको धकेलने के से भाव से छू मात्र रही थीं···और फिर शायद कोई पुरुष-कंठ, बहुत धीरे-धीरे कुछ कह रहा था, समझाने के से अंदाज में।

पति ने उसकी ओर देखा। वह फिर कोई लंबी बात कहने जा रहा था, "देखो, दुनिया में सब तरह के लोग होते हैं और सब तरह की बातें होती रहती हैं। हम उनका क्या कर सकते हैं। किसी तरह अपनी इज्जत बनी रहे, यही काफी होता है। शरीफों का ढंग यह होता है कि ऐसी बातों से बचकर, कतराकर निकल जाएँ।···तुम समझती हो कि हमारे घर में कोई चोर घुस आएगा तो लोग हमारी सहायता को आएँगे?"

पति पता नहीं क्या-क्या कहता जा रहा था। वह उसकी बात नहीं सुन रही थी। नीचे क्या हो रहा था, वह बात भी उसके मस्तिष्क ने किन्हीं अज्ञात धुँधलकों में धकेल दी थी। उसे लग रहा था कि वह बहुत भयभीत है···भय जैसे किसी चालाक बिल्ली के समान उसके घर की सीढ़ियाँ बहुत हल्के-हल्के चढ़ रहा था।

उसने अपनी दृष्टि फिर पति पर टिका दी। वह कह रहा था, "आखिर इतने सारे दुष्ट देशों की बिरादरी में हमारा देश भी तो जी रहा है न! लोग चाहे कुछ भी करें, मगर यही सही तरीका है। तुम ही बताओ, और कौन सा रास्ता हो सकता था।"

"यदि वे लोग हमारे घर में भी घुस आए तो?" वह बोली, "ड्राइंगरूम का शीशा तोड़कर भीतर घुसना भी कुछ कठिन नहीं है। वे लोग बड़ी सुविधा से हम तक पहुँच जाएँगे···" उसका गला एकदम सूख गया था, "पता नहीं वे कितने लोग हैं। उनके पास छुरे भी हो सकते हैं, पिस्तौल भी···आजकल यह सब कितना आम हो गया है।"

पति के चेहरे पर कुछ वैसे ही भाव जमा हो रहे थे, जैसे बहुधा उसके विरुद्ध कुछ कहने पर उसके चेहरे पर आ जाते थे। और सहसा ही वह चुप हो गई। पति के चेहरे से लग रहा था, जैसे वह अभी ही रो पड़ेगा। उसके चुप होते ही पति जैसे रोते-रोते चीख पड़ा, "आखिर इस समय इस सारी बकवास का क्या मतलब है! यदि छुरे और पिस्तौलें दिल्ली में आम हो गई हैं तो क्या इसमें मेरा दोष है? तुम्हारा खयाल है कि मैं यहाँ का पुलिस कमिश्नर लगा हुआ हूँ। सरकार के निकम्मेपन के लिए मुझसे ज्यादा तुम जिम्मेदार हो। मैंने चुनाव के समय कहा भी था कि इस पार्टी को वोट मत दो। पर तुम मेरी कोई बात मानती भी हो?"

"तुम अजीब आदमी हो।" बहुत रोकने पर भी उसकी घुटन जैसे बह निकली, "जब भी कोई मुश्किल आ पड़ती है, तुम मुझसे लड़ने लगते हो। इस सब में मेरा दोष है! देश की सरकार निकम्मी है, पुलिस बेईमान है तो मेरा दोष है! नीचे के फ्लैट में चोर घुस आए हैं तो क्या उन्हें मैं बुलाकर लाई हूँ! वे लोग हमारे घर में घुस

आएँगे तो उसमें भी मेरा दोष होगा?''

''तुम्हारा नहीं तो मेरा दोष होगा क्या?'' पति ऐसे झपटकर उठा, जैसे उसे मार बैठेगा, ''जब मैं कह रहा था कि शीशे वाली खिड़कियों में लोहे की ग्रिल्स लगवा लेते हैं और शीशे के दरवाजों के पीछे लकड़ी के दरवाजे, तो तुम्हीं ने मना कर दिया था। तब तो तुम्हें घर की सुंदरता चाहिए थी। तब क्यों नहीं सोचा था कि कोई रात को शीशा तोड़कर, छुरे समेत घर के भीतर घुस सकता है!''

वह हतप्रभ सी उसे देखती रही। वह ठीक कह रहा था, उसी ने ग्रिल्स लगवाने का विरोध किया था, पर वह बात और थी। यह तो इसकी पुरानी आदत थी।

''अच्छा चलो, ग्रिल्स के लिए मैंने मना किया। पर तुम मेरी बात मान क्यों गए? बात असल में ग्रिल्स की नहीं है। तुमको कोई अवसर मिलना चाहिए मुझे डाँटने का।'' वह बोली, ''कल बाजार में जब तुमने मुझे डाँट दिया था, तो उसका कोई कारण था क्या?''

सहसा ही दोनों एकदम चुप हो गए। नीचे फिर कुछ हलचल हुई थी। कुछ लोगों के बाहर निकलने का सा स्वर था। फिर शायद किसी ने ऊपर आनेवाली सीढ़ियों के दरवाजे को छुआ था, कुछ जोर भी लगाया था।

वे दोनों एक-दूसरे की ओर देखते रहे।

''अब हमें सो जाना चाहिए।'' पति ने कहा।

''क्या वे लोग ऊपर भी आएँगे?'' पत्नी ने घुटी-घुटी सी आवाज में कहा।

''पता नहीं।'' पति ने अपनी आँखों का पानी पोंछ लिया। उसके मुँह में जबड़ों की पेशियाँ कुछ खट्टा-खट्टा सा पानी छोड़ रही थीं। उसका जी हो रहा था, वह रो पड़े, जोर-जोर से।

पत्नी ने दोनों हाथ अपनी छाती पर रख लिये थे। वह उठकर खड़ी हो गई थी। ''मैं क्या करूँ? मैं क्या करूँ?'' उसने अपने हाथ जोर-जोर से झटकने आरंभ कर दिए। उसकी आवाज फट गई थी और वह रोने लगी थी। उसकी इच्छा हो रही थी कि उसका पति उसका सिर अपनी गोद में रखकर उसे प्यार करे। पर वह कुछ भी नहीं कर रहा था।

सहसा पति रोते-रोते नाराज हो गया, ''तुम बिस्तर में आकर लेट क्यों नहीं जातीं! ऐसे उन्हें पता लग जाएगा कि हम जाग रहे हैं?''

''वे आ जाएँगे। वे आ जाएँगे।'' पत्नी फिर हाथ पटक-पटककर रोने लगी।

''तुम जाकर लेट जाओ।'' पति ने डाँटा, ''वे आ जाएँगे तो क्या हुआ? जो उनके मन में आएगा, उठाकर ले जाएँगे। हमारे घर में रखा ही क्या है?''

''रखा क्यों नहीं।'' पत्नी फटी हुई आवाज में बोली, ''अभी तो आज ही सुबह मैं अपना वेतन लाई हूँ। पूरे पाँच सौ रुपए घर में पड़े हैं। और फिर तुम उन्हें रोकोगे भी नहीं।''

पति फिर से नाराज हो गया, ''मैं तो बहुत दिनों से समझता आ रहा हूँ कि तुम्हें अपने रुपए मुझसे अधिक प्यारे हैं। तुम जानती हो कि उनके पास हथियार हैं, फिर भी तुम चाहती हो कि मैं तुम्हारे पाँच सौ रुपयों के लिए उनसे लड़ूँ। तुम चाहती हो, मैं इतने से रुपयों के लिए अपने प्राण दे दूँ।''

पर पत्नी पर कोई प्रभाव नहीं पड़ा। वह उसी प्रकार रोती रही, ''तुमको मरने को कौन कहता है। पर मैं तुम्हें कब से जगा रही थी। तब तुम उठे होते, तो अब तक पुलिस को भी बुला लाते।''

''पुलिस!'' पति ने घृणा से नाक सिकोड़ी, ''एक तो वे लोग मुझे पुलिस तक पहुँचने ही नहीं देते। और फिर पुलिस भी उनसे मिली हुई होती है।''

वह चुप हो गया, जैसे हलक सूख गया हो।

सीढ़ियों के दरवाजे पर जोर कुछ अधिक पड़ने लगा था।

पत्नी ने पति की ओर देखा। अब किसी के भी चेहरे पर शिकायत नहीं थी। वह आकर चुपचाप उसके पास लेट गई।

''अब क्या होगा?'' उसने पूछा।

''कुछ नहीं होगा।'' वह बोला, ''तुम चुपचाप लेटी रहना, जैसे सोई पड़ी हो। वे जो चाहे ले जाएँ। हम चीजों के पीछे अपने प्राण तो नहीं दे सकते। आखिर अच्छा-खासा कमाते हैं। भगवान् हमें और देंगे।''

''और यदि···यदि···'' पत्नी का कंठ फिर से छिलने लगा, ''उन्होंने मुझे छेड़ा?''

एक क्षण के लिए पति मौन रह गया।

''नहीं, तुम्हें नहीं छेड़ेंगे।'' वह बहुत धीरे से बोला, ''तुम अब उतनी जवान नहीं हो।''

''फिर भी, फिर भी यदि वे छेड़े तो?'' पत्नी और भी डरी हुई थी।

''फिर क्या?'' पति बड़े दार्शनिक स्वर में बोला, ''कोई क्या कर सकता है। जो भाग्य में होगा, होकर रहेगा। प्राण देने में तो कोई समझदारी नहीं है!''

''हाँ, मैं अभी मरना नहीं चाहती।'' वह पति के साथ सट गई।

''हाँ ऽऽ।'' पति ने उदासीनता से कहा, ''आखिर चाँद साहब भी तो सारी बात छिपा ही जाएँगे न!''

□

नींद आने तक

वह अपनी व्याकुलता में इधर-उधर टहलता रहा। अब तक कितनी ही बार वह अपनी कलाई पर बँधी घड़ी देख चुका था। बीच-बीच में उसने मेज पर पड़ी टाइम-पीस में भी समय देखा था, पर बेचैनी किसी भी प्रकार कम नहीं हुई थी। कितनी ही बार वह दरवाजे तक जा-जाकर लौट आया था। कितनी ही बार उसने बाहर जाने का विचार छोड़ दिया था और जाकर सोफे पर बैठ गया था या दीवान पर लेट गया था। पर चैन उसे किसी भी तरह नहीं पड़ रहा था।

अंत में उसने अपने कपड़े बदल डाले। वह पतलून-कमीज पहनकर तैयार हो गया। बूट भी उसने पहन लिये थे। उन पर कपड़ा रगड़ते हुए वह सोच रहा था—अब तो जाना ही पड़ेगा, अब और प्रतीक्षा वह नहीं कर सकता था।

सहसा उसे अपने पर्स का ध्यान आया। पर्स में कुल चार पाँच रुपए ही थे। इतने में गुजारा नहीं चलेगा। हो सकता है, उसे काफी दूर जाना पड़े—शीला के दफ्तर तक भी जाना पड़ सकता है। इस समय शायद और कोई सवारी न मिले। टैक्सी ही लेनी पड़ेगी। वैसे भी, किसी को खोजने जाने के लिए बस कोई अच्छा साधन नहीं है। उसने अलमारी खोलकर लॉकर में से दस-दस के पाँच नोट निकाल लिये। हो सकता है, सवारी के अतिरिक्त भी कहीं कुछ और खर्च करना पड़े। जाने क्यों उसके सामने किसी बड़े अस्पताल का ट्रीटमेंट रूम बार-बार उभर आता था। वह बार-बार अपने को बाजारों में, रात के समय खुली रहनेवाली कैमिस्ट की दुकानों पर खड़ा पाता था।

उसने अपना सिर झटक दिया। पता नहीं वह क्या-क्या सोचता रहता है। उसने जल्दी-जल्दी बाहर के दरवाजे पर लगाया जाने वाला ताला उठाया और कमरे से बाहर निकल आया। पर दरवाजा बंद कर, ताला लगाने से पहले वह जरा रुका।

आखिर इस समय वह कहाँ जाएगा? रात के अँधेरे में सड़क पर नजर आने वाली प्रत्येक महिला-आकृति को वह घूरता रहेगा और किसी को भी पहचान नहीं पाएगा। पता नहीं उसकी अपनी आँखों में कोई दोष आ गया है या चश्मे का नंबर बदल गया है···या फिर शायद सब के साथ यही होता है···वह दूर से किसी को भी नहीं पहचान सकता और कुछ समीप आते-आते उसे हर आदमी वही लगता है, जिसे वह खोज रहा होता है।

पिछली बार इसी प्रकार उतावली में वह शीला को खोजने के लिए चल पड़ा था और उसके घर से निकलते ही वह आ गई थी। जब तक वह टैक्सी पर पंद्रह रुपए खर्च कर भटक-भटककर वापस घर पहुँचा था, तब तक शीला उसकी प्रतीक्षा में बरामदे में खड़ी-खड़ी हद दरजा बोर हो चुकी थी।

फिर दोनों में काफी लड़ाई हुई थी, कसकर। वह नाराज था कि शीला इतनी देर करके क्यों आती है कि वह परेशान हो उठता है और शीला उसकी उतावली से तंग आ चुकी थी। आखिर वह सैर-सपाटे को तो जाती नहीं, नौकरी ही तो है, देर हो ही जाती है। और जब कोई थक-थकाकर रात को घर लौटे और घर में ताला लगा पाए तो?

उसे लगा कि उसे कुछ देर और प्रतीक्षा कर लेनी चाहिए। शायद शीला थोड़ी देर में आ ही जाए। बड़ा शहर है और घटिया परिवहन-व्यवस्था। देर हो ही जाए तो क्या बड़ी बात है! आखिर वह यही क्यों समझता है कि कोई दुर्घटना शीला को घेरकर इसी प्रतीक्षा में बैठी होगी कि वह आए और उसे बचा ले···नहीं, उसे कुछ देर और प्रतीक्षा कर लेनी चाहिए।

उसी और थोड़ी देर की प्रतीक्षा में उसने देखा कि कोई छाया सी इस स्क्वायर की ओर मुड़ी थी, जो काफी धीरे-धीरे चल रही थी—थके से अंदाज में। यह कोई स्त्री ही थी, शायद शीला ही हो। जैसे-जैसे वह आगे बढ़ती जा रही थी, उसे विश्वास होता जा रहा था कि वह शीला ही है। और वह सचमुच शीला ही थी।

उसकी छाती पर से एक बोझ हट गया। देर से ही सही, शीला आ गई थी। देर का क्या है—काम-काजी आदमी को देर हो ही जाती है। उसे लगा, उसे एक और धरातल पर भी राहत का अनुभव हो रहा है। अब उसे रात के इस अँधेरे में बाहर सड़कों पर बिखरी हुई अपरिचित आशंकाओं के चेहरे पर से चादर हटाकर उनकी आँखों में नहीं देखना होगा। वह एक बड़ी परेशानी से बच गया था।

पर एक हल्की खीझ···शीला यह क्यों नहीं सोचती कि वह उसके पीछे चिंतित हो जाता है और···

शीला ने एक विचित्र सी दृष्टि ओढ़े आँखों से उसे देखा और बिना कुछ कहे या उसके पास रुके, बरामदा पार कर कमरे में चली गई। न वह अपनी मुसीबत सुनाने के लिए रुकी थी, न कैफियत देने के लिए और न अपनी गलती मानते हुए, डाँट सुन लेने की मुद्रा में उसके पास चुपचाप खड़ी हो गई थी।

उसकी नजर शीला के साथ-साथ कमरे में चली गई थी। और अब उसी के समान अनिश्चित सी ठहरी हुई थी। शीला न कुछ कह रही थी, न सुनने की मुद्रा में थी और न ही जाकर धड़ाम से सोफे पर गिर गई थी, जैसे कुछ न हुआ हो। कुछ हुआ तो था, पर शायद वह अभी तय नहीं कर पाई थी कि किस रूप में उसे कहेगी।

खीझ की छुरी ने उसकी आवाज को छीलकर कुछ तेज कर दिया, ''तुम···''

''हाँ! मैं आ गई हूँ।'' शीला की आवाज किसी असाधारण धरातल पर से आ रही थी। इस धरातल पर से वह पहले कभी नहीं बोली थी। फिर जैसे चिढ़ाती हुई बोली, ''मुझे देर हो गई है न?''

उसकी खीझ ने छिपकली के समान मुँह छिपा लिया, ''देर तो बहुत हो गई है। पर तुम्हें···''

''तुम मुझे खोजने नहीं गए?'' शीला का स्वर बहुत व्यंग्यात्मक था।

वह लज्जित सा हो गया। शीला फिर उसकी भावुकता का मजाक उड़ा रही थी शायद। पर फिर उसने अपना बल इकट्ठा किया। यदि वह अपनी पत्नी के लिए इस प्रकार चिंतित हो ही जाता है तो क्या बुरा है! यह उसका स्वभाव है। इसके लिए शीला उसका मजाक नहीं उड़ा सकती। वह सहज होकर बोला, ''जाने की सोच ही रहा था। देखो, यह ताला और चाबी मैंने उठाए ही थे।''

''देर होती रही और तुम सोचते रहे?'' शीला का स्वर और भी गहरा हो गया था।

उसने तमककर शीला की ओर देखा। शीला भी सीधे उसी को देख रही थी और कमरे की रोशनी में उसके चेहरे और माथे पर की खरोंचें, चोट के नीले-नीले दाग साफ-साफ देखे जा सकते थे।···वह सिहर गया···शीला के बाल भी बिखरे हुए थे और कपड़े भी···तो क्या शीला कहीं गलत आदमियों में घिर गई? नहीं शायद···हाँ, उसे रोज मना करता था चलती बस में, भीड़ में···

''तुम्हें क्या हुआ है?'' वह पूछ भर सका।

और शीला ने जैसे अपने चेहरे की रेखाओं को ढील दे दी। अब तक शायद वह सोच रही थी कि वह उसका सामना कैसे करे। अब सामना हो गया था।

"तुम रोज सोचते थे न कि कहीं एक्सीडेंट न हो जाए। मैं रोज तुम्हें समझाती थी। पर···"

"आज हो गया न! मैं पहले ही घबरा रहा था।" वह उसके पास चला आया, "चोट ज्यादा तो नहीं आई? कुछ लगा दूँ, डिटॉल···"

उसका स्वर बहुत मुलायम हो गया था, जैसे घावों को सहलाना चाहता हो। शीला ने कोई उत्तर नहीं दिया। वह आगे बढ़कर सोफे पर बैठ गई, "नहीं, डिटॉल वाली कोई चोट नहीं है। मैं बहुत थक गई हूँ।"

उसने निढाल होकर आँखें बंद कर लीं और सोफे पर पूरी तरह से लेट गई। उसे लगा कि वे लोग अब आरंभिक दूरी तय कर ऐसे स्थान पर आ चुके हैं, जहाँ वह उस घटना के विषय में पूछ सकता है और शीला बता सकती है। वह उसके पास आ गया, "पर हुआ क्या?"

शीला वैसे ही आँखें बंद किए लेटी रही और धीरे से बोली, "वही बस का चक्कर।"

उसकी दबी खीझ उकस पड़ी, "चलती बस में चढ़ने की कोशिश की थी न···मैंने तुम्हें कितनी बार समझाया है···"

शीला ने उसकी बात काट दी, "नहीं! चलती बस में चढ़ी-उतरी नहीं हूँ। तुम्हारे समझाने को मैं समझ गई हूँ। तुम्हारा समझाना खाली नहीं जाता।"

उसका स्वर कुछ इतना ठंडा और अपने आप में इतना पूर्ण था कि वह हतप्रभ हो गया। पर फिर किसी प्रकार स्वयं को सँभालकर बोला, "फिर क्या हुआ? भीड़ में गिर पड़ीं क्या?"

शीला के स्वर में पहली बार झुँझलाहट आई, "नहीं, भई···"

और उसकी आवाज बाकायदा तीखी हो गई, "तो फिर बताती क्यों नहीं? चोटें लगाकर आ गई हो और अब आकर चुपचाप लेट गई हो। कुछ बताती क्यों नहीं? पहले मैं इंतजार में मरता रहा, अब पूछता हूँ तो कोई उत्तर नहीं मिलता।"

शीला की आँखें झटके से खुल गईं और वह उठकर बैठ गई, जैसे कोई बहुत तीखी बात कह देगी। पर सहसा ही उसका मन बदल गया। जितनी ही उग्र होकर वह उठी थी, उतनी ही शांत होकर सोफे में धसक गई, "बताती हूँ। पहले एक गिलास पानी पिलाओ, प्लीज!"

वह पानी लेने भीतर चला गया और शीला जैसे एक बार चैतन्य होकर उठ बैठी। उसने अपने पर्स में से कंपेक्ट बॉक्स निकाला और उसके शीशे में अपने चेहरे को ध्यान से देखा, जैसे किसी व्यतीत घटना का निरीक्षण कर रही हो। फिर

उसने खरोंचों और नीले निशानों पर अंगुलियाँ फेरकर जैसे उनका अनुभव किया।

वह पानी ले आया था। शीला ने कंपेक्ट बॉक्स बंद किया और उसे पर्स में डाल, पर्स भी बंद कर दिया। उसने पानी पिया और खाली गिलास सोफे के साथ रखी तिपाई पर टिकाकर फिर लेट गई। उसने फिर से आँखें बंद कर ली थीं।

वह प्रतीक्षा करता रहा कि शायद शीला कुछ कहेगी। पर वह आँखें बंद किए बहुत ही शांत मुद्रा में लेटी हुई थी, फिर भी इतना आभास मिल जाता था कि उसके भीतर कुछ बहुत तेजी से घट रहा है, शायद घटनाओं की जुगाली···जैसे किसी पुरानी फिल्म की कोई रील चल रही हो···वह और प्रतीक्षा नहीं कर सका। बोला, ''तुम मुझे कुछ बताने वाली थीं।''

शीला का ऊपरी होंठ उसका मजाक उड़ाता सा उठ गया, ''तुम आज इतनी देर से आने के लिए मुझे डाँटोगे नहीं? भले घर की औरतें इतनी देर गए तक बाहर नहीं रहतीं।''

उसका मन रोने-रोने को हो गया। शीला उसके प्रेम का मजाक उड़ा रही थी। पर वह रोया नहीं। उसे लगा, इस समय वह एक लंबा भाषण देना चाहता है, हल्के अभिनय के साथ, 'तुम जानती हो, आदमी जिससे जितना अटैच होता है, उसके लिए उतना ही आशंकित रहता है। तुम्हें देर होने लगती है तो मेरे मन में भयंकर कल्पनाएँ जन्म लेने लगती हैं। मैं अपनी कल्पना में देखता हूँ कि तुम बस पकड़ने के लिए, बीच सड़क में दौड़ रही हो और पीछे से कोई दूसरी बस, कोई ट्रक या कोई कार आकर तुम्हें टक्कर मार देती है। तुम बीच सड़क में खून से लथपथ पड़ी हो और कोई तुम्हारे पास भी नहीं आ रहा। या फिर तुम बस-स्टॉप पर खड़ी हो, खड़ी हो, खड़ी हो···पर कोई बस ही नहीं आती। साढ़े दस बजते हैं, ग्यारह बजते हैं, साढ़े ग्यारह बजते हैं···और फिर तुम किसी मुसीबत में फँस जाती हो।'

पर उसने यह सबकुछ नहीं कहा, केवल इतना ही कह पाया, ''तुम्हें देर होती है तो मैं बड़ी भयंकर-भयंकर कल्पनाएँ करने लगता हूँ।''

''कल्पनाएँ करके तुम क्या करते हो?'' शीला ने बड़े भाव-शून्य स्वर में पूछा। वह भौंचक सा शीला को देखता रह गया, क्या वह सचमुच जिज्ञासा कर रही है या मात्र उसे धिक्कार रही है। उसे लगा, शीला के मन में कहीं-न-कहीं यह बात है कि इस घटना के लिए वह जिम्मेदार है···और सचमुच वह जिम्मेदार है। वह शीला से नौकरी न करवाता···पर नौकरी तो शीला शादी से पहले से कर रही थी।

वह फिर अपनी पहली मुद्रा में लौट आया, ''बस अपनी कल्पनाओं में बहुत

कुछ देखता-रहता हूँ, सोचता रहता हूँ, उद्विग्न होकर टहलता रहता हूँ। बाहर के दरवाजे पर खड़ा प्रतीक्षा करता रहता हूँ। पर जानता हूँ कि यह सब यथार्थ नहीं है, मेरी आशंकाएँ ही हैं। इसलिए कुछ करता नहीं हूँ।''

शीला फिर एक बार उठकर सोफे पर बैठ गई। उसने अपने चेहरे पर का पहला भाव जैसे धो डाला था। दूसरा भाव अब वहाँ कोई नहीं था—भाव-शून्य चेहरा। बड़े तटस्थ स्वर में बोली, ''मैं दस बजे अपनी ड्यूटी समाप्त कर निकली। सवा दस तक मैं बस-स्टॉप पर पहुँच चुकी थी। दस बीस हुए, दस पच्चीस हुए, साढ़े दस हो गए। पर मेरी बस नहीं आई। इसका मतलब यह था कि आखिरी बस या तो समय से पूर्व ही निकल गई थी या फिर मिस थी। मुझे कोई दूसरी बस पकड़नी चाहिए थी। पर इधर आने वाली कोई दूसरी बस भी नहीं मिल रही थी। मैं खड़ी रही थी। स्कूटर या टैक्सी लेकर रात को अकेली आने का साहस मैं नहीं कर पा रही थी।'' शीला ने क्षण भर रुककर उसके चेहरे को पढ़ने का प्रयत्न किया और फिर बोली, ''पौने ग्यारह के करीब एक बस आई। मैंने हाथ उठा दिया। बस रुक गई। उस पर आगे बोर्ड नहीं लगा था। मैं नहीं जानती थी, वह कहाँ जा रही है।...''

''डिपो जा रही होगी'', उसने सिगरेट सुलगाया और सुनने की मुद्रा में बैठ गया। शीला ने उसे पहला कश लेने का समय दिया और फिर बोली, ''हाँ, कंडक्टर ने बताया कि बस डिपो जा रही है। मैंने कहा—कोई बात नहीं, मुझे रिंग रोड पर उतार देना।''

''बस में और कोई नहीं था?'' उसने सशंक होकर पूछा।

''नहीं, दो व्यक्ति और भी थे।'' शीला ने कहा।

''फिर भी तुमने बड़ी हिम्मत की।'' वह आश्वस्त हो गया। उसने सिगरेट का दूसरा कश ले लिया था।

''हाँ।'' वह बोली, ''पर वे दोनों व्यक्ति भी अगले ही स्टॉप पर उतर गए। जब वे दोनों आदमी उतर गए और बस फिर चली तो कंडक्टर ड्राइवर के पास जाकर कुछ फुसफुसाया। मुझे तभी शक पड़ा कि वे लोग कुछ शरारत करेंगे। मुझे लगा कि मुझे इस प्रकार खाली बस में नहीं बैठना चाहिए था।''

उसकी पीठ ने कुरसी की टेक छोड़ दी। वह तना हुआ, आगे की ओर झुका, ''उन्होंने शरारत की क्या?''

शीला का चेहरा कुछ क्षुब्ध सा हो गया, ''मुझे देखकर तुम्हें क्या लगता है?'' वह जैसे उबल पड़ा, ''मैं तो जानता हूँ कि वे लोग अकेली औरत को पाकर

छेड़-छाड़ जरूर करते हैं। हमारे देश का तो चरित्र ही इतना गिर गया है कि क्या कहें। कोई साला विश्वास-योग्य ही नहीं रहा।'' उसने स्वयं को नियंत्रित कर स्वर बदला, ''फिर क्या हुआ?''

''ड्राइवर ने बस के भीतर की बत्तियाँ बुझा दीं।'' वह बोली।

''तुमने मना नहीं किया?'' उसका स्वर काफी उत्तेजित था।

''नहीं।'' शीला ने फिर उसी प्रकार भाव-शून्य स्वर में कहा, ''मैं बहुत डर गई थी। मेरे मुँह से आवाज ही नहीं निकल रही थी। वैसे भी मैं उनसे लड़कर उन्हें चिढ़ाना नहीं चाहती थी। मैंने मन-ही-मन भगवान् से कहा कि यदि मैं ठीक-ठाक घर पहुँच गई तो कल ही मैं सवा रुपए का प्रसाद कनॉट प्लेस वाले हनुमान मंदिर में चढ़ाऊँगी।''

उसने विद्रूप सी मुद्रा बनाई, ''तो इसका मतलब है कल सवा रुपए का प्रसाद भी चढ़ाना पड़ेगा और कनॉट प्लेस के हनुमान मंदिर भी जाना पड़ेगा।''

शीला का सारा आक्रोश जैसे उसके चेहरे पर घनीभूत हो गया, ''तुम्हें मैं ठीक-ठाक घर पहुँच गई लगती हूँ?''

वह एकदम झेंप गया। शीला का आक्रोश एकदम सही था। वह एक झेंपू सी हँसी हँसकर रह गया।

शीला फिर उस घटना की ओर लौट गई। सहसा ही जैसे वह उस घटना से असंपृक्त सी हो गई थी। उसके मन में न तो ग्लानि थी, न आक्रोश। वह तटस्थ हो गई थी—जैसे घटना उसके साथ नहीं, किसी और के साथ घटी हो। उसका संबंध जैसे घटना सुनाने तक ही हो। वह घटना को पूरी सूक्ष्मता और विस्तार के साथ सुनाने को उत्सुक हो। जैसे-जैसे घटना वह सुनाएगी, वैसे-वैसे ही घटना का विस्तार उसके भीतर से निकलकर बाहर संसार में खो जाएगा।

''ड्राइवर ने बत्तियाँ बुझा दीं तो कंडक्टर 'प्यार किया तो डरना क्या' गुनगुनाता हुआ पीछे की ओर लौटा और आकर मेरे साथ बैठ गया। मुझे उसकी बदतमीजी पर बहुत क्रोध आया और उस क्रोध में भय न जाने कहाँ छिप गया। मैं तमककर बोली, ''सारी बस खाली पड़ी है, आप कहीं और क्यों नहीं बैठते?''

उसकी नसों में एक सनसनी सी दौड़ गई। घुटी सी आवाज में बोला, ''वह उठ गया क्या?''

शीला का स्वर अब भी कोल्ड था, ''नहीं! उठा कहाँ? उसने मेरी बात पर कोई ध्यान ही नहीं दिया, उल्टे मेरे और पास सरक आया, बल्कि एकदम सटकर बोला, मेरी जान! इतनी नाराजगी भी क्या?''

वह उत्तेजना में उठकर खड़ा हो गया। उसने झटके से सिगरेट फेंककर बूट से कुचल दी, ''अच्छा! तुमने उस बस का नंबर नोट किया है?''

शीला पर उसकी उत्तेजना का कोई प्रभाव नहीं पड़ा। उसने जैसे बहलाते हुए कहा, ''हाँ! नंबर तो मेरे पास है। पर सुनो अभी···मैं समझ गई कि आज कुछ-न-कुछ होगा। मैंने कंडक्टर को जोर का धक्का दिया। वह सावधान नहीं था। सीट से नीचे गिर पड़ा। मैं जोर से चीखकर बोली, ड्राइवर, गाड़ी रोको!''

वह जड़ सा उसकी ओर देखता रहा और शीला कहानी सुनाने के अंदाज में बोलती गई, ''उसने बस नहीं रोकी, उल्टे और तेज कर दी।''

''सड़कें खाली थीं। बाहर कोई भी नहीं था। बस में मैं अकेली थी। बस की बत्तियाँ बुझी हुई थीं और बस सड़क पर तेजी से भागी जा रही थी।''

''फिर तुम छूटीं कैसे?'' उसने धीरे से हलक में अटकी थूक निगलकर पूछा।

''फिर कंडक्टर उठा और एकदम मुझ पर झपट पड़ा। मैंने अपना सैंडिल उतार लिया। पहनकर भी आज स्टील हील वाला गई थी, चांस की बात है। खूब पीटा उसे। उसके चेहरे पर काले-नीले दाग पड़ गए। उसके सिर से खून निकल आया।''

''अच्छा किया तुमने।'' वह तनावपूर्ण हँसी हँसा, ''मैं होता तो और पीटता।''

शीला ने उसकी ओर देखा। वह उसे ऐसे देख रही थी, जैसे कोई वयस्क शेखी मारते हुए बच्चे को देखता है, ''हाँ, मैंने भी सोचा था कि तुम होते तो और पीटते। पर उन्होंने मुझे इतना अवसर नहीं दिया कि मैं तुम्हें घर से बुलाकर ले जाती। मुझसे जितना हुआ, मैंने उसे पीटा।''

उसने फिर सिगरेट जलाई। बोला, ''अच्छा किया, अच्छा किया।''

''मैं उसे पीटती गई, पर उसने मुझे छोड़ा नहीं। फिर उसने मेरे ब्लाउज में हाथ डाल उसे खींचा। टिच बटन थे। एक ही झटके में सारे खुल गए···''

''क्या?'' उसके रोंगटे खड़े हो गए, ''लाओ, मुझे बस का नंबर दो। मैं अभी कुछ करता हूँ।···हॉरिबुल! इस देश में कोई कैसे रहेगा? यहाँ किसी माँ-बहन की इज्जत सुरक्षित नहीं है।''

शीला ने उसकी चिंता नहीं की। वह ऐसे बोलती जा रही थी, जैसे सबकुछ बताकर ही चुप होगी, ''तब तक ड्राइवर ने एकांत देखकर बस एक जगह खड़ी कर दी। फिर वह भी आ गया। दोनों ने मेरा मुँह एक कपड़े से बाँधकर बंद कर दिया। मेरे हाथ भी बाँध दिए···''

उत्तेजना के मारे उसका गला रूँध गया था। आँखों में पानी आ गया था और शीला अब भी शांत बैठी थी, जैसे अपने साथ घटी घटना न सुना रही हो, कोई कहानी सुना रही हो।

''फिर भी तुम कैसे बच गईं?'' अंत में उसने फँसे गले से पूछा।

''बची कैसे?'' शीला एक विचित्र सी हँसी हँसी, ''बची कहाँ?'' और वह हँसते-हँसते रो पड़ी। पहली बार उसे लगा कि यह सब उसी के साथ घटा है। और जो कुछ घटा है, वह उसे बहुत गहरे कहीं काट गया है, ''उन दोनों ने बारी-बारी···।'' उसने अपने दोनों हाथों से चेहरा ढक लिया। वह सिसकियाँ ले-लेकर रो रही थी।

वह हतप्रभ-मूढ़ सा खड़ा रह गया, जैसे सबकुछ सुन्न हो चुका हो और फिर धीरे-धीरे जड़ता की चादर के नीचे से कुछ भाव उदित हुए। उसके मन में आक्रोश था, पर उसके साथ-साथ एक भय भी था उसने काफी देर के पश्चात् पहचाना कि इस सारी घटना को सुनकर वह केवल भयभीत हुआ था और जो आक्रोश था, वह भी शीला के प्रति ही था।

''तुमने उन्हें रोका क्यों नहीं? तुमने उनका विरोध क्यों नहीं किया?'' उसने काफी चीखकर ही कहा।

शीला रोते-रोते सहसा चुप हो गई। उसकी आँखों में अब वेदना नहीं थी। उसे लगा कि इस बात की आशंका उसे कहीं पहले से ही थी। उसके मन ने स्वीकार नहीं किया था, पर उसकी चेतना को शायद मालूम था कि उसका पति कदाचित्···शायद उसे अपने पति से लड़ना पड़े, अपनी ईमानदारी जताने के लिए···। वह खीझकर बोली, ''जो कुछ मैंने तुम्हें बताया, उसमें किस बात से तुम्हें लगा कि मैंने उनका विरोध नहीं किया?''

पर शीला की बात से उसका क्रोध कम नहीं हुआ, ''जब तक ड्राइवर नहीं आया था, कंडक्टर अकेला था। तुम बस से कूद क्यों नहीं पड़ीं?''

शीला की आँखें आश्चर्य से कुछ फैल गईं, ''तुम्हारा मतलब है, मैं पूरी स्पीड से भागती हुई बस में से कूद पड़ती। तुम तो कहते थे कि चलती बस में उतरा-चढ़ा मत करो।···तुम शायद अंदाजा ही नहीं लगा सकते कि बस कितनी तेजी से जा रही थी। यदि मैं कूद पड़ती तो अवश्य ही मर जाती। मुझे कोई ताकत नहीं बचा सकती थी।''

उसने शीला को घूरकर देखा, ''क्या तुम्हारा मर जाना अधिक श्रेयस्कर नहीं था? तुम मुझे किस मुँह से बताने आई हो कि तुम्हें दो पुरुषों ने···यदि तुम पहले न

मरी, तो बाद में मर जाना चाहिए था।''

शीला को लगा, उसकी चेतना का कोई अंश इन सारी बातों, आरोपों और झगड़ों के लिए पहले से तैयार था। वह सहसा ही एकदम नाराज हो गई, ''बकवास बंद करो। तुम मुझे यह सब कहने वाले कौन होते हो? कल तुम्हें दो आदमी कहीं घेरकर पीट जाएँ, तुम्हारे हाथ-पैर तोड़ जाएँ, तुम्हारी एक आँख निकालकर ले जाएँ या तुम्हारी नाक काटकर ले जाएँ तो मैं तुम्हें ये सारी बातें कहूँगी, जो तुम मुझे कह रहे हो।...बड़ी मर्दानगी है, अपनी स्त्री के सम्मान का इतना खयाल है तो जाओ उन लोगों का सिर उतारकर ले जाओ!''

वह काँप गया। शीला क्या कह रही है! वह किसी का सिर उतार सकता है क्या? उसे खून देखकर दहशत होने लगती है, तभी तो उसने मांस खाना भी छोड़ दिया है। कैसी उबकाई सी आने लगती है।

''यह कैसे हो सकता है। अब कोई राज...'' वह स्वयं ही ठहर गया। हाँ, अब राजपूती युग नहीं है कि वह किसी का सिर उतार ले। तो फिर वह शीला को ही मरने की सलाह क्यों दे रहा है—''मैं पुलिस में रिपोर्ट जरूर कर सकता हूँ। लाओ, बस का नंबर दो।''

शीला का स्वर फिर से व्यंग्यात्मक हो गया था, ''पुलिस में जाकर क्या रिपोर्ट करोगे—दो पुरुषों ने...''

वह तमककर मुड़ा, ''मैं यह बात कैसे कह सकता हूँ?''

शीला का स्वर और भी गहरा हो गया, ''तो और क्या कहोगे? यह कि दो लोगों ने मेरी पत्नी से छेड़-छाड़ की है। स्वयं इतनी सी बात नहीं कह सकते और मुझे मारना चाहते हो?''

''तुम्हें मारना कौन चाहता है?'' वह स्वतःचालित ढंग से कह गया, ''पर यह अपमानित जीवन...''

''इसमें अपमानित जीवन क्या है?'' शीला बोली, ''मैंने अपनी इच्छा से यह सब होने दिया होता तो तुम मेरे चरित्र को बुरा कह सकते थे, पर जिन परिस्थितियों में यह सब हुआ, उससे मेरे चरित्र पर तुम कोई लांछन नहीं लगा सकते। फिर चरित्रवती होकर भी मैं क्यों मरूँ? नहीं मरती। ऐसे ही जी लेंगे। न तुम किसी को बताओ, न मैं किसी को बताऊँ।''

उसे पता ही नहीं चला कि वह कब इतना दीन हो गया था। आँसू उसके गालों तक बह आए थे, ''मैं किसी को मुँह दिखाने लायक न रहा। मैं किसी को कैसे मुँह दिखाऊँगा?''

शीला ने उसे घूरा, फिर जैसे डाँटकर बोली, ''क्यों, तुम्हें क्या हुआ है? तुम तो रेप नहीं हुए। जो मेरे साथ हुआ, वह मेरे साथ है। तुम्हारे मुँह को उससे क्या हो गया?''

इस डाँट से वह नाराज हो गया। उसका क्रोध फिर से लौट आया था। दाँत पीसकर बोला, ''चुप रहो तुम! तुम्हारे स्थान पर कोई और स्त्री होती तो उसने अब तक सिर पटक-पटककर प्राण दे दिए होते और तुम मजाक कर रही हो!''

''देखो! जो कुछ मेरे साथ हुआ, उससे मैं खुश नहीं हूँ।'' वह ठंडे स्वर में बोली, ''पर उसमें मेरा रत्ती भर भी दोष नहीं, इसलिए मेरे भीतर ग्लानि नहीं है। इतनी सी बात के लिए मैं मरना नहीं चाहती। मैं मरने से इनकार करती हूँ…अब रही तुम्हारी बात! तुम चाहो तो उन लोगों को खोजकर उनकी हत्या कर दो। न हो सके तो पुलिस में रिपोर्ट कर दो। यह भी न हो सके तो मुझसे अलग हो जाओ।''

''मार्ग-निर्देशन के लिए तुम्हारी आवश्यकता नहीं है मुझे।'' वह अपनी दीनता से उबर आया था। शीला से यह शिकायत उसे बहुत पहले से थी। वह कभी भी अपना दोष नहीं मानती थी और उल्टे उसे निर्देश दिया करती थी। ''तुम समझती हो कि इतना कुछ होने पर भी हम पति-पत्नी रूप में रहेंगे! मैं तुम्हारे साथ रहूँगा! लोग मेरी ओर अंगुली उठाकर कहेंगे—यह वह व्यक्ति है, जिसकी पत्नी को एक कंडक्टर और ड्राइवर ने रेप किया था। मेरा तुमसे संबंध तभी से टूट गया, जब तुमने मुझे यह बात बताई। अब तुम्हारा मेरा कोई रिश्ता नहीं। तुम मेरे घर में नहीं रह सकतीं।''

शीला ने उसे देखा, वह सचमुच बहुत नाराज था। शायद वह इतने क्रोध में था कि उसे धक्के मारकर घर से निकाल सकता था। उसके मन में शायद उन दो पुरुषों के विरुद्ध कुछ भी नहीं था। सारी शिकायतें शीला के विरुद्ध ही घिर आई थीं। शीला के जी में आया कि वह हँस पड़े। पर वह हँसी नहीं, बड़े शांत स्वर में बोली, ''तुम्हारा-मेरा कोई रिश्ता नहीं। मैं तुम्हारे घर में नहीं रहूँगी। पर मैं तुमको इतना कंसेशन दे सकती हूँ कि अपना सामान यदि तुम अभी न ले जा सको तो सवेरे उठवाकर ले जाना। तुम्हें शायद याद हो कि यह क्वाटर मेरे नाम है।''

वह एकदम चौंक पड़ा। सारी बातें यह मोड़ ले लेंगी, यह उसने सोचा ही नहीं था। क्वार्टर की बात की ओर भी उसका ध्यान नहीं गया था। उसने यह बात पहले सोच ली होती तो अच्छा था। क्वार्टर शीला का था, वह वहीं रहेगी। घर की अधिकांश चीजें भी वहीं रहेंगी। वह बहुत करेगा तो अपने उपयोग की सारी चीजें ले जाएगा। पर कहाँ? सड़क पर? प्लेटफार्म पर? इतने महँगे शहर में अपना सारा

वेतन देकर कहीं दो कोठरियाँ किराए पर लेने का मूर्खतापूर्ण साहस वह नहीं कर सकता। वह सरकारी नौकरी में भी नहीं है कि सरकारी क्वाटर की बात सोचता···तो फिर कहाँ? किसी होटल में? किसी मित्र के घर? पर कब तक?

वह कुछ नहीं बोला। जोर-जोर से साँस लेता हुआ वह टहलता रहा···कमरे के एक सिरे से दूसरे सिरे तक। थोड़ी ही देर में उसके साँस की आवाज और पैरों की चटक मंद पड़ गई। उसके जी में आ रहा था, वह एक बार हँस पड़े और कहे—'छोड़ो इन फालतू बातों को। चलो, सो रहें।'

पर उसके भीतर के किसी अकड़ाव ने उसे हँसने नहीं दिया। वह टहलते-टहलते शीला के सामने जाकर रुक गया, "मैं कल सवेरे अपना सामान लेकर चला जाऊँगा।" उसके नथुने कुछ और अधिक फैल गए, "तुम कान खोलकर सुन लो, तुम मुझे इस प्रकार ब्लैकमेल नहीं कर सकतीं। इस तरह तो कल मैं फ्लश खराब होने की रिपोर्ट लिखाने नहीं जाऊँगा या दाल के डिब्बे में घुसा हुआ चूहा मार सकूँगा, तुम ब्लैकमेल करोगी। तुम्हारे किसी और पुरुष से संबंध हो जाएँगे, तो भी तुम ब्लैकमेल करोगी···"

शीला को लगा कि उसका भीतर जैसे चटककर दो भागों में बँट गया है। एक भाग जैसे अपने पति को मना लेना चाहता है। वह जानती है कि उसके पति का भीतर भी उसी के समान चटक चुका है और उसका भी एक ही भाग लड़ रहा है···ऊपरी तौर से ही और वह भी इसलिए कि उसे मना लिया जाए।

सहसा वह रो पड़ी, "मैं कितनी दुःखी हूँ। यदि आज हम समझौता भी कर लें तो क्या? कल हमारे बच्चे होंगे। उन्हें जब पता चलेगा कि उनकी माँ के साथ क्या हुआ, तो क्या वे लोग आत्महत्याएँ नहीं करेंगे। हे भगवान्! मेरे कारण मेरे पति और मेरे बच्चे···"

उसका अकड़ाव कहीं से पिघल गया। पहली बार शीला ने दोष अपने सिर लिया था। पहली बार वह दीन हुई थी। उसने देखा, वह अब भी सिर झुकाए रोती जा रही थी।

वह उसके पास चला आया। सांत्वना देता हुआ सा बोला, "अब सो जाओ। तुम भारत की महान् नारी हो। रात बहुत हो गई है। तुमसे लोग प्रेरणा लेंगे···कैसे एक निहत्थी स्त्री ने दो-दो नर-पशुओं से लड़ाई की। पर फिर भी तुम सो जाओ। दिन भर की तुम थकी हुई हो। कल भी तो काम पर जाना है।"

शीला ने सिर उठाया और आँसू पोंछ लिये, "सो जाती हूँ, पर तुम सवेरे अपना सामान लेकर तो नहीं जा रहे न?"

''उसे फिर देखेंगे। तुम सो जाओ।'' वह बोला, ''जरा शीशे में देखो तो तुम्हें पता चले, तुम्हारा चेहरा कितना कुम्हला गया है।''

शीला ने हल्के से मुसकराने का प्रयत्न किया और ठुमककर बोली, ''नहीं! पहले तुम कहो कि कल सवेरे तुम नहीं जा रहे हो; नहीं तो मुझे यह सोच-सोचकर नींद नहीं आएगी कि कल से इस क्वार्टर में मुझे अकेली को रहना है।''

''हाँ, तुम डरती बहुत हो।'' उसने शीला की बात मान ली, ''अच्छा, नहीं जाऊँगा। वैसे भी तुम्हें अकेली को बहुत परेशानियाँ होंगी। तुम अकेली मुकदमा कैसे लड़ोगी?''

शीला ने फिर उसे देखा—यह अभी तक मुकदमे की बात कर रहा है। ऐंठ की कोई गाँठ अभी बाकी है शायद!

''अच्छा सो जाएँ अब?'' उसने पूछा।

''हाँ चलो, सो जाएँ। मुझे भी नींद आ रही है।'' उसने कहा और चुपचाप अपने पलंग पर जा लेटा।

□

संचित भूख

शाम के झुटपुटे में वे दोनों तेजी से साइकिलें चलाते हुए भागे जा रहे थे। रास्ते में कहीं कोई इक्का-दुक्का व्यक्ति मिला तो उन्हें देखकर चौंक गया। क्षण भर उन्हें स्तब्ध दृष्टि से देख, फिर अपनी राह चला गया। उन्हें इक्के-दुक्के आदमी से डर नहीं लगता था, फिर भी वे अपनी साइकिलें तेज कर लेते थे। रास्ते में उन्हें कोई आग लगाती हुई भीड़ या हथियारबंद लोगों का झुंड नहीं मिला था। संयोग ही था कि पुलिस या मिलिट्री का कोई ट्रक भी नहीं दिखा था, नहीं तो कैंप से डिप्टी के बाग का फासला कम नहीं था।

वे ट्रंकों वाले बाजार तक आ गए थे। उनकी गली अब बीस गज से अधिक नहीं थी। सहसा उन दोनों ने अपनी साइकिलें धीमी कर दीं। गोपाल ने मुड़कर बिरजू की ओर देखा और मुसकराया।

बिरजू के चेहरे से घबराहट धुल गई। वह काफी आश्वस्त हो गया था। असावधान वह फिर भी नहीं लग रहा था।

''साइकिल की घंटी मत बजाना, गोपाल बाबू!'' बिरजू फुसफुसाया।

''क्यों?'' गोपाल ने अपनी घनी काली भँवें ऊपर उठाईं।

''यहाँ कोई छिपा बैठा हो तब?'' बिरजू ने कहा, ''आप घंटी बजाएँगे और वह अँधेरे में ही छुरा पेट के आर-पार कर देगा।''

''यहाँ कोई नहीं है।'' गोपाल ने साइकिल का अगला पहिया अपनी गली की कूचाबंदी के भीतर कर दिया, ''अपनी गली में क्या डर?''

गली के पहले घर 'कृष्णा कॉटिज' की ड्योढ़ी में से सहसा कोई झपटकर निकला और उनके सामने खड़ा हो गया, ''कौन हो?''

दोनों ने देखा, सामने खड़ा व्यक्ति कोई दंगई नहीं था। एक सैनिक बंदूक पर संगीन चढ़ाए, तना हुआ उनके सामने खड़ा था...बलोच था शायद! हाँ, बलोच ही

था। उसका सुर्ख कठोर चेहरा, उसके लंबे भूरे बाल, उसकी लाल टोपी और फिर वह कड़कती आवाज! हाँ, बलोच ही था। तो उनका मुहल्ला भी मिलिट्री के अधिकार में था।

"कौन हो?" उसने धमकाकर पूछा और बंदूक उठाई।

"मैं गोपाल हूँ और यह बिरजू।" गोपाल ने थूक गटककर अपना निरर्थक परिचय दिया और उसका चेहरा ताकने लगा।

"यहाँ क्या करने आए हो?" बलोच ने पूछा। उन्हें घबराया देख उसने अपनी बंदूक नीची कर ली थी।

गोपाल कुछ आश्वस्त हुआ···नहीं, वह उनको मारेगा नहीं। वह मिलिट्री का सिपाही था, गुंडा नहीं था।

"हम अपने घर आए हैं।" गोपाल ने कुछ खुले गले से कहा, "गली का पाँचवाँ मकान हमारा है।"

"अपने मकान में लौटना था तो पहले छोड़कर भागे क्यों थे?" बलोच हँसा।

"कल मुहल्ले पर मुसलमानों ने हमला कर दिया था।" गोपाल ने कहा, "दो मकानों को तो आग भी लग गई थी, इसीलिए भाग गए थे।"

"तो आज क्या करने आए हो?" बलोच के स्वर में जिज्ञासा कम, व्यंग्य अधिक था।

गोपाल डरी आँखों से क्षण भर उसे ताकता रहा, फिर सिर झुकाकर बोला, "मेरी माँ बहुत बीमार है। वह बिना बिस्तर के सो नहीं सकती। हम बिस्तर लेने आए हैं।"

बलोच खूब जोर से हँसा, "लड़के, तुम्हारी माँ को अपना बिस्तर तुम्हारी जान से ज्यादा प्यारा है। रास्ते में कोई छुरा मार दे या···" वह रुका, "···कर्फ्यू में घूमने के जुर्म में मैं ही बंदूक दाग दूँ तो कयामत तक बिना बिस्तर के सोए रहोगे।"

वह अपने हाथ में बंदूक तौल रहा था।

दोनों सन्न रह गए। थोड़ी देर पहले तक की उनकी निश्चिंतता जम गई थी। बिरजू के जबड़े कस गए थे और उसके मुँह में बदमजा खट्टा-खट्टा पानी जमा होने लगा था। और स्वयं उसे पता नहीं चला कि कब उसका निचला होंठ फैल गया। वह रो रहा था, "मैं तो नौकर हूँ। गोपाल बाबू अपनी माँ के लिए बिस्तर लेने आ रहे थे, मुझे भी लालाजी ने साथ कर दिया कि कुछ चीजें ले आऊँ।"

"नौकर!" बलोच ने बंदूक फिर नीची कर ली। और सहसा उसका स्वर

बदल गया। गहरी रोबदार आवाज में वह बोला, ''अच्छा, जाओ अपने मकान में।

''रात भर चुपचाप भीतर पड़े रहो। अंदर से दरवाजा बंद मत करना और बाहर भी मत निकलना। कर्फ्यू लगा है। सुबह तक बचे रहे तो कर्फ्यू खुलने पर चुपचाप कैंप को लौट जाना। और देखो, कोई सामान-वामान लेकर नहीं जाना है। सामान ले जाने में जान का खतरा है, जाकर उन बेवकूफों को समझा दो, जिन्होंने तुम्हें भेजा है।''

वे दोनों बहुत धीरे से साइकिलें ठेलते हुए आगे बढ़ गए। बिरजू पलटकर पीछे देख रहा था, कहीं उनके आगे बढ़ते ही बलोच पीछे से गोली न मार दे। पर वैसा कुछ नहीं हुआ। बलोच अपनी जगह खड़ा चुपचाप उन्हें देखता रहा और फिर दो-तीन छलाँगों में कृष्णा कॉटेज की ड्योढ़ी में गायब हो गया।

बिरजू ने गोपाल की चिंता नहीं की। झपटकर उसने अपने मकान का ताला खोला और ड्योढ़ी में जा पहुँचा।

''गोपाल बाबू! अब तुम भी इधर ही आ जाओ।'' उसने कहा और भीतर गायब हो गया।

गोपाल उसके पीछे-पीछे भीतर चला गया। बलोच ने कहा था—कर्फ्यू में बाहर नहीं जाना है और फिर सुबह भी कोई सामान लेकर नहीं जाना है। फिर वह अपने मकान के ताले खोलकर क्या करेगा? गली में बलोच मिलिट्री है और गली के बाहर फसादी मुसलमान! वह अपने मकान में अकेला क्या करेगा? दो ही जने तो वे हैं, अच्छा है कि दोनों एक ही मकान में साथ-साथ रहें।

उसने अपने पीछे आँगन का दरवाजा भिड़ा दिया। बलोच ने कहा था— दरवाजा अंदर से बंद मत करना। कहीं वह देखने ही न आ जाए। उसकी बात मानने में ही उनकी भलाई थी, नहीं तो एक बार बंदूक दागना उसके लिए क्या मुश्किल था।

वह आँगन में आकर खड़ा हो गया।

बिरजू भी उसे देखकर बाहर निकल आया। वह शायद गुसलखाने में छिपा हुआ था। उसके चेहरे का रंग एकदम सफेद था और उसकी आँखें अभी भी फटी हुई थीं।

''वह हमको मारेगा तो नहीं?'' उसने बहुत धीरे से पूछा।

''अपनी नाक पोंछ ले, बह रही है।'' गोपाल ने कहा।

गोपाल धीरे-धीरे चलता हुआ ड्राइंग-रूम में चला गया। यह लालाजी की बैठक थी। उन्होंने अपनी दोनों पत्नियों की तसवीरें बड़े समारोह से दीवारों पर टाँग

रखी थीं।

''गोपाल बाबू! वह…''

उसने बिरजू को देखा। वह भी उसके पीछे-पीछे ड्राइंग-रूम में आ गया था और शायद अब भी जानना चाहता था कि बलोच सिपाही उन्हें मारेगा तो नहीं!

गोपाल उसे पिछले दो वर्षों से देख रहा था, जब से वह लालाजी के घर नौकर हुआ था। पर शायद उसने इतने ध्यान से उसे कभी भी नहीं देखा था। बारह-चौदह वर्षों का यह पहाड़ी लड़का, साफ-सुथरे कपड़े पहनता तो शायद सुंदर कहलाता। रंग उसका गोरा था, नाक तीखी थी, उठी हुई और पता नहीं उसकी आँखों का रंग हल्का नीला कैसे था। इस समय वह डरे हुए चूजे के समान उसके पीछे-पीछे मँडरा रहा था।

''देख बिरजू!'' गोपाल ने कुछ स्थिर स्वर में कहा, 'हमें रात यहीं काटनी है, तू जानता है। फिर भूखे तो नहीं रहा जाएगा। कुछ खाना-वाना पका और बलोच की बंदूक को भूल जा।''

''खाना!'' बिरजू ने नाक से सड़ूँ किया और आँखें उल्टी हथेली से पोंछ डालीं, ''कैंप में चलकर बना दूँगा, गोपाल बाबू, पहले यहाँ से निकलो।'' वह बहुत दीन हो गया था, ''मुझे उस बलोच से बहुत डर लगता है।''

''देख बिरजू!'' गोपाल ने उसे समझाया, ''डरने से काम नहीं चलेगा। रात को हमें यहाँ रहना ही है। रात भर टिके रहे तो शायद सवेरे बचकर निकल जाएँ। रात को निकलने की कोशिश की तो बस ठायँ!''

''ठायें!'' बिरजू के मुँह से अनायास निकला। उसकी आँखें जैसे फट सी पड़ीं और गिरने के से अंदाज में जमीन पर बैठ गया। उसके चेहरे पर इस मौसम में भी पसीने की बूँदें उभर आई थीं। वह बदहवास सा गोपाल को अपनी फटी आँखों से घूरे जा रहा था।

गोपाल उसकी हालत देखकर परेशान हो गया। वह पहले ही कम चिंतित नहीं था। यह पता चलने पर कि दो हिंदू अभी भी इस मकान में हैं…कोई भी आकर इस मकान पर मिट्टी का तेल या पेट्रोल छिड़ककर आग लगा सकता था। मकान को आग न भी लगे तो भी उसके लिए छुरे का एक हाथ ही पर्याप्त था। या फिर बलोच सिपाही की गोली…उसने कहा था, ''अगर सवेरे तक बचे तो…'' पता नहीं सवेरे तक बचना है या नहीं! और ऊपर से बिरजू की हालत…!

कल रात जब मुहल्ले पर एक बड़ी भीड़ ने हमला कर दिया था तो मुहल्ले की सुरक्षा समिति का सारा प्रबंध क्षण में ही छिन्न-भिन्न हो गया था। भीड़ के एक

दहाड़ते हुए नारे 'अल्लाहो अकबर' के उत्तर में सुरक्षा-समिति के स्वयंसेवकों ने बहुत डरे हुए स्वर में 'जय बजरंगबली' कहा था। पर लड़ाई नहीं हो सकी थी। दो मकानों को आग लगी और लोग भाग खड़े हुए।

उस समय शायद किसी ने भी कोई सामान साथ नहीं लिया था। सबको अपनी-अपनी जान की पड़ी थी, सामान की कौन सोचता! तब वह स्वयं कैसे अपनी बीमार माँ के साथ कैंप तक पहुँचा था, उसे याद नहीं है। सारी-की-सारी रात भाग-दौड़ में कट गई थी। पर सवेरे से जब कैंप में कुछ स्थिरता आई और डोगरा मिलिट्री के पहरे में उन लोगों में सुरक्षा की भावना आई, तब से उसके मन में यह चिंता घर कर गई थी। माँ पिछले पाँच वर्षों से बीमार चली आ रही थी। उसे कैंप में मिलिट्रीवालों की दी हुई केवल एक दरी बिछाकर सुलाने से क्या यह अच्छा नहीं था कि वह उसे घर पर ही छोड़ आता। जब तक जीती, आराम से रहती और फिर किसी दंगाई के हाथों मारी जाती।

दिन भर वह माँ की तकलीफ देखता रहा था और सोचता रहा था। जब शाम ढलने लगी और उसके सम्मुख एक लंबी रात आ खड़ी हुई, तब माँ के सुलाने की समस्या उसके सामने थी। यदि माँ को इसी प्रकार रात काटनी पड़ती तो शायद वह सवेरा न देखती। और सारे कैंप में कोई ऐसा आदमी नहीं था, जो उसे एक खेस या चादर भी दे सकता।

ऐसे ही क्षणों में उसने वापस लौटने का निर्णय लिया था। उसे पूरा विश्वास था कि उनके घर जले नहीं होंगे, लुटे नहीं होंगे। वे जैसे ताले बंद करके आए हैं, वैसे ही होंगे।

उसने चाहा था कि कुछ लोग और भी उसके साथ चलें, पर एक बार निकलकर फिर कोई मौत के पंजों की ओर लौटने को तैयार नहीं था। केवल उसके पड़ोसी लालाजी ने अपने नौकर बिरजू को साथ कर दिया था कि वह भी उनके कुछ कपड़े ले आएगा। बिरजू या तो अपने मालिक की बात अस्वीकार नहीं कर सका था, या फिर शायद उसे अंदाज ही नहीं था कि घर लौटना कितने जोखिम का काम है। और गोपाल ने भी साथ पा लेने के भाव से उसे स्वीकार कर लिया था।...

उसने हाथ पकड़कर बिरजू को उठाया—"उठ बे! क्या पागलपन कर रहा है।"

"बाबूजी! गोपाल बाबू!" बिरजू हकलाता जा रहा था। वह अपने पैरों पर खड़ा नहीं हो पा रहा था।

गोपाल ने अपनी पूरी ताकत से उसे उठाकर खड़ा कर दिया, "उठ, खड़ा

हो।''

वह खड़ा हो गया और फिर गोपाल और बिरजू की नजर एक साथ ही उसके गीले पाजामे पर जा पड़ी। गोपाल समझ गया कि वह खड़ा क्यों नहीं हो रहा था।

''जा, जाकर कपड़े बदल!'' गोपाल ने कुछ सख्त आवाज में कहा।

''मेरे पास और कपड़े नहीं हैं।'' बिरजू शायद रो रहा था, ''लालाजी ने कल ही कहा था कि वे मुझे नया पैजामा बनवा देंगे।''

गोपाल सहसा खीझ उठा, ''पागल मत बन! सारे घर की चाबियाँ तेरे पास हैं।'' चाहे लालाजी की गरम पतलून पहन ले, तेरा कोई हाथ पकड़ लेगा।''

''लालाजी को पता चला तो?'' बिरजू ने कहा।

''अबे, लालाजी अब लौटेंगे क्या!'' गोपाल बोला, ''सबकुछ पाकिस्तान में ही रह जाएगा। जो पहन सकता है, पहन ले। जो खा सकता है, खा ले। कोई कुछ नहीं कहेगा। सारा घर तेरा है।''

गोपाल की बात का बिरजू पर चमत्कारिक प्रभाव पड़ा। उसके चेहरे का रंग बदल गया। वह जैसे अपनी खुशी रोकने का प्रयत्न कर रहा था। उसकी आँखों में एक शैतानी मुसकराहट आ गई थी। वह भूल गया था कि अभी कुछ ही देर पहले उसने डर के मारे पाजामे में पेशाब कर दिया था। कोई बात उसके होंठों तक आ-आकर रुक रही थी और वह बार-बार गोपाल की ओर देखकर आँखें झुका ले रहा था।

''क्या बात है?'' गोपाल ने पूछा।

''मैं लालाजी की गरम पतलून पहन लूँ।'' उसने कहा।

गोपाल ने क्षण भर उसे ताका—तो यह बात थी! उसे बिरजू की मूर्खता पर हँसी भी आ रही थी और क्रोध भी।

''पहन ले।'' उसने कहा।

''और अगर लालाजी नाराज हुए?'' बिरजू ने फिर पूछा।

''कह देना गोपाल बाबू ने कहा था।''

''और···''

''अब और क्या है?'' गोपाल के जी में आया, उसे एक चाँटा लगाकर कहे, साले, यह तेरे नखरे करने का समय है।

''और···और···'' बिरजू फिर वैसे ही मुसकरा रहा था, ''मैं अपने लिए भी बासमती के महीन चावलों का पुलाव बना लूँ, जैसे लालाजी के लिए बनाया करता था।''

"बना ले साले, बना ले।" गोपाल दाँत पीसकर भिंचे हुए स्वर में बोला।

बिरजू ने नजर उठाकर उसे देखा। मद्धिम सी हँसी हँसा और बरफ-मलाई खाने के लिए माँ से पैसे लेकर गली की ओर जाते हुए खिलंदड़े लड़के के समान भाग गया। गोपाल फिर अपने विषय में सोचने लगा। वह यदि कैंप तक लौट नहीं पाया तो उसकी बीमार माँ···क्या इससे अच्छा यह नहीं था कि वह माँ के आराम की चिंता छोड़ अपने जीवन की चिंता करता। माँ को अधिक नहीं जीना था और उसके सामने अभी सारी जिंदगी पड़ी थी। अभी तो दंगे-फसाद के बीच में वह अपने भविष्य के विषय में सोच नहीं पाता था, पर कभी तो शांति होगी। हिंदुस्तान में जाकर तो वे नया जीवन आरंभ कर सकते थे। जब वहाँ जाकर सरला को पता चलेगा कि वह माँ के लिए बिस्तर लेने के लिए वापस घर लौटा था और फिर उसे किसी ने नहीं देखा था, तो वह क्या करेगी···

सरला···सरला किस कैंप में होगी

और सहसा उसकी नाक में तेज गंध आई···! क्या घी? हाँ, शुद्ध देसी घी था, जिसकी खुशबू चारों ओर फैल रही थी। शायद बिरजू पुलाव बना रहा था।···यह साला मरवाएगा मुझे भी···वह आशंकित हो उठा···यह नहीं कि सादा सा कुछ बना ले, जो खाकर हम पड़ रहें। उल्टे असली घी की गंध उड़ा-उड़ाकर अपने यहाँ होने का विज्ञापन कर दंगाइयों को बुला रहा है। अभी एक छुरा पेट की आँतें निकालकर थाली में सजा देगा तो फिर खाता रहे पुलाव!

वह बिना आवाज किए, पैर दबा-दबाकर, जितनी जल्दी संभव था, लालाजी की रसोई में पहुँचा।

इतनी ही देर में बिरजू एकदम बदल गया। वह बीच रसोई के पालथी मारकर निश्चिंत बैठा था। उसके चारों ओर रसोई की हर चीज बिखरी पड़ी थी। मिर्च-मसाले, घी, दालें, कल की लाई हुई सब्जियाँ, विभिन्न प्रकार के चावल, जैसे वह उनमें चुनाव करता रहा हो। स्टोव पर चढ़े हुए पतीले में, वह मस्त होकर, प्याज भून रहा था शायद। सहसा बिरजू को किसी के वहाँ होने का अहसास हुआ और वह अचकचाया हुआ आँखों में आशंका लिये मुड़ा। पर उसकी आँखों में वह भय नहीं था, जो थोड़ी देर पहले गोपाल ने देखा था।

बिरजू उसके आर-पार देखता रहा, जैसे उसे पहचान न पा रहा हो। फिर उसकी आँखों में पहचान लौटी। वह खिसियानी सी हँसी हँसा, "मुझे लगा जैसे बीबीजी आ गई हैं। तभी तो समझ नहीं सका कि बीबीजी ने अपनी सुत्थन की जगह लालाजी का पाजामा क्यों पहन रखा है।"

गोपाल के जी में आया, कहे, साले, तुझे बीबीजी और लालाजी का डर लग रहा है, छुरे और बंदूक का डर नहीं है!

पर उसने कुछ कहा नहीं। बिरजू लालाजी की गरम पतलून पहने अपनी रसोई में निश्चिंत था। उसे यदि फिर से बाहर खड़ा बलोच सिपाही याद दिला दिया जाता तो इस बार शायद वह रसोई भी गंदी करता।

गोपाल चुपचाप लौट आया। अच्छा है कि अब वह बिरजू के मारे परेशान नहीं था। वह बिना डिस्टर्ब हुए सोच सकता था और कैंप तक लौटने की समस्या पर ध्यान दे सकता था।

यह निश्चित था कि वह सुबह तक यहाँ रुकना नहीं चाहता था। पता नहीं सुबह की नौबत भी आए या नहीं। और फिर सूरज के उजाले में यहाँ से कैंप तक जाने का कोई अर्थ ही नहीं था। वह अगले मुहल्ले तक भी नहीं पहुँच पाएगा। रात में यदि वे लोग कूचाबंदी के भीतर वाले सिपाही की नजर बचाकर ट्रंकों वाला बाजार पार कर सकें तो बहुत है। बाहर सड़क पर कर्फ्यू के कारण कोई नहीं मिलेगा। पुलिस या मिलिट्री का कोई सिपाही मिला भी तो यदि वे लोग भागने की कोशिश न करें और पकड़े जाएँ और यह प्रकट करें कि हमला होने पर वे घर से भागे हैं तो वे लोग या तो उन्हें किले वाली जेल में ले आएँगे या कैंप में। दोनों ही स्थितियों में वे सुरक्षित हैं।···पर यदि रात वाले बलोच ने कूचाबंदी से बाहर निकलते हुए देख लिया तो वह समझ लेगा कि वे जान-बूझकर भाग रहे हैं। वह अवश्य उन्हें गोली मार देगा।

वह सिहर सा गया। कच्ची और ठंडी मिट्टी पर बिछी दरी पर तड़पती हुई माँ उसकी आँखों में घूम गई और फिर सरला···सरला ने गोटे वाली साड़ी पहन रखी थी, जो उसने फेरों के लिए बनवाई थी, सुच्चे गोटे वाली साड़ी!···

'गोपाल बाबू! आ जाओ। रोटी खा लो।' उसने बिरजू की आवाज सुनी और वह उछलकर अपनी जगह खड़ा हो गया।

"आहिस्ता, गधे! आहिस्ता।" वह बुदबुदाया और भागता हुआ रसोई में चला गया।

बिरजू ने दो बड़ी-बड़ी थालियाँ परोस रखी थीं। बढ़िया बारीक बासमती चावल! तैरता हुआ शुद्ध देसी घी, इलायची, दालचीनी, मटर तथा धनिए का ढेर। बिरजू सातवें आसमान पर उड़ रहा था। उसे इतना निश्चिंत और प्रसन्न गोपाल ने पहले नहीं देखा था। बिरजू उसे देखकर हँसा, "घी और डालूँ, गोपाल बाबू?" उसने देसी घी के पीपे में हाथ डाला।

"बस, ओए बस!" गोपाल ने उसे झिड़क दिया, "इतना कौन खाएगा? तू तो दावत करने बैठा है।"

"और खाओ, गोपाल बाबू!" बिरजू को परिस्थितियों का कोई एहसास नहीं था, "अभी तो बहुत सारा है।"

गोपाल के मन में वितृष्णा सी घिर आई थी। उसका मन खाने को नहीं कर रहा था। एक बार तो जी में आया कि वह खाने को मना कर दे। पर फिर टाल गया। खाने की बात उसी ने तो चलाई थी। अब कैसे कह दे कि उसे भूख नहीं है।

"अरे ठहरो, गोपाल बाबू!" बिरजू सहसा उठ गया, "मैं तो भूल ही गया।"

वह उसे देखता ही रह गया और बिरजू मियानी की सीढ़ियाँ चढ़कर ऊपर चला गया। ऊपर से उसके गुनगुनाने का स्वर भी आ रहा था और गोपाल का मन डूबता जा रहा था···इस लड़के की हरकतों से आज कोई अनर्थ होगा।

बिरजू लौटा तो उसके एक हाथ में गोभी के मीठे अचार का मर्तबान था और दूसरे में सेब के मुरब्बे का।

"चाँदी के बरक भी हैं। लाऊँ?" उसने कहा, "मुरब्बे पर लगाकर खाएँगे।"

"बैठ यहाँ।" गोपाल को आखिर कहना ही पड़ा, "ज्यादा हुड़दंग मत मचा कि बलोचों की नीयत खराब हो और वे तेरी दावत खाने आ पहुँचे। वे एक ही गोली में तेरा पेट भर देंगे।"

बिरजू ने क्षण भर को बुरा सा मुँह बनाया और अपनी थाली की ओर झुक गया। पुलाव के दो-चार बड़े-बड़े कौर खाते ही उसका मूड ठीक हो गया। उसने मुरब्बे के कई टुकड़े अपनी थाली में डाल लिये थे। वह बहुत तेजी से खाता जा रहा था।

"बिरजू!" गोपाल ने कहा, "इस हिसाब से खाना कि तबीयत खराब न हो।"

"परवाह मत करो, बाबूजी!" बिरजू पुलाव से भरे हुए मुँह से गपगपाता हुआ बोला, "लालाजी रोज खाते थे, उनकी तबीयत कभी खराब नहीं हुई। उल्टे, देख-देखकर मेरी ही तबीयत खराब होती रहती थी।"

"सुन ओए!" गोपाल का स्वर कुछ और तीखा हो गया था, "हमें सोना नहीं है, रात भर जागना है। बारी-बारी पहरा देना है और अवसर मिलते ही खिसक जाना है। हमें रातोरात कैंप पहुँचना है···"

"अच्छा।" बिरजू ने बड़ी बेरुखी से कहा और दो चम्मच घी के अपनी थाली में और डाल लिये।

"मुझे काफी देर से भाबड़ों के मुहल्ले में हलचल सी सुनाई पड़ रही है। वहाँ शायद आज रात हमला हो। हो सकता है, यहाँ भी कोई आ जाए।" गोपाल ने उसे फिर चेताया।

"अच्छा-अच्छा!" उसने बेरुखी से कहा और पानी का गिलास पीकर लंबी सी डकार ली और फिर खाने में जुट गया।

गोपाल ने अब तक जो दो-चार कौर खाए थे, वे उसकी छाती पर ही पड़े थे। उसे उबकाई सी आ रही थी। और खाता तो शायद उल्टी हो जाती।

उसने अपना हाथ रोक लिया। वह और नहीं खाएगा।

वह उठा और बाल्टी से पानी लेकर हाथ धोने लगा। बिरजू ने एक बार "अरे, और खाओ न, गोपाल बाबू" से अधिक कुछ नहीं कहा। वह खाता रहा।

गोपाल उठकर ड्योढ़ी में चला गया। उसने भिड़ाया हुआ बाहरी दरवाजा हल्के से खोला और बाहर झाँका। गली में अँधेरा और शांति थी। कूचाबंदी के साथ वाले मकान कृष्णा कॉटेज का दरवाजा खुला हुआ था, जहाँ से बलोच सिपाही बाहर आया था। उन्होंने शायद वहाँ आग जला रखी थी। थोड़ी सी रोशनी गली में झाँक रही थी। इधर से बाहर नहीं जाया जा सकता—उसने सोचा।

गली के दूसरे सिरे पर गुज्जरों के कुछ घर थे। उधर भी हल्की-हल्की आवाजें आ रही थीं। उधर से जाना भी मुश्किल था। एक ही रास्ता था कि वह चाची रेशमा के घर चला जाए। वह मुसलमान थी तो क्या हुआ। वह उससे कितना प्यार करती थी। और फिर जब से उसके बेटे सलामत की मृत्यु हुई थी, उसने गोपाल को लगभग अपना बेटा ही माना था।···और कोई रास्ता नहीं था। चाची रेशमा का घर गुज्जरों के घरों के साथ मिला हुआ था। वह चाहेगी तो अभी या बाद में, किसी भी समय उन्हें बाहर निकाल देगी···

उसने हल्के से दरवाजा भिड़ा दिया और घर के भीतर लौट आया।

बिरजू रसोई में नहीं था। वह बैठक में भी नहीं था। गोपाल को वह लालाजी के सोने के कमरे में मिला। वह लालाजी के गद्देदार पलंग पर रजाई ओढ़े पड़ा था। पलंग की साथ वाली तिपाई पर लालाजी का हुक्का पड़ा था। नली हाथ में लिये बिरजू हुक्का गुड़गुड़ा रहा था। चारों ओर सुंगधित तंबाकू की गंध उड़ रही थी।

"बिरजू!" गोपाल ने अपने गले से निकलती चीख को बड़ी कठिनाई से भींचा।

"आओ, गोपाल बाबू!" बिरजू ने खिसककर उसके लिए जगह बनाई,

''आओ, बैठो। हुक्का पियोगे?''

गोपाल को लगा, बिरजू ने घी नहीं खाया, अफीम खाई है। उसकी आँखों में गुन्नोदगी थी। वह आधा सोया हुआ लग रहा था। जैसे सोए-सोए या गहरे नशे में से बड़ी मुश्किल से उसने आँखें खोली हों और वे फिर से झपक जाने को तैयार हों।

गोपाल उसे घूरता रहा। पर बिरजू पर कोई प्रभाव नहीं पड़ा। वह पहले ही सो चुका था और सोए-सोए ही हुक्का गुड़गुड़ा रहा था, जैसे छोटा बच्चा सोए-सोए आदतवश ही दूध पी लेता है।

''बिरजू, हमें सोना नहीं है।'' गोपाल ने झुककर उसके कान में कहा, ''हमें रात भर बारी-बारी पहरा देना है।''

''अच्छा!'' बिरजू वैसे ही नशे में बोला, ''दे लेंगे। पहले थोड़ा आराम कर लूँ।''

और गोपाल के देखते-देखते ही बिरजू हुक्के की नली मुँह में लिये करवट बदलकर सो गया।

गोपाल हतप्रभ सा खड़ा उसे देखता रहा। उसके कान बाहर से आने वाली आवाजों पर लगे हुए थे। किसी दूर के मुहल्ले से चीख-पुकार की आवाजें आ रही थीं, जो बलोच सिपाहियों के ऊँचे कहकहों में डूब गई थीं।

□

पहचान

"होश आया?" मैंने पूछा।

"होश तो कल ही आ गया था।"

पर यह समाचार देते हुए उसके स्वर में उल्लास नहीं, असाधारण अवसाद था। क्षण भर के लिए मुझे कुछ नहीं सूझा। होश आ गया है और फिर भी वह उदास है, तो चिंता की बात कोई और होनी चाहिए।

"जनरल कंडीशन?"

"डॉक्टर कहते हैं, ठीक है।"

ये शब्द ही थे। उसके स्वर में कहीं कोई भी ऐसा प्रमाण नहीं था, जिससे मैं मान सकता कि वे ठीक हैं।

"ब्लड प्रेशर? हार्ट कंडीशन?"

"नॉर्मल ही बता रहे हैं।"

"रिफ्लैक्सेस?"

"ठीक है।"

और क्या हो सकता है? कुछ और नहीं सूझा तो मैंने पूछ ही लिया, "तो फिर तुम इतने उदास क्यों हो?"

उसकी आँखों की आहत पीड़ा मुझे भी विचलित कर गई, "वे मुझे पहचान नहीं रहे हैं।"

मैं सन्न रह गया—क्या है यह—स्मरणशक्ति का नष्ट होना या कोई मानसिक विकृति?

"कारण?" मैंने पूछा।

"पता नहीं!"

"किसी और को पहचान रहे हैं?"

"डॉक्टरों-नर्सों को पहचानें, न पहचानें—क्या फर्क पड़ता है।"

मैं अकबकाया सा उसे देखता रहा। क्या कहता।

सहसा ही जैसे उसके हाथ बहुत सक्रिय हो उठे। वह अपना माथा सहला रहा था। उसकी अंगुलियाँ जैसे उसके बाल नोचने के लिए मचल रही थीं और उसका विवेक उन्हें रोक रहा था। उसकी हथेलियाँ उसके गालों और ठुड्डी को रगड़ रही थीं।···शायद वह अपने आपको रोने से रोक रहा था।···उसकी आँखें तो डबडबा ही आई थीं। निश्चित रूप से वह परेशान था और दुःखी भी। उसके पापा उसे पहचान नहीं रहे थे—उसे, जो उनकी एकमात्र संतान ही नहीं, इस भीड़ भरी दुनिया में उनका एकमात्र आत्मीय था···जो अपने खर्च पर उन्हें इस महँगे अस्पताल में लाया था, जिसे सारा देश पहचानता था और कल सारा विश्व पहचानेगा···उसे पापा ही नहीं पहचान रहे थे।

□

होली फैमिली अस्पताल की दूसरी मंजिल के केबिनों के साथ वाली लॉबी में हम दोनों बैठे थे। पीछे की खिड़की खुली हुई थी और पानी से लदी ठंडी हवा आ रही थी। वैसे तो दिल्ली अक्तूबर और फरवरी में ही सुंदर होती है, किंतु जुलाई का यह आखिरी सप्ताह भी कभी-कभी बहुत सुहावना हो उठता है। वर्षा हो भी रही थी और नहीं भी हो रही थी। ऐसी धीमी फुहार वाली वर्षा कि आदमी शीतल तो हो जाए, पर गीला न हो। सृष्टि गीली तो हो, पर कीचड़ सनी न हो। चारों ओर भीगी हुई ताजादम हरियाली हो और आकाश बादलों से ढका हो···और पानी भरे हवा ऐसे इठलाती चले, जैसे कोई पनिहारिन हो, तो दिल्ली सुंदर क्यों न लगे!

मन हवा में बहुत देर तक बँध नहीं पाया।···सामने सीढ़ियाँ थीं और सीढ़ियों के साथ ही लिफ्ट थी। शेष सब कमरे-ही-कमरे थे—कमरों की कतारें। साफ-सुथरा लंबा बरामदा—या गलियारा। गलियारा ही लगता है मुझे तो।···इतना साफ-सुथरा अस्पताल दिल्ली में दूसरा नहीं है। इसी में बाईं ओर प्रतीक्षालय के साथ लगे केबिन में अनिल के पापा लेटे हैं। उन्हें किसी किस्म का कोई दौरा पड़ा था और वे बेहोश हो गए थे। बेहोशी की स्थिति में ही उन्हें अस्पताल लाया गया था। अब अनिल बता रहा था कि वे होश में आ गए थे, पर उसे पहचान नहीं पा रहे थे।

सामने की लिफ्ट का दरवाजा खुला और स्टेथेस्कोप झुलाता हुआ एक डॉक्टर निकला।

"ओह! डॉ. भाटिया!" अनिल ने कहा और उठकर खड़ा हो गया, "शायद पापा को देखने आए हैं!"

उसकी आँखें जैसे जाने के लिए मुझसे अनुमति माँग रही थीं।

"जाओ! डॉक्टर से बात कर लो।" मैंने कहा।

यद्यपि अपने पापा के पास रहना और डॉक्टर के आने पर जानकारी के लिए पास ही उपलब्ध होना, उसके लिए सबसे आवश्यक कार्य था; और फिर मैंने स्वयं भी उसे जाने के लिए कह दिया था—पर वह इस तरह की मुद्रा लिये हुए वहाँ से हटा, जैसे कोई भयंकर अपराध कर रहा हो। उसकी आँखें, उसके होंठ, उसके चेहरे की रेखाएँ···बहुत अटपटा न लगता रहा हो, तो उसके हाथ भी शायद मेरे सामने जुड़ ही जाते।

बहुत संवेदनशील है अनिल! हर भाव को बहुत गहराई से अनुभव करनेवाला—प्रत्येक पदार्थ को जैसे आर-पार देखने वाला। तभी तो उसके चित्रों में इतनी गहराई होती है। मुझे तो उसकी पेंटिंग्स के पर्वत भी बोलते हुए दिखाई पड़ते हैं, जैसे उसकी आँख बाहर की त्वचा तक तो रुकना ही नहीं जानती—आत्मा के भी आर-पार देखती है।

उन दिनों हम चौथी कक्षा में पढ़ते थे। हम दोनों ही सबसे आगे के डेस्क पर बैठते थे और ढेर सारी बातें किया करते थे। पर बातें करते-करते भी उसके हाथ का पेन लगातार चलता रहता था। कभी-कभी उसके सामने ड्राइंग-कॉपी होती थी, कभी ड्राइंग-कॉपी न हो तो साधारण कॉपी पर ही वह लकीरें खींचता रहता था। दो-चार बार तो उसे मैंने डेस्क की लकड़ी पर भी पेन चलाते देखा था।···उसका पेन चलता रहता था और उसमें से तरह-तरह के दृश्य उभरते रहते थे। कभी कोई पहाड़ होता, जिसके नीचे नदी बह रही होती, और आकाश पर मेघों में घिरा सूर्य या चंद्रमा होता। कभी कोई रेगिस्तान, खजूर के दो-चार पेड़, पानी का चश्मा और ऊँट पर बैठे यात्री, कभी सागर-तट, लहरें, नारियल के पेड़ और लोग···

मैं अपनी बात करता रहता, उसकी सुनता रहता या मुग्ध भाव से उसके पेन से झरते हुए उन दृश्यों को देखता रहता।···मेरे लिए वह चित्रकार नहीं, जादूगर था; जिसके पेन से पल-पल में जादूनगरी बनती और बिगड़ती रहती थी। मैं स्वयं बड़े समारोह से कभी कोई चित्र बनाने बैठता तो दस बार मिटाने पर भी कोई रेखा सीधी नहीं खिंचती थी। उसकी देखा-देखी कई बार उसके बनाए हुए दृश्य ही मैंने भी बनाए, किंतु मेरा बनाया पहाड़ न कभी पहाड़ बना और न नारियल गाछ नारियल गाछ!···और वह था कि सीधे पेन की रेखाओं से वे ही वस्तुएँ जीवंत रूप में उभारता चलता था, न पेंसिल, न रबर···चित्र बनकर तैयार हो जाता था। कोई अध्यापक कक्षा में आ जाते तो वह चुपचाप उस पृष्ठ को मोड़-माड़कर इधर-

उधर कर देता। चित्रों का इस प्रकार नष्ट होना मुझे बुरा लगता। एक दिन मैंने उससे कह दिया कि जो चित्र उसे नहीं चाहिए, मुझे दे दिया करे।

मैं सुबह स्कूल पहुँचा तो वह पहले से बैठा, एक बड़ी सी ड्राइंग-कॉपी में कोई चित्र बना रहा था।

"क्या बना रहे हो?" मैंने पूछा और अपना नाश्ता रखकर बड़ी उत्सुकता से उसके चित्र को देखा। वह रोज की तरह अपने काल्पनिक पहाड़ी, रेगिस्तानी या समुद्री चित्र नहीं बना रहा था। वह तो कुछ और ही था—कोई बड़ा सा चौराहा! एक ओर एक फव्वारा, फूलों का उद्यान और पृष्ठभूमि में दूर तक गई हुई सड़कें। ऊँचे भवन, मार्ग में बिछी हुई फूलों की क्यारियाँ···

"यह क्या है?" मैंने पूछा।

"विजय चौक!" उसने बताया, "कल मैं गया था। बड़ा सुंदर है। इंडिया गेट तक। वही बना रहा हूँ।"

आज उसकी रुचि बातों में नहीं थी। वह पूरी तन्मयता के साथ चित्र में लगा रहा। घंटी बजी तो उसने रोज के समान कागज को नोचकर मोड़ा-मचोड़ा नहीं; बड़ी सावधानी के साथ कागज पर प्यार का हाथ फेर, कॉपी को बंद कर रख दिया।

अगले चार पीरियड बीत गए और वह बार-बार कॉपी खोलकर अपने उस अधूरे चित्र को निहार ही सका। अध्यापकों के आने और जाने के बीच, इतना समय नहीं मिला कि वह उस चित्र को पूरा कर सके। आधी छुट्टी की घंटी बजते ही उसने कॉपी खोल ली और उसका पेन हरकत में आ गया। बातचीत तो वह आज भी कर रहा था, किंतु रोज की तरह नहीं। आज उसका ध्यान मुझसे कहीं अधिक अपने चित्र की ओर था।

और सहसा आधी छुट्टी समाप्त होने और पाँचवाँ पीरियड आरंभ होने की घंटी बजी।

भय से जैसे उसके चेहरे का रंग काला पड़ गया। उसने अनायास एक बार चित्र की ओर देखा और फिर उसकी दृष्टि दरवाजे से होती हुई बंद बरामदे में चली गई—पाँचवें पीरियड के अध्यापक आ तो नहीं रहे।···तब उसने मेरी ओर देखा, "मैं जा रहा हूँ। मुझे यह चित्र पूरा करना है।"

जब तक मैं यह समझ पाऊँ कि उसका इरादा क्या है, वह अपनी कॉपियाँ-किताबें समेट, बस्ते में डालकर कमरे से बाहर निकल गया। मैं हक्का-बक्का देखता ही रह गया।

उसके मन में क्या था, मैं नहीं जानता; पर मैं स्वयं भी चाह रहा था कि वह अपना यह चित्र जल्दी-से-जल्दी पूरा कर ले और फिर जैसे वह अपने अधिकांश चित्र मोड़-माड़कर फेंक दिया करता था, वैसा न कर, यह चित्र मुझे दे दे। मैं अपने पिताजी से कहूँगा कि इसे शीशे में मढ़वा दें। मैं इसे अपने कमरे में टाँगूँगा···

पर तभी साधुराम शर्मा आ गए। वे हमें गणित पढ़ाते थे और पाँचवाँ पीरियड उन्हीं का था। उनकी दृष्टि आगे की खाली सीट पर गई।

''अनिल आज आया नहीं क्या?''

''आया था, सर।'' कई लड़कों ने एक साथ उत्तर दिया।

''तो फिर कहाँ गया?''

सब चुप। किसी को क्या पता कि वह कहाँ गया है। मुझे भी तो इतना ही मालूम था कि वह क्लास से निकल गया है, पर गया कहाँ है···

''तुम लोग बैठो। मैं रजिस्टर ले आऊँ?''

हमारे स्कूल में हाजिरी केवल पहले पीरियड में ही होती थी; पर ऐसी असाधारण परिस्थितियों में रजिस्टर मँगाया जाता था और दोबारा हाजिरी होती थी। किसी का सिरे से स्कूल न जाना साधारण बात थी; किंतु स्कूल से इस प्रकार भाग जाना बड़ा अपराध माना जाता था।

इस बार भी वही हुआ। साधुराम शर्मा दफ्तर से रजिस्टर लेकर लौटे। सारी कक्षा की फिर से हाजिरी ली गई। बाकी सारे लड़के उपस्थित थे, बस एक अनिल ही गायब था। साधुराम शर्मा ने उसके नाम के सामने लाल रोशनाई से लिखा—FLED और कलम को बंद कर जेब में रख ही रहे थे कि स्कूल का चपरासी हरिप्रसाद अनिल की बाँह को पकड़कर लगभग घसीटता हुआ ले आया।

पूछताछ से पता चला कि अनिल स्कूल कंपाउंड के एक कोने में एक छायादार वृक्ष के नीचे बैठा हुआ चित्र बना रहा था कि स्कूल में घुस आई एक गाय को भगाने के चक्कर में माली उधर आ गया। वह अनिल को पकड़कर हेडमास्टर के पास ले गया और हेडमास्टर ने उसे यहाँ भेज दिया।

उसकी कॉपी पर लिख दिया गया कि वह क्लास से भागकर बाहर बैठा चित्र बना रहा था। उससे कहा गया था कि वह इस सूचना पर अपने पापा से हस्ताक्षर करवाकर लाए।

तीन पीरियड बड़ी कठिनाई से कटे थे। छुट्टी हुई तो मैं अपने आपको रोक नहीं पाया, ''अनिल! अपना यह चित्र मुझे दोगे?''

''अभी तो वह पूरा भी नहीं हुआ।'' उसने अपनी सीट से उठते हुए कहा।

"पूरा हो जाएगा, तो दोगे?"

"नहीं!" उसने साफ मना कर दिया, "इसे पूरा कर मैं अपने पापा को दिखाऊँगा! पापा को पसंद आया तो उन्हें दे दूँगा, नहीं तो सँभालकर अपने पास रखूँगा।"

अगले दिन मैंने बहुत उतावली से पूछा, "चित्र पूरा हो गया?"

उसने बुरा सा मुँह बनाया, "नहीं!"

"क्यों, क्या हुआ? समय नहीं मिला?"

"नहीं!" वह उदास हो गया, "पापा को स्कूल की घटना बताई तो उन्होंने मुझे चार-पाँच चाँटे लगा दिए। अधूरे चित्र के टुकड़े-टुकड़े कर दिए। धमकी दी है कि फिर कभी उनको खबर मिली कि मैं चित्र बनाता हूँ तो मार-मारकर मेरी हड्डियाँ तोड़ देंगे।" अनिल को इतना उदास मैंने कभी नहीं देखा था, "पापा मेरी बात समझते क्यों नहीं! मैं पढ़ाई से बचने के लिए स्कूल से भागने वाला नालायक बच्चा नहीं हूँ। पढ़ाई बहुत जरूरी है, मैं समझता हूँ। पढ़ाई तो मैं कर ही रहा हूँ, करूँगा भी…पर चित्र बनाना…।"

□

डॉ. भाटिया केबिन से बाहर निकल आए थे, पर अनिल उनके साथ नहीं था। मेरा मन हुआ कि मैं डॉ. भाटिया को रोककर पूछूँ कि अनिल के पापा का क्या हाल है? हो सकता है कि वह अनिल को ठीक-ठीक न बताना चाह रहे हों। आखिर एक आदमी होश में आकर भी अपने एकमात्र बेटे को पहचान क्यों नहीं रहा?

मैं अपने स्थान से उठा नहीं। डॉ. भाटिया लिफ्ट की ओर बढ़े चले गए और मैं बैठा सोचता ही रह गया। मेरे साथ कई बार ऐसा होता है कि मेरा मन लगातार चलता रहता है और मेरा शरीर अपने स्थान से हिलता भी नहीं है।…डॉ. भाटिया लिफ्ट में चले गए थे।

मैं अपनी जगह से उठ बैठा।

कैबिन के दरवाजे पर मैं मिनट भर को ठिठका। भीतर कोई आवाज नहीं थी। अनिल क्या कर रहा है भीतर?…किसी नर्स से रोमांस…

मैं दरवाजा खोलकर भीतर चला गया। कैबिन में कोई नर्स नहीं थी। अनिल के पापा सो रहे थे। वह उनके पलंग के साथ कुरसी रखे हुए उनसे लगभग सटकर बैठा हुआ था। उसने उनकी कलाई पकड़ रखी थी और शायद नाड़ी देखने का प्रयत्न कर रहा था। उसके चेहरे को देखकर कोई भी समझ सकता था कि उसे

नाड़ी मिल नहीं रही थी। जिसका हाथ हर समय समाज की नाड़ी पर रहता था, वह अपने पापा के स्थूल शरीर में से नाड़ी नहीं पकड़ पा रहा था।

मैं मिनट भर को उसके पास चला गया।

उसने सिर उठाकर मुझे देखा।

''नहीं मिल रही?'' मैंने मशीनी ढंग से पूछ डाला।

''नहीं!'' और फिर वह पापा की बंद आँखों को देखने लगा।

मेरी दृष्टि कमरे का सर्वेक्षण करने लगी—एक बड़े बेडरूम का सा कैबिन था, एयरकंडीशंड। पलंग के अतिरिक्त एक कोने में दो कुरसियाँ और मेज पड़ी थीं। एक ओर कपड़े टाँगने का स्टैंड था। एक साइड-बोर्ड भी था···

अनिल के पास इन दिनों पैसों की कमी नहीं थी। मैंने सोचा···जब हम लोग पढ़ा करते थे तो उसके घर की स्थिति ऐसी नहीं थी, उसके पापा डाकघर के असिस्टेंट पोस्ट मास्टर थे और शायद कल्पना भी नहीं कर सकते थे कि बीमार होकर वे इस अस्पताल के एयरकंडीशंड कैबिन में इलाज कराएँगे।

मैट्रिक में अनिल के पचपन प्रतिशत अंक आए थे। इनसे अधिक की उसे शायद आशा भी नहीं थी। हम दोनों एक साथ ही कॉलेज गए थे और आई.ए. के लिए प्रवेश-फॉर्म भर आए थे। अनिल ने बताया था कि उसके पापा चाहते हैं कि वह आई.कॉम. में दाखिला ले।

''क्यों?'' मैंने पूछा।

''उनका विचार है कि नौकरी मिलने में सुविधा होगी।'' उसने बताया, ''पर मैं मुनीमी करना नहीं चाहता। मैं तो साहित्य या दर्शन पढ़ना चाहता हूँ।''

''और नौकरी?''

''नौकरी क्या करनी है।'' वह हँसा, ''अपनी तूलिका जिंदाबाद।''

उनके परिवार में कलह काफी लंबी चली थी। उसके पापा लगातार हठ कर रहे थे कि वह अब भी विषय बदल ले, और वह अपनी जगह डटा बैठा था—उसे आई.कॉम. करना पड़ा तो वह कॉलेज छोड़ देगा।

अगस्त का आखिरी सप्ताह था शायद। स्वतंत्रता दिवस का कार्यक्रम कॉलेज में हो चुका था। अनिल पिछले दो दिनों से कॉलेज नहीं आ रहा था। हो सकता है बीमार हो गया हो।

कैबिन का दरवाजा खुला। दो नर्सें एक बड़ी ट्रे में बहुत सारा सामान लेकर आई थीं।

उन्होंने मुसकराकर हम दोनों को ही देखा, ''पेशेंट को स्पंज देना है।''

मैं तुरंत बाहर आ गया, जैसे मुझे बाहर निकलने की कोई जल्दी हो। हो सकता है कि एक अचेत-प्राय रोगी की लंबे समय की निकटता ने मुझे भीतर-ही-भीतर से घबरा रखा हो और मैं निकल भागने का बहाना ही खोज रहा होऊँ।

लॉबी में आकर बैठते ही मैंने अपनी इस घबराहट को पहचाना। पर साथ ही मेरे भीतर से एक धिक्कार भी उठा।···घबराने का क्या अर्थ है? रोग किसको नहीं जकड़ सकता? क्या मैं कभी बीमार नहीं हो सकता? रोगी की सेवा करनी चाहिए या उससे भागना चाहिए?···और फिर आज तो मैं अनिल के साथ रात भर की ड्यूटी देने के लिए तैयार होकर आया था। यदि मैं इस प्रकार घबराता तो रात भर कमरे में कैसे रहूँगा?···

अनिल भी बाहर आ गया।

''मैं जरा घंटे भर के लिए बाहर जा रहा हूँ।'' उसने कहा, ''लौटते हुए खाना लेता आऊँगा। दोनों इकट्ठे ही खा लेंगे।''

अच्छा!

''नर्सें स्पंज करा लें, तो तुम पापा के पास अंदर ही बैठना।'' उसने कहा, ''घबराने की कोई बात नहीं है। पर कोई जरूरत लगे तो घंटी बजा देना, नर्स आ जाएगी।''

मैंने चुपचाप सिर हिला दिया और वह सीढ़ियों से नीचे उतर गया। अनिल लिफ्ट का उपयोग कम-से-कम करता है। दो-एक मंजिल तक चढ़ना हो तो वह सीढ़ियों से ही चढ़ता है। उतरते समय तो वह कभी लिफ्ट का प्रयोग करता ही नहीं, चाहे दस मंजिलें ही क्यों न उतरनी हों।

वह आँखों से ओझल हुआ तो मुझ पर तंद्रा सी छा गई। पर अतीत सोया नहीं, पुरानी-फटी रील के समान मन में घूम गया।

मैं अनिल के घर गया था, पता करने। पर पता चला कि वे लोग तो स्वयं ही उसका पता ढूँढ़ रहे हैं। उसकी माँ ने बताया कि उसने कॉलेज में हमारे साथ नाम तो लिखा लिया था, पर वह उससे संतुष्ट नहीं था। वह जाकर 'कला महाविद्यालय' के फार्म इत्यादि ले आया था। उसके पापा के लिए यह अकल्पनीय था। वे उसे 'कला महाविद्यालय' में प्रवेश की अनुमति कैसे दे देते। उनका विचार था कि बी.ए. के बाद वह क्लर्क तो बन ही सकता है, पर चित्रकला का डिप्लोमा लेकर वह क्या करेगा? सड़क किनारे किसी फुटपाथ पर बैठकर लोगों की दुकानों के बोर्ड पेंट किया करेगा। चित्रकार की इससे अच्छी स्थिति की कल्पना भी उनके मन में नहीं थी।

पिता और पुत्र में बहुत झगड़ा हुआ। अनिल दो दिनों से घर से गायब था। पता नहीं कहाँ था।

मैं उनसे अनिल का पता पूछना चाह रहा था और वे अपने प्रश्नों से खोद-खोदकर मुझसे यह जानना चाह रहे थे कि वह कहाँ चला गया था।

मुझे काफी बुरा लगा था। मैं तो समझता था कि वह मुझसे कुछ भी छिपाकर रख ही नहीं सकता; और वह था कि उसने मुझे हवा भी नहीं लगने दी कि उसके भीतर क्या-कुछ घट रहा है।

बाद में जब उससे भेंट हुई तो उसने बताया था कि उसके बनाए चित्र देखकर 'कला महाविद्यालय' के एक अध्यापक ने उसकी बहुत सहायता की थी। उसकी फीस माफ कर दी गई थी और उसे हॉस्टल में स्थान मिल गया था। उसके पापा जब उसे सारे नगर में खोजते फिर रहे थे तो उन्होंने सोचा भी नहीं था कि वह बिना पैसों के हॉस्टल में कमरा लेकर रह रहा है।

तीन-चार दिनों के बाद वह स्वयं ही घर आया था। उसने पापा से साफ-साफ कह दिया था कि यदि वे उसे अपनी इच्छा की पढ़ाई नहीं करने देंगे तो वह पूरी तरह से घर छोड़ देगा और फिर कभी घर नहीं लौटेगा।

उनके परिवार में जाने भीतर-ही-भीतर क्या घटित हुआ; पर ऊपरी तौर पर समझौता हो गया लगता था। अनिल हॉस्टल में ही रहता था, पर घर आया-जाया करता था। जब कभी मिलता, हँसकर कहता, "पापा आज तक इस कपूत को क्षमा नहीं कर पाए हैं।"

कैबिन का दरवाजा खुला और नर्सें बाहर निकल आईं, "आप जा सकते हैं।"

बिना कुछ कहे मैं अंदर चला गया।

अनिल के पापा होश में थे और जगे हुए थे। उन्होंने एक बार आँखें खोलीं और जैसे सामने कुछ न पाकर फिर से आँखें बंद कर लीं।

जाने क्या हुआ कि इस बार मैं फिर से अतीत में लौट नहीं सका।...अनिल यहाँ नहीं था। पापा के पास मैं अकेला था। उनकी देख-भाल करना मेरा काम था। पलंग के सिरहाने एक कुरसी रखकर मैं बैठ गया। कुरसी की आहट से उन्होंने फिर से आँखें खोलीं। पर मुझे सामने पाकर भी उनकी आँखों के शून्य में कोई अंतर नहीं आया।

अपने प्रति उनके मन में कोई उत्सुकता न देखकर मेरे मन में उनके प्रति उत्सुकता जाग उठी। मेरी घबराहट कहीं खो गई और मैंने बड़े सहज ढंग से उनके

माथे पर अपना हाथ रख दिया। उनकी आँखें फिर से खुल गईं।

"अंकल! मुझे पहचानते हैं?"

उनमें कोई प्रतिक्रिया नहीं जागी, जैसे उन्होंने मेरी आवाज ही न सुनी हो। न उन्होंने मुसकराकर स्वीकृति दी और न परेशान होकर इनकार किया। उनकी आँखों में न बिंब का प्रतिबिंब था, न कंठ में ध्वनि की प्रतिध्वनि।

उन्होंने फिर से आँखें बंद कर लीं।

मुझे अनिल के समान धक्का नहीं लगा। मैं तनिक भी परेशान नहीं हुआ कि उन्होंने मुझे पहचाना नहीं। मैं बहुत तटस्थ भाव से वैज्ञानिक निष्कर्ष निकाल रहा था कि देखने के लिए आँखें मात्र एक यंत्र हैं। मूल इंद्रिय तो मनुष्य के मस्तिष्क का कोई अन्य भाग है।...

सहसा वे इस सरलता से सो गए, जिस सरलता से हम आँखें मूँदते हैं...

वर्तमान में अब कुछ नहीं था। एक तरह की उबाऊ स्थिति थी। कुरसी पर बैठे-बैठे तन जैसे सो गया और मन फिर अतीत की ओर फिसल गया।

अनिल ने मुझे बताया था कि उसके पापा धीरे-धीरे उसकी चित्रकला की शिक्षा से समझौता कर रहे थे। उन्होंने उसके विषय में कुछ-कुछ रुचि लेनी भी आरंभ कर दी थी। वे जानने लगे थे कि चित्रकला प्रशिक्षण में भी दो भाग होते हैं—व्यावसायिक कला और ललित कला। वह प्रसन्न था कि पापा उसकी प्रगति के विषय में पूछते थे। उसके भविष्य के विषय में जानना चाहते थे, उसकी संभावित नौकरी के विषय में सोचते थे। उसकी स्वतंत्र आजीविका की संभावनाओं के विषय में जानने को आतुर थे।

पर जितना वे जान चुके थे, उतना ही अनिल के लिए बहुत घातक सिद्ध हुआ। अंतिम वर्ष में जब वह अपने विशेष प्रशिक्षण के लिए 'ललित कला' का चुनाव कर रहा था, तो उसके पुराने, पूर्व-परिचित पापा लौट आए। वे अड़ गए। चित्रकला का अध्ययन तो उसने अपने हठ से किया ही है, अब वह उनकी समझपूर्ण सलाह माने और विशेष प्रशिक्षण के लिए 'व्यावसायिक कला' को चुने, ताकि किसी एडवर्टाइजिंग एजेंसी में कोई ढंग की नौकरी कर सके।

अपने चार वर्षों के प्रशिक्षण में अनिल पूरा पक्का चित्रकार ही नहीं, कलाकार भी बन गया था। मैं कई बार उसके साथ घूमने निकलता था और देखता था कि वह बस-स्टॉप पर खड़े-खड़े आधा घंटे में अपने पेन से पचास आकृतियाँ आँक देता था। उसका पेन जैसे आकृतियों का कारखाना था। उसकी आँखें एक झलक देखती थीं और अगले ही क्षण उसका पेन उस आकृति को कागज पर उतार देता था। उस

व्यक्ति का रंग-रूप, उसकी आकृति-प्रकृति, उसके हाव-भाव और उसका चरित्र⋯अनिल चित्रकार क्या था, एक्स-रे मशीन था। न उसकी आँख से कुछ छिपता था, न पेन से। हॉस्टल के अपने कमरे में जब वह ब्रश से पेंट करता था तो मानो आकृति के साथ, उस चित्र में प्राण भी आ बसते थे⋯साथ-ही-साथ उसने अपना स्वतंत्र कला-दर्शन 'मेरी तेरह कहानियाँ' भी विकसित किया था। उसका कलाकार ही नहीं, चिंतक भी सजग हो गया था। कला क्या है? चित्रकला मानवता के विकास में कैसे उपयोगी है? उसका धर्म क्या है? घंटों वह इन विषयों पर बहसें कर सकता था।⋯उसकी कला में जैसे मानवीय आकृतियाँ और प्राकृतिक दृश्यों के सामंजस्यपूर्ण सम्मिलन से जन-जीवन का एक नया दर्शन जन्म ले रहा था।

और पापा कह रहे थे कि वह व्यावसायिक कला का प्रशिक्षण ले। वे अपने नालायक बेटे का भविष्य सुधारने का एक और जोरदार प्रयत्न कर रहे थे। किंतु अनिल के भीतर का कलाकार अब इतनी चढ़ाई चढ़कर नीचे उतरने को तैयार नहीं था। इस बार पिता-पुत्र का झगड़ा कुछ अधिक जोरदार हुआ। पुत्र का आत्मबल बढ़ा हुआ था और पिता का वार्धक्य।

अनिल का अपने घर आना-जाना बंद हो गया। माता-पिता से सारे संपर्क टूट गए। यहाँ तक कि अपनी पढ़ाई पूरी कर अनिल जब कुछ और अधिक सीखने के लिए रोम और पेरिस गया तो न वह माता-पिता से मिलने आया और न माता-पिता ने ही उससे मिलने का कोई प्रयत्न किया।

कैबिन के दरवाजे पर आहट हुई।

अनिल लौट आया था।

"पापा सो रहे हैं क्या?" उसने पूछा।

"हाँ, सो ही रहे हैं।" मैं कुरसी से उठकर उसके पास आ गया।

"थोड़ी देर के लिए भी नहीं जागे?"

"स्पंज के बाद जागे तो थे," मैंने बताया, "पर फिर अपने आप ही सो गए।"

"तुमसे कोई बात की?"

"नहीं!"

उसके चेहरे पर वैसी ही निराशा थी, जैसी उसके सर्वश्रेष्ठ चित्रों की प्रदर्शनी पर भी रिव्यू न निकलने पर होती।

'आओ! खाना खा लें।' थोड़ी देर बाद उसने कहा। वह काफी कुछ ले आया थार। प्लेटें इत्यादि पहले से ही कैबिन में रखी हुई थीं। उसने कोने की मेज को

अच्छी-खासी डाइनिंग टेबल बना दिया था।

हम चुपचाप खाना खाते रहे। पिता बेहोशी की नींद सो रहे थे और पुत्र अवसाद के मारे गुम हो गया था। ऐसे में भला मैं ही क्या बोलता।

...वर्तमान के मौन में फिर कहीं अतीत मुखर हो उठा।

□

यद्यपि यूरोप जाते हुए अनिल अपने माता-पिता से सारे संबंध तोड़ गया था; पर उसके भारत लौटने के बाद उसके विवाह के अवसर पर दोनों ही ओर से प्रयत्न हुआ कि उनके संपर्क ही नहीं, संबंध भी जुड़ जाएँ।

उसके पिता उससे जुड़ना चाहते थे, ताकि अपने रिश्तेदारों में कोई अच्छी सी लड़की देखकर उसका विवाह कर सकें; और अनिल उनसे जुड़ना चाहता था कि अपने और ऐमिली के विवाह पर उनका आशीर्वाद पा सके। पर दोनों में से कोई भी अपनी इच्छा पूरी नहीं कर पाया। न पिता अपनी पसंद की बहू पा सके और न अनिल ऐमिली के लिए उनका आशीर्वाद!

दोनों ओर के प्रयत्नों की सक्रियता, पहली दूरी को और भी बढ़ा अवश्य गई।

उसके बाद अनिल एक ही बार अपने माता-पिता के घर गया था। वह भी अकेला। अपनी माता के देहांत पर...

अब शायद उसके पापा का अंतिम समय था। मैं भूत से उबरकर वर्तमान में आया।

अनिल जाने किस सोच में डूब गया था। वह कुछ खा भी नहीं रहा था।

"अरे, तुम कुछ खा नहीं रहे।" मैंने उसे टोका।

मेरा टोकना जैसे उसके लिए कुरेद का काम कर गया। उसका चेहरा कैसा तो हो आया—जैसे उसके स्टूडियो में उसकी अपनी बनाई हुई एक उदास बूढ़े चेहरे की पेंटिंग।

"क्या हो गया है तुम्हें?" मैंने फुसफुसाकर पूछा।

"कुछ नहीं।" वह हाथ में पकड़े ग्रास को प्लेट में रखकर उठ खड़ा हुआ, "टेरेबिल! पापा मुझे पहचान ही नहीं रहे।"

उसके इस वाक्य ने जैसे मेरे भीतर भी कुछ छील दिया। मन हुआ कि कुछ रोष के साथ पूछूँ, "तेरे पापा ने सारा जीवन, कभी तुझे पहचाना भी था?..."

पर फिर अपने आपको संयत किया। वह पहले ही इतना उदास था और मैं ठीक-ठीक समझ भी नहीं पा रहा था कि वह किस पहचान की बात कर रहा था।

□

रोज सवेरे…

वर्माजी रात को सोने से पहले अपने घर का बाहरी कपाट बंद करने आए तो उनकी दृष्टि अपने पड़ोसी लालाजी पर पड़ी। वे चौथे तल पर रहते थे और इस समय रात को साढ़े दस बजे नीचे उनके चबूतरे पर बैठे हुए थे। ठंडी हवा खा रहे थे या किसी की प्रतीक्षा कर रहे थे? इस समय तक तो वृद्ध लोगों को वैसे ही नींद आ जाती है।

''क्या बात है, लालाजी, आज अभी नींद नहीं आई?''

लालाजी के मन में आया कि कह दें कि अभी रात का भोजन ही नहीं मिला तो नींद कहाँ से आएगी।…किंतु बोले नहीं। घर के सम्मान का मामला था। परदा पड़ा ही रहे तो अच्छा है। वे स्वयं ही परदा उठा देंगे तो पड़ोसी तो घर के अंतिम छोर तक झाँक आएँगे।

''बच्चों को लेकर बहू किसी के जन्मदिन की पार्टी में गई हुई है।'' लालाजी बोले, ''चिंता हो रही है। जाने इतनी देर क्यों कर दी। जमाना अच्छा नहीं है।''

वर्माजी हँस पड़े, ''लालाजी, आपकी बहू को भी तो यह बात मालूम ही होगी।''

''यही तो चिंता है कि कहीं बेचारी किसी संकट में न फँस गई हो।'' लालाजी ने साथ ही जोड़ दिया, ''वैसे तो लड़की समझदार है।''

''नहीं ऐसा क्या है।'' वर्माजी बोले, ''अभी तो साढ़े दस ही बजे हैं। दिल्ली शहर तो सारी रात चलता है।''

लालाजी कुछ बोले नहीं। मूल समस्या को छिपाकर इधर-उधर की बातें करने में उनको दक्षता प्राप्त नहीं थी। जानते थे कि बात करेंगे तो सत्य अपने आप ही प्रकट हो जाएगा। ढके रखना था तो मौन ही उनका कवच था।

वर्माजी समझ गए कि लालाजी अब और बात नहीं करेंगे। वे कपाट बंद कर चले गए।

तब लालाजी का ध्यान इस ओर गया कि वे इतनी रात गए किसी और के बंद द्वार के सामने बैठे हैं। कोई भी देखेगा तो क्या सोचेगा?···बहू ने उन्हें घर से निकाल दिया है अथवा वे ही अपना घर छोड़कर बाहर निकल आए हैं।···कोई कुछ भी सूँघना शुरू कर देगा। कौन नहीं जानता कि उनका बेटा यहाँ नहीं रहता और बहू उनसे प्रसन्न नहीं है।

वे ऊपर जाने के लिए उठ खड़े हुए।···जाते-जाते भी पीछे मुड़कर देख लिया···शायद कोई गाड़ी आ रही हो।···पर वहाँ कोई नहीं था। चारों ओर अँधेरा था। थोड़ी दूर जाकर सड़क मुड़ जाती थी। मोड़ के आगे कुछ दिखाई भी नहीं पड़ता था।···

वे सीढ़ियाँ चढ़ने लगे। चौथी मंजिल तक सीढ़ियाँ-ही-सीढ़ियाँ थीं। आजकल बायाँ घुटना बहुत कष्ट देने लगा था। बड़े भाई के घुटने में कष्ट हुआ था तो उनके बेटे ने उनका ऑपरेशन करवा दिया था। अब वे ठीक थे। वैसे भी उनके फ्लैटों में लिफ्ट थी। यहाँ लिफ्ट कौन लगवाता। दिल्ली प्राधिकरण वाले पाँचवीं मंजिल इसीलिए नहीं बनवाते कि लिफ्ट लगवानी पड़ेगी।···पर लालाजी अपने घुटने की बात किसे कहते? बेटा दुबई में बैठा था। उसे अपनी नौकरी के लाले पड़े थे। बहू को उनको रोटी खिलाना ही भारी लगता था। वह मानती थी कि उन दोनों के खाने के खर्च में ही उसके पति का सारा वेतन समाप्त हो जाता था।···कई बार पूछ चुकी थी कि वे अपना बोझ स्वयं क्यों नहीं उठाते?···वे उसे बीसियों बार बता चुके थे कि उनके पास कोई जमा-पूँजी नहीं है। वे ही जानते थे कि उन्होंने बेटे को किन-किन मुश्किलों से गुजरते हुए पढ़ाया था। और जिस दिन बेटा चार्टेड एकाउंटेंट हो गया था, उस दिन ही उन्होंने मान लिया था कि उनके जीवन के सारे कष्ट समाप्त हो गए हैं। उन्होंने माना था कि वे जीवन के पर्वत को चढ़कर उसकी चोटी तक आ गए हैं, किंतु वे क्या जानते थे कि बहू नाम की एक प्राणी भी परिवार में आने वाली थी, जो उनके बेटे की सारी कमाई पर नागिन बनकर बैठ जाएगी। वह उस पर उनका तनिक भी अधिकार नहीं मानती। उल्टे न उनसे पूछती है कि सारा जीवन उन्होंने अपने रहने के लिए एक मकान तक क्यों नहीं बनवाया, जिसे बेचकर वह दिल्ली में एक बड़ा मकान खरीद सकती। उन्होंने अपने बुढ़ापे के खर्च के लिए पैसे क्यों नहीं बचाए? संसार के सारे ससुर और दादा अपनी बहुओं और पोते-पोतियों को विदेश घुमाने-फिराने ले जाते हैं, उन्हें अच्छे-अच्छे होटलों में खिलाते-पिलाते हैं, उन्हें भेंट-उपहार देते हैं, किंतु लालाजी क्या करते हैं? उन्हें तनिक भी लाज तक नहीं आती?···बाजार से दर्जन अंडे लाने को कहो, तो पल्ला

झाड़ देते हैं, "मेरे पास पैसे नहीं हैं।"

और लालाजी हैरान होते रहते हैं कि वह ऐसी बातें क्यों कहती है? वह विवाह से पहले भी उनकी आर्थिक स्थिति से परिचित थी। वह जानती थी कि उनका बेटा ही उनकी जमा-पूँजी है। वही उनकी पेंशन है, वही प्राविडेंट फंड, वही उनका जीवन बीमा।···तब तो वह इस घर में आने को इतनी उतावली थी कि अपना घर छोड़कर भाग आई···और अब उनसे प्रतिदिन पूछती है कि जब उनकी आर्थिक स्थिति इतनी ही दरिद्र थी तो बेटे का विवाह ही क्यों किया।···लालाजी उसकी किस बात का उत्तर देते, न वे उसके समान कड़वा बोल सकते थे, न गालियाँ दे सकते थे, न घर से निकालने की धमकियाँ दे सकते थे···वे अपने पुत्र के दांपत्य जीवन को नष्ट तो नहीं कर सकते थे। वैसे भी वे उनके पोते और पोती की माँ थी। कौन पिता चाहेगा कि उसका पुत्र अपनी पत्नी से वंचित हो जाए और कौन दादा चाहेगा कि उसके पोते-पोतियाँ बिना माँ के पलें-बढ़ें···

पिछली बार बेटा दीपावली पर घर आया था तो पति-पत्नी में आधी रात को कहा-सुनी ही नहीं, हाथा-पाई भी हो गई थी।

बहू का सारे मुहल्ले को दहलाता स्वर गूँजा था, "मैं यहाँ तुम्हारे माँ-बाप की सेवा-टहल करनेवाली दासी हूँ, तुम्हारे बच्चों को पालने वाली धायी हूँ और तुम वहाँ बगदाद की सुंदरियों के साथ रंग-रलियाँ करनेवाले शेख हो।"

बहू ने बेटे पर कई प्रकार से आरोप लगाए कि उसके दुबई में अन्य स्त्रियों से संबंध हैं। हो सकता है कि वह किसी और स्त्री के साथ रह रहा है···या कॉलगर्ल्स के साथ ऐश कर रहा हो। बहू ने उसे ढेर सारी गालियाँ दी थीं और अंत मैं झगड़े का पटाक्षेप करने के लिए उस पर चप्पल दे मारी थी। किंतु पटाक्षेप हुआ नहीं···बेटे ने आत्मरक्षा में उसका हाथ पकड़ा तो बहू ने टेलीफोन उठा लिया। वह अभी पुलिस को बुला लेगी। वे सब मिलकर उसे पीट रहे हैं। उसकी हत्या भी कर सकते हैं···यदि पुलिस कुछ नहीं करेगी तो वह आत्महत्या कर लेगी और लिखकर छोड़ जाएगी कि वह अपने सास-ससुर के दुर्व्यवहार से तंग आकर अपने प्राण दे रही है।···

उन दोनों के झगड़े में 'पासपोर्ट' शब्द भी बार-बार आ रहा था···कान लगाकर सुनने से लालाजी को पता चला कि बहू ने बेटे का पासपोर्ट कहीं छुपा दिया था। अब बेटा दुबई कैसे जाएगा? यहीं रहेगा और प्रतिदिन उसकी चप्पलें खाएगा।

लालाजी जानते थे कि बहू द्वारा दी गई पुलिस की धमकियाँ व्यर्थ नहीं थीं। वह यह सब करने में सक्षम थी···और पुलिस तक जाने का अर्थ तो वे समझते ही

थे। बेटा भी यह सब समझता था।

□

''तुम इसे अपने साथ ही दुबई क्यों नहीं ले जाते?'' लालाजी ने प्रातः पूछा था।

''वह वहाँ नहीं रहना चाहती।''

''तुम्हारे साथ नहीं रहना चाहती?''

''पता नहीं, क्या चाहती है।'' कहती है,''दुबई की नौकरी छोड़कर दिल्ली आ जाओ।'' वह बोला, ''मुझसे अलग नहीं रहना चाहती दिल्ली में मेरे साथ रहना चाहती है। दिल्ली और मुझमें से किसी एक को चुनना हो, तो वह दिल्ली को चुनेगी।''

''क्यों?''

''यह उसका देश है। उसके बच्चों की पढ़ाई यहाँ हो रही है। दुबई के स्कूल में भेजकर उसे अपने बच्चों को कुरान नहीं पढ़वाना है। फिर उसकी सखी-सहेलियाँ यहाँ हैं, रिश्तेदार और संबंधी यहाँ हैं। यहाँ का मौसम अच्छा है। दुबई में क्या रखा है।''

''तो छोड़ आओ न दुबई। जब वहाँ कुछ है ही नहीं तो वहाँ क्यों टँगे बैठे हो।''

बेटे ने आँखें फाड़कर उन्हें देखा, ''आप नहीं जानते कि घर का कितना खर्च है? एक लाख रुपया महीना तो यह अपने हाथ से खर्च कर देती है। और दे सकूँ तो वह और खर्च करेगी। एक दिन में एक लाख रुपया खर्च कर सकती है यह। अभी नई गाड़ी खरीदी है—हीरो होंडा। गुड़गाँव का मकान है—सबकुछ लोन पर ही तो है। उनकी किस्तें चुकानी हैं। दुबई की नौकरी छोड़ी तो किस्तें कौन चुकाएगा। सारा ऋण अपनी कंपनी से ही तो लिया है। किस्तें चुकाने में चूक हुई तो जेल जाना पड़ेगा। वह भारत नहीं है कि ऋण लो और इधर-उधर हो जाओ। वसूली के मामले में वे लोग बहुत कठोर हैं।''

लालाजी उसे आश्चर्य से देखते रह गए थे। अपने जिस बेटे को वे धन्नासेठ समझते थे, वह तो एकदम कँगला निकला। कंठ तक ऋण में डूबा हुआ। किस्त नहीं चुका पाएगा तो जेल जाएगा। लालाजी आजीवन निर्धन ही रहे, किंतु उनकी स्थिति ऐसी तो नहीं थी।

□

अगले दिन प्रातः बेटा किसी समाधान के बिना ही पत्नी द्वारा जब्त किया गया

अपना पासपोर्ट छीनकर दुबई लौट गया था। जाते-जाते पत्नी से कह गया, ''दुबई आना हो तो बता देना, टिकट भेज दूँगा। जैसी भी चुड़ैल हो, किंतु मेरे बच्चों की माँ हो। दंगा-फसाद मुझे पसंद नहीं है। मैं तुम्हें कष्ट नहीं होने दूँगा। यहाँ कोई पुरुष पसंद आ गया हो, तो बता देना। किसी और के साथ रहना चाहो तो चली जाना, किंतु भविष्य में मुझ पर कभी कोई आरोप मत लगाना।''

''मुझे दुबई बुला रहे हो?''

''हाँ।''

''और अपनी अरबी रखैल को बाथरूम में छिपा दोगे या किसी और को दान कर दोगे?''

''उसे अपने माता-पिता की सेवा के लिए यहाँ भेज दूँगा। गालियाँ खाने से बच जाएँगे और पच्चीस हजार में चैन से रह बेचारों का कष्ट कुछ तो कम होगा। उनको भी तो इस बुढ़ापे में चैन मिलना चाहिए।''

□

एक तल की सीढ़ियाँ चढ़ते-चढ़ते लालाजी अपने घुटने का दर्द भूल गए। उन्हें स्मरण हो आया कि उन्हें भूख लगी है। वे दोनों पति-पत्नी अब तक भूखे बैठे हैं कि बहू और बच्चे लौटेंगे तो निर्णय होगा कि रात के भोजन का क्या करना है। किसे मुरगा खाना है और किसे गालियाँ!

साढ़े नौ बज गए थे और बहू का फोन भी नहीं आया था। लालाजी ने कुछ साहस कर कहा था, ''भागो, कुछ बना लो। बच्चे आएँगे तो क्या खाएँगे।''

''कुछ नहीं बनाया तो वे अपने भाग्य का खाएँगे।'' भाग्यवती ने कहा, ''यदि बना लिया तो बहू मेरा कलेजा खा जाएगी। किससे पूछकर बनाया? अपने बाप का घर समझ रखा है? घर को ऐसे फूँक दोगी तो रहोगी कहाँ? कौन उत्तर देगा उसकी इन गालियों का। उससे तो अच्छा है कि आदमी भूखा ही सो रहे।''

लालाजी के मन में आया कि पूछें कि भूखे नींद किसे आएगी? किंतु बोले, ''हम तो भूखे सो रहेंगे, पर बच्चों का क्या होगा?''

''बच्चों की माँ वह है, आप नहीं। आप समझते हैं कि वह बच्चों को भूखा सोने देगी?''

''वह कुछ भी कर सकती है।'' लालाजी बोले, ''तुमने देखा नहीं है, अपने ही बच्चों को मारने पर आती है तो कितना मारती है। छड़ी टूट जाए, उसकी अपनी बाँहें टूट जाएँ, किंतु वह मारना बंद नहीं करती। दौरे पड़ते हैं उसे। वह कुछ भी कर सकती है। मैं तो बच्चों के प्राणों के लिए डरता रहता हूँ।''

पर भाग्यवती का साहस नहीं हुआ कि वह रसोई की ओर पैर बढ़ाए।

लालाजी जानते थे कि ये प्रतिदिन के संवाद थे।...और बहू के उस चंडी रूप का सामना उन दोनों में से कोई नहीं कर सकता था।

बच्चों के खाने का तो बहाना ही था। लालाजी को स्वयं भूख लगी थी और वे जानते थे कि भाग्यवती भी भूखी है। वे फ्रिज को कई बार अच्छी तरह टटोल चुके थे। उसमें ऐसा कुछ नहीं था, जो वे दोनों खा लेते और बहू उन्हें ही न खा जाती, किंतु फिर भी पेट की भूख से बाध्य होकर लालाजी ने कई बार भाग्यवती से कहा कि रसोई में देखे कि कुछ ऐसा है या नहीं, जो निरापद रूप से खाया जा सके। नहीं तो कुछ तो बना ही ले। अपने लिए न सही, बच्चों के लिए।...

''लौटते हुए बहू बाहर से ही कुछ लेती आएगी। कई बार ऐसा भी तो होता है कि या तो वह कुछ ले आती है या घर आकर फोन कर होटल से मँगा लेती है। उस देवी के हजार हाथ हैं।'' भाग्यवती ने कहा, ''ऐसे में मैंने कुछ बना लिया तो कटोरी भर आटे के लिए पीपा भर गालियाँ सुननी पड़ेंगी।...''

''हाँ, चिकन अफगानी और रोगन जोश लाएगी। तुमसे उन्हें गरम करवाकर खाएगी और बची हुई हड्डियाँ तुम्हें दे देगी। अपने पोपले मुँह से उन्हें चूसती रहना।''

''उन्हें क्यों चूसूँगी,'' भागो बोली, ''उनमें पानी डाल कर अच्छी तरह उबाल लूँगी और फिर स्वाद से उसमें डबलरोटी डबो-डबोकर खाऊँगी।''

''मैं तो तंग आ गया हूँ।'' लालाजी का मुँह कड़वा गया था, ''इस बार बेटा आएगा तो साफ-साफ कह दूँगा कि हमारे लिए कोई और प्रबंध कर दे। अब इस प्रकार बहू के बँधुआ बनकर रहना संभव नहीं है। किसने सोचा था कि जीवन की यह अंतिम वेला इस प्रकार के अपमानजनक कारागार के रूप में कटेगी।''

''बेटा तुम्हारे लिए अलग से कुछ कर देगा तो यह उसके सिर पर एक भी बाल नहीं रहने देगी।'' भाग्यवती ने कहा, ''जाने उसके साथ क्या करे और क्या करे हमारे साथ।''

''कल जब यह मुझे डाँट रही थी तो पोती ने स्वयं मुझसे कहा था, ''इससे तो कहीं अच्छा है कि दादाजी, आप लोग किसी आश्रम में चले जाएँ। न हो तो बुआ के पास ही चले जाएँ। फूफाजी की दो-चार बातें सुननी पड़ेगी, किंतु इससे तो अच्छे ही रहेंगे। पापा आप लोगों को वहाँ कुछ पैसे भेज दिया करेंगे। आपके दिन इससे तो अच्छे ही कटेंगे।''

''पोती ने ठीक ही कहा है, किंतु जब जाना चाहेंगे, तो जाने देगी? पोते को

भेज देगी, दादाजी को मना लाओ। वह हाथ पकड़कर घसीटेगा। एड़ियाँ रगड़ेगा। आँसू बहाएगा। और फिर यह मुहल्ले भर को सुनाने के लिए गली में ही चिल्लाएगी। बच्चों से जरा सा भी नेह-छोह नहीं है आपको। उनको रोते हुए छोड़ जाएँगे। एक तो बच्चों का बाप यहाँ नहीं है। किसके भरोसे छोड़कर गया है वह इनको। अपनी बेटी बहुत प्यारी है आपको? मैं कुछ नहीं होती आपकी? बच्चे कुछ नहीं होते?''

''और आप चुपचाप लौट आएँगे।''

''तो और क्या कर सकता हूँ?''

''उसकी बातों का उत्तर नहीं दे सकते? मर्द जात हैं।''

''तुम दे सकती हो तो तुम ही साहस दिखाओ। मर्द बन जाओ।'' लालाजी बोले, ''आगे-आगे चल पड़ना, मैं तुम्हें मना लाने के बहाने तुम्हारे पीछे-पीछे चला आऊँगा।''

''इस बार कोशिश करूँगी।''

''क्या कोशिश करोगी?'' लालाजी कुछ रोष में बोले, ''उसकी नौकरानी तक तो तुम से बरतन मँजवाती है। उसे कभी कह सकी हो कि घर की मालकिन हो तुम। उसके बाप की नौकर नहीं।''

''वह नौकरानी नहीं है, आपकी बहू की प्रतिनिधि है। उसे कुछ कहने का अर्थ है, बहू को कह देना। लाट साहब का चपरासी भी लाट साहब ही होता है।'' भाग्यवती ने कहा, ''मैंने स्वयं सुना है, बहू उससे कह रही थी, 'तू बुढ़िया से काम क्यों नहीं करवाती? दिन भर खाट पर पड़ी रोटियाँ भकोसती रहती है।' 'मैं क्या कह सकती हूँ। घर की नौकरानी हूँ और वे आपकी सास हैं।' 'कहा कर, मेरे हाथ में दर्द है, आटा गूँध दो। मुझे और काम हैं, सब्जी काट दो।'···और तुझे किसने कहा है कि तू उन दोनों बूढ़ों के कपड़े धोया कर।' ''

''पर कपड़े तो मशीन में धुलते हैं।'' लालाजी ने कुछ चकित होकर कहा।

''बहू ने मना कर दिया है। नौकरानी को आदेश है कि न वह हमारे कपड़े मशीन में डाले, न हमारे फुल्के बनाए, न हमारे जूठे बरतन धोए, न हमारे कमरे का झाड़ू-पोंछा करे।···'' भाग्यवती ने उनकी ओर देखा, ''आप नहीं देखते, वह घर भर के फुल्के बनाकर परे हट जाती है, 'अपनी और उस कुत्ते बाघू की रोटी बना लो।'''

''पर बाघू को तो उसी ने पाला है।''

''पाला होगा, पर अब तो हमारी ही जिम्मेदारी है।'' भागो ने कहा।

''अर्थात् हम परिवार के सदस्य नहीं हैं।''

"नहीं। हैं तो हम परिवार के सदस्य ही, किंतु हमारा स्थान नौकरों के बाद आता है। कुत्ते के साथ। घर के लोग खाना खा लें, फिर नौकर खा लें और तब कुछ बचे तो हम भी खा सकते हैं।" भाग्यवती ने कहा, "मैं पोती की बात सोच रही हूँ। यदि हम कहीं और रह लें और बेटा हमें कुछ पैसे भेज दिया करे…"

"भेजता तो वह यहाँ भी है, पर यह मेरी जेब में कुछ टिकने दे तब न…" लालाजी बोले, "कभी कहेगी दूध ले आओ, कभी अंडे-ब्रेड, कभी गैस के पैसे दो, कभी सब्जी के। मैं कब तक कहता रहूँ कि मेरे पास पैसे नहीं हैं। झक मारकर देने ही पड़ते हैं।"

वे लोग बातें करते रहे थे, सोचते रहे थे, टटोलते रहे थे, किंतु खाने को कुछ था नहीं। बहुत देर में भाग्यवती के हाथ दो दिन पुरानी डबलरोटी के चार टुकड़े लगे।

"इन्हें खा लें?"

"उसे पता नहीं चलेगा?"

"वह इसे भूल भी चुकी होगी। वैसे उसकी नौकरानी भी इन्हें नहीं खाएगी। हाथ लग गई तो उठाकर बाहर फेंक देगी, कुत्तों के खाने के लिए।"

"तो चलो खा लेते हैं। पूछेगी तो कह देंगे कि हमें नहीं मालूम। नौकरानी ने खा लिये होंगे या बाघू को डाल दिए होंगे।"

"कुछ कहने की आवश्यकता नहीं है।" भाग्यवती ने कहा, "बस एक ही रट पकड़ लेना, हमें मालूम नहीं है। हम तो भूखे सोए थे।"

"पर खाएँ कैसे?"

"एक कप चाय बना लेती हूँ, भिगोकर खा लेंगे। उसको क्या पता लगेगा। दिन भर तो घर में किसी-न-किसी के लिए चाय बनती ही रहती है।"

□

रात को ग्यारह के बाद ही बहू और बच्चे आए और सीधे अपने कमरे में चले गए। स्पष्ट था कि वे लोग खाना खाकर आए थे। नौकरानी भी उनके साथ ही गई थी। वह भी खाकर ही आई होगी। वह भी सोने चली गई थी। भाग्यवती ने डरते-डरते पूछ ही लिया, "बहू खाना?"

"हमें भूख नहीं है।" उसने सिंह दृष्टि से अपनी सास की ओर देखा, "और तुम्हारे मनहूस हाथों का कुछ खाना भी नहीं है।"

भाग्यवती का साहस ही नहीं हुआ कि पूछे कि हम? हम क्या खाएँ?

लालाजी की नींद उचट गई थी।

घड़ी नहीं देखी, किंतु समझ गए कि चार तो बज ही रहे होंगे। अब इस अवस्था में घड़ी नहीं, अपनी नींद ही बता देती है कि कितने बजे होंगे। पहली बार नींद ने दम तोड़ा था, तो अनुमानतः ढाई बजे होंगे। फिर से सोने का प्रयत्न करते रहे थे। आधी रात को उठकर करना भी क्या था। यदि बिस्तर छोड़ देते तो कुछ-न-कुछ तो करते ही। कोई गतिविधि होती, कोई ध्वनि होती, किसी प्रकार की खट-पट होती तो बहू की डाँट सुननी पड़ जाती। तनिक सी आहट से महारानी की नींद खराब हो जाया करती है और फिर वह दूसरों का जीना हराम कर देती है। बिना किसी का नाम लिये कहती है···"हरामियों को नींद भी नहीं आती। मेरा तो पति नहीं है साथ में, पर ये दोनों तो इकट्ठे हैं। शरीर में कुछ गरमी तो होगी ही।"

अब उठें। मोटर चलाएँ। ऊपर की टंकी में पानी भरना है। देर कर दी और पड़ोसियों की मोटरें चलने लगेंगी और फिर पानी मिलना कठिन हो जाएगा। कुत्ते को घुमाने भी तो ले जाना है। मुँह अँधेरे घुमा लाएँगे तो ठीक, नहीं तो उजाला हो जाएगा, लोग घरों से निकल पड़ेंगे। सब देखेंगे और सावधान हो जाएँगे कि कहीं लालाजी उनके घर के सामने तो कुत्ते को नहीं बैठा रहे। पड़ोसी के घर की चिंता कोई नहीं करता, किंतु अपने घर की चिंता सबको है। लालाजी वैसे भी भीरु व्यक्ति हैं। बात तो बात लोगों की तीखी दृष्टि भी सहन नहीं कर पाते। कौन अपने ही मुहल्ले में लोगों से कहा-सुनी करे···

फिर बहू को जगाना भी तो होगा। नहीं तो उसका क्या है, रात को देर से सोई है, प्रातः आठ बजे तक पड़ी सोती रहेगी। नौकरानी तो उसकी छाया है। बहू को सोई पड़ी देख वह भी मचल मारे पड़ी रहेगी। बच्चों को कौन उठाएगा? कौन तैयार करेगा? लड़की तो फिर कैसे भी तैयार हो जाएगी, छोटा बेचारा तैयार हो नहीं पाएगा और माँ के हाथों पिटेगा।

लालाजी को बड़ी दया आती है। उस अबोध बालक को यह ऐसे डाँटती और फिर मारती है, जैसे उसकी माँ न हो, जेल की वार्डन हो। किंतु न तो कोई उसकी जीभ को पकड़ सकता है, न उसके हाथ को।···दोष उसका अपना होता है और मार पड़ती है, छोटे से बच्चे को। अपनी नींद तो बहू से छूटती नहीं और चाहती है कि बच्चा एक आवाज पर बिस्तर छोड़ दे, आधे घंटे में निबटकर नहा-धो ले, खा-पी ले और स्कूल चला जाए।···नहीं तो माँ के हाथों पिटे। मारती है, तो न यह देखती है कि हाथ जोर से पड़ जाएगा, न यह देखती है कि वह जूता जो उसने फेंक कर मारा है, वह उसे कहाँ लगेगा!

पर वे यह सब क्यों सोच रहे हैं?

सोचें नहीं तो क्या करें? घर को तो रोज के ढर्रे पर चलना है। और वह न पानी के बिना चलेगा, न कुत्ते को घुमाए बिना चलेगा···कहीं उसने घर में ही कुछ कर दिया तो सारी गालियाँ उनको ही पड़ेंगी। तब उनकी कौन सुनेगा कि उन्हें रात को भोजन नहीं मिला था अथवा उन्हें भूखे पेट नींद नहीं आई थी।···बच्चों को भी जगाना ही पड़ेगा।···न जगाया तो उन्हें देर हो जाएगी।

लालाजी ने नीचे से उनके कमरे की ओर मुँह उठाकर आवाज दी, ''बिट्टू, उठ जा बेटे। रिक्शेवाला आता ही होगा।···''

''जाने क्या रोग है इस बुड्ढे को। सुबह होते ही चिल्लाने लगता, जैसे मुरगा बाँग देता है।'' बहू की विष भरी आवाज आई।

''बहू, बच्चों को देर हो जाएगी।'' भाग्यवती ने पति को बचाने के लिए साहस किया।

''तुमने ठेका ले रखा है, बच्चों को छुट्टी के दिन भी स्कूल भेजने का। स्कूल वाले कोई कमीशन देते हैं क्या?''

''हमें पता नहीं था बेटी कि बच्चों की आज छुट्टी है। तुमने कोई चर्चा तो की नहीं।''

''पता नहीं था तो पूछ लिया होता।'' बहू का तीखा स्वर भाग्यवती का कलेजा चीर गया, ''कुत्ते को जगाना तो याद नहीं रहता, बच्चों की नींद खराब करने के लिए पेट में मरोड़ उठते रहते हैं। भगवान् भी सो गया लगता है, इन्हें उठाता तक नहीं।···''

लालाजी ने भाग्यवती का हाथ पकड़ा और उसे कमरे में ले गए, ''चुप कर, सुबह-सवेरे गालियाँ सुनने का शौक है क्या?''

''हमारी सुबह तो ऐसे ही होती है। यहाँ कब भगवान् के भजन से नींद टूटती है।'' भाग्यवती का स्वर पर्याप्त शांत था।

□

प्रतीक्षा···

विमान नीचे उतर रहा था।

मैंने खिड़की से बाहर झाँकने का प्रयत्न किया। छोटे-छोटे मकान, बीच में से अपना मार्ग बनाती हुई पगडंडियों जैसी सड़कें। निश्चित रूप से ये मकान और ये सड़कें इतनी छोटी नहीं रही होंगी, किंतु ऊँचाई से वे छोटी ही दिखाई पड़ेंगी। सीमा उन मकानों की नहीं, मानवीय दृष्टि की थी। विमान नीचे उतरता जा रहा था, धरती से उसकी दूरी कम होती जा रही थी और चीजों का आकार बढ़ता जा रहा था। किंतु उससे क्या? क्या मैं उस नगर को अथवा उस मुहल्ले को पहचान सकूँगा?···चालीस वर्ष हो गए इस नगर को छोड़े। जब समय इतना बीत गया, मैं इतना आगे बढ़ गया तो यह नगर वहीं का वहीं खड़ा रहेगा क्या?

तभी मेरा मोबाइल बजा। प्रभाकर पूछ रहा था कि मैं विमान से उतर आया हूँ क्या?

''विमान नीचे उतर आया है। किसी को भी थोड़ी देर पहले दिए गए निर्देशों का स्मरण नहीं है। लोग उठ खड़े हुए हैं। मोबाइल बोलने लगे हैं। सामान रखने के ऊपरी कक्ष खुल गए हैं।''

''तो?''

''विमान के द्वार से सीढ़ी लगेगी और हम नीचे उतर आएँगे।'' मैंने कहा, ''मेरा सामान मेरे पास है। जमा नहीं कराया है। बस कैबिन बैगेज हैं। मैं सब से पहले बाहर आ जाऊँगा। तुम कहाँ हो?''

''तुम निकलोगे तो हम सब सामने ही खड़े मिलेंगे।''

''हम सब?'' मैंने आश्चर्य से पूछा।

''हाँ, हम चार-पाँच लोग हैं।''

छोटे हवाई अड्डे का यही सुख है। न बस में लदना, न पैदल चलना। जैसे

द्वार पर ही विमान उतरा हो। कोई तामझाम नहीं। उतरो और बाहर। प्रभाकर सामने ही खड़ा था। उसके साथ चार-पाँच लोग और थे। सबके हाथों में फूल-मालाएँ थीं। साथ में कैमरे वाला भी था। मैं जानता था, वह सबकुछ मेरे लिए था। मुझे उससे बड़ी घबराहट होती थी, किंतु उससे क्या। वे तो अपने मन की ही करेंगे। कल के समाचार-पत्रों में उन्हें अपना मुखड़ा भी तो देखना है।···

प्रभाकर ने मेरे हाथ से बैग लेने की औपचारिकता बरती।

"नहीं ठीक है। उम्र हो गई है, किंतु इतना सा भार तो उठा ही सकता हूँ।" मैंने बैग नहीं दिया, "और क्या हाल है?"

"बढ़िया। सारी तैयारी हो चुकी है। नगर में उत्साह है। तुम इतने वर्षों बाद आ रहे हो।" वह बोला, "कितने ही लोग अनशन कर रहे हैं कि तुमको उनके घर पर ठहराया जाए। सब अपना-अपना अधिकार जता रहे थे। पर मैंने उन्हें समझा दिया है कि होटल में ठहरना ही तुम्हारे लिए सुविधाजनक होगा। होटल में तो कोई भी तुमसे मिल सकता है। किसी के घर पर ठहरोगे, तो मिलने वालों को कठिनाई होगी और मिलने आई भीड़ से निबटने में गृहस्वामी को भी कष्ट होगा।"

"नहीं। होटल ही ठीक है।" मैंने कहा।

आगे जो कुछ कहना चाहता था, उसे मन में ही रोक लिया। उसके साथ अन्य लोग न होते तो स्पष्ट शब्दों में कह देता, "किसी परिवार में ठहरो तो सत्कार करते-करते गृहस्वामी भी तंग आ जाता है और उसका सत्कार स्वीकार करते-करते मैं भी दुःखी हो जाता हूँ।"

ड्राइवर गाड़ी बढ़ा लाया था। हम दोनों उसमें बैठ गए। शेष लोगों के लिए दूसरी गाड़ी थी।

"यह गाड़ी सीताराम की है।" उसने बताया, "याद है सीताराम? इकोनॉमिक्स ऑनर्स में पढ़ता था तब। अब बड़ा सेठ बन गया है। सुना कि तुम आ रहे हो तो गाड़ी और ड्राइवर भेज दिया। कहलाया है कि जब तक तुम नगर में हो, गाड़ी तुम्हारी ही है। ड्राइवर को भी निर्देश दिया है कि साहब को दिल्ली जाने के लिए, जहाज में बैठाकर ही घर लौटना।"

"बहुत याद रखा उसने मुझे।"

"याद। सारा नगर याद कर रहा है। कल सुनीता बधवार का भी फोन था।" वह बोला, "पूछ रही थी, तुम्हें कहाँ ठहराया जा रहा है।"

"सुनीता? वर्षों बाद उसका नाम सुन रहा हूँ। कहाँ थी वह अब तक?"

"सुनीता भल्ला होकर कनाडा चली गई थी। कई वर्ष हुए, पति को कनाडा

को सौंप आई है।'' वह बोला, ''और अब फिर से तुम्हें याद कर रही है।''

''याद तो हम सब ही एक-दूसरे को करते रहते हैं।''

''मजाक कर रहा हूँ यार।''

''जानता हूँ।''

जानता तो मैं भी था कि यह मजाक ही है। बस चुहल भर। किंतु वह चुहल भी भीतर कहीं दूर तक धँसकर मुझे झनझना गई थी। सुनीता ने फोन कर मेरे ठहरने के स्थान का पता पूछा था। क्या मिलना चाहती है? पर पति को क्यों छोड़ आई? कौन जाने पति ने ही छोड़ दिया हो। पति-पत्नी का इस प्रकार एक-दूसरे को छोड़ना तो अब जैसे खेल हो गया है। घर नहीं बनते, रेत के घरौंदे बनते हैं, जरा सी छुवन से ही टूट जाते हैं।

''यह हम कहाँ से गुजर रहे हैं?'' मैंने जैसे सुनीता के भूत से मुक्त होने के लिए पूछा।

''याद है तुम्हें, तब यहाँ एक कब्रिस्तान-मैदान हुआ करता था।''

''ओह, वह कब्रिस्तान-मैदान। कॉलेज से लौटते हुए एक बार मैंने कॉलेज के उस क्लर्क रंगाचारी को यहीं घेरा था। साला बहुत तंग कर रहा था।''

''हाँ। हाँ।'' प्रभाकर की रुचि रंगाचारी में नहीं थी, ''वह मैदान कुछ तो कब्रिस्तान ने ही निगल लिया और कुछ को विकसित कर, उस पर सड़क बना दी गई है। यह वही सड़क है।''

''तब हवाई अड्डा नहीं था, इसलिए यह मैदान उजाड़ पड़ा था। एक ओर कब्रिस्तान था, दूसरी ओर झुग्गी-झोंपड़ी कॉलोनी। तीसरी ओर दूर कहीं कंपनी के क्वार्टर थे।···किंतु एयरपोर्ट बन जाने से यह स्थान उपयोगी हो गया। उपयोगी भी और गुलजार भी। एयरपोर्ट को शहर से यही सड़क मिलाती है।''

''ओह! हाँ। यह तब काफी सुनसान हुआ करता था। रात को अँधेरे में अकेले आने-जाने में डर लगता था। तभी तो मैं रंगाचारी को डरा पाया था।'' मैं बात रंगाचारी की कर रहा था, किंतु···मैंने स्वयं को नींद से जगाया, ''अब तो काफी जगमगा रहा है। होटल कितनी दूर है?''

''बिस्टुपुर में ही है।''

''तो हम पहुँचने ही वाले होंगे।''

□

होटल में पहुँच, प्रभाकर ने रिसेप्शन पर ही कह दिया कि हम दोनों का खाना कमरे में पहुँचा दे। उसे मुझसे बहुत सारी बातें करनी थीं।

हम खाना खाते रहे और वह मुझे कार्यक्रम की रूपरेखा समझाता रहा।

"देखो, पत्रकारों से सावधान रहना!"

"अच्छा, यहाँ समाचार-पत्र भी हैं?"

वह हँसा, "समय बहुत बदल गया है। आठ-दस समाचार-पत्र तो नगर से ही निकलते हैं।"

"मैं जब यहाँ से गया था, तब नगर में हिंदी का एक टाइप राइटर भी नहीं था।"

"अब सैकड़ों कंप्यूटर भी हैं।"

खाना खाकर, वह मुझे आराम करने को कहकर चला गया, "सुबह जल्दी तैयार होना है।"

मैं बिस्तर पर लेटा, तो मुझे लगा कि कमरे के इस एकांत ने जैसे दिल के दौरे की तरह मुझ पर आक्रमण कर दिया है। एकांत, जो किसी का साथ चाहता है। साथ, आत्मीयता, निकटता, स्पर्श···दिन भर का थका-माँदा था, किंतु नींद···वह तो जैसे मेरे कॉलेज के दिनों में बदल गई थी···कॉलेज के दिन मन के आकाश पर घटाओं से छा गए थे···अभी बरसे कि अभी बरसे···पुरानी घटनाएँ···पुराने दृश्य···वासनाओं के भूत-प्रेत। मन में कब-कब की सोई धारणाएँ, भावनाएँ, वासनाएँ जाग उठी थीं और शरीर के अंगों में अकड़ाव जवान हो रहा था···

□

···कॉलेज में वह मेरा अंतिम वर्ष था।

वार्षिक समारोह चल रहा था। हम लोग एक नाटक कर रहे थे···राइडर्स टू द सी। बहुत दिनों से पूर्वाभ्यास चल रहे थे। नाटक में सुनीता मेरी माँ बनी थी। मैं उसका सबसे छोटा बेटा था। वह कई बार कह भी चुकी थी, यह क्या तमाशा है, जिसकी हीरोइन बनना था, उसकी माँ बनाकर उसे स्टेज पर उतार दिया था बैनर्जी सर ने।

"अरे, यह नाटक है।" मैंने कहा था, "माँ हो तो क्या हुआ, नाटक की हीरोइन तो तुम ही हो।"

"अच्छा तो यह नाटक है। इसमें मैं तुम्हारी माँ हूँ।" वह बोली, "नाटक में नहीं, तुम जीवन में मुझे अपनी हीरोइन बनाओगे, तो फिर लतिका क्या करेगी?"

मैं भौंचक रह गया था···सोचा भी नहीं था कि वह ऐसी बात भी कह सकती है। मुँहफट थी। बहुत खुली बातें करती थी, किंतु यह तो सरासर निमंत्रण था।

"पहले मुझे जीवन में नायक बन जाने दो···यहाँ सर ने तुम्हें···माँ की भूमिका

तो दी है, मुझे तो शव बना दिया है। तुम्हें एक शव की हीरोइन कैसे बनाते?''

''ओह···वाग्चातुर्य तो कोई तुम से सीखे।'' वह मुसकराई।

नाटक आयरिश नाटककार जॉन मिलिंगटन सिंज का लिखा हुआ था। इसका पहला मंचन 25 फरवरी, 1904 को आयरिश नेशल थियेटर, डबलिन में हुआ था। बनर्जी सर हमें उसकी विशेषताएँ बताते रहते थे।

''देखो, यह वन एक्ट ट्रेजेडी है। पृष्ठभूमि अरान द्वीप समूह की है। सिंज के नाटकों में ग्रामीण आयरलैंड का काव्यात्मक संवाद होता है। इसमें मनुष्य का मनुष्य से संघर्ष नहीं है। इसमें सागर की क्रूरता के विरुद्ध मनुष्य का हताश संघर्ष है।''

नाटक में केवल चार ही पात्र थे—एक प्रौढ़ आयरिश महिला-मौर्या। उसकी दो बेटियाँ कैथलीन, नील और एक पुत्र बार्टली। बीच-बीच में मौर्या के मृत पुत्रों शॉन, शीमस, स्टीफन, पैच और माइकल की भी चर्चा होती थी। एक छोटी सी भूमिका पादरी की भी थी।

□

उस दिन नाटक का प्रदर्शन था। पूर्वाभ्यास समाप्त हो चुके थे। पूर्वाभ्यास में हम नाटक रोक लिया करते थे। बीच में बातें कर लेते थे। हँसी-मजाक हो जाता था। निर्देशक का परामर्श मिल जाता था। डाँट पड़ जाती थी। पर आज तो दर्शकों के सम्मुख नाटक का प्रदर्शन था···

हमसे अधिक नर्वस बनर्जी सर थे, ''देखो, कोई गड़बड़ नहीं होनी चाहिए।'' उन्होंने मुझे देखा, ''जब शव के रूप में तुम्हें लाया जाता है तो उबासी मत लेने लगना। कोई पागलपन नहीं। समझे!''

''और इन लोगों को भी समझा दीजिए, ये मुझे गुदगुदाएँ नहीं।''

''ओ.के., सीरियस।''

□

बनर्जी सर हट गए। परदा उठ गया। सामने मौर्या का घर था। मछुआरों का घर। अब तक समुद्र मौर्या के पति, ससुर और पाँच पुत्रों को लील चुका था। नाटक का आरंभ इस सूचना से होता है कि सागर-तट पर एक शव मिला है, जो मौर्या के पुत्र माइकल का हो सकता है।

□

मैं सबसे छोटे और एकमात्र जीवित पुत्र, बार्टली की भूमिका में था। सुनीता बद्धवार मौर्या बनी हुई थी—मेरी माँ। मैं अपना घोड़ा बेचने के लिए सागर में यात्रा

करने की तैयारी में था। मौर्या मुझे बार-बार रुक जाने के लिए कह रही थी और मैं उसकी एक नहीं सुन रहा था। उसकी पुकार में मैं मौर्या की अपने बेटे बार्टली के प्रति पुकार नहीं सुन रहा था।···मुझे लग रहा था कि सुनीता बार-बार मुझे रोक रही है कि यदि मैं चला गया, सागर ने मुझे भी लील लिया तो वह मेरी हिरोइन कैसे बनेगी। मैं रुकना नहीं चाहता था। नाटक में तो मुझे रुकना ही नहीं था।···मैं उसके कंधे पकड़कर उसको समझा रहा था और वह थी कि मुझसे लिपटती ही जा रही थी। मौर्या लिपट सकती थी बार्टली से, वह उसकी माँ थी।···पर यह सुनीता। मुझे लग रहा था कि वह अभिनय नहीं कर रही थी, अपनी कोई दमित वासना पूरी कर रही थी। न मैं उसमें रस ले पा रहा था, न मैं अपने अभिनय में डूब पा रहा था। मन तो हो रहा था कि उसे झटक दूँ, किंतु वह नाटक के दृश्य के अनुकूल नहीं होता। सामने दर्शक बैठे थे। वे क्या सोचते।

मैं उसे बड़ी कोमलता से परे कर, विंग की ओर चला गया, ''मैं आ जाऊँगा, माँ।''

मैं मंच से चला आया था और यथासंभव शालीनतापूर्वक, बिना किसी रूक्षता के सुनीता को अपने से दूर कर आया था, जैसे बार्टली अपनी माँ मौर्या को करता।

विंग में से मैं उसके संवाद सुन रहा था। वह रोकर यह घोषणा कर रही थी कि आज रात तक वह एक भी जीवित पुत्र की माँ नहीं रह पाएगी।

उसकी दोनों बेटियाँ ऐसी घोषणा करने के लिए माँ का विरोध कर रही थीं। उसे पुत्र को ऐसे अपशकुन के साथ विदा नहीं करना चाहिए था।

मौर्या तत्काल ही यह कहकर निकल जाती है कि वह बार्टली की यात्रा के शुभ और सफल होने के लिए प्रार्थना करने जा रही है।

ग्राम के लोगों का एक झुंड आ जाता है। वे समुद्र द्वारा बाहर फेंक दिए गए एक शव के वस्त्र लेकर आए हैं। नोरा तथा कैथलीन पहचान लेती हैं कि वे उनके भाई के ही वस्त्र हैं।

''मैं फिर से मंच पर जा रही हूँ रोने-धोने के लिए।'' सुनीता ने मुझ से कहा।

''जाओ।'' बनर्जी सर ने उसे धकिया दिया।

मौर्या मंच पर प्रकट होती है। वह रो रही है और कह रही है कि उसने अपनी खुली आँखों से माइकल के प्रेत को बार्टली के पीछे जाते हुए देखा है। वह विलाप आरंभ कर देती है कि समुद्र उनका शत्रु क्यों बन गया है। एक-एक कर उसके घर के सारे पुरुष समुद्र ने निगल लिये हैं।

उसके विलाप का स्वर ऊँचा होता जा रहा था। बनर्जी सर ने मेरी ओर

देखा। मैं लेट गया। भीड़ ने मुझे उठा लिया और सब लोग विंग से मंच पर प्रवेश कर गए।

"बार्टली नाव में जाते हुए अपने घोड़े से समुद्र में गिर गया था और समुद्र उसे भी निगल गया है।"

मैं जानता था कि उसके पश्चात् का मौर्या का संवाद, आयरिश नाटकों में अत्यंत प्रसिद्ध संवाद माना जाता था, किंतु मेरे आसपास नोल और कैथलिन का शोर था। उनका एक मात्र जीवित भाई समुद्र में डूब गया था और उसका शव लाकर उनके सामने रख दिया गया था। वे मेरे आसपास मँडरा रही थीं और जोर-जोर से रोने का अभिनय कर रही थीं···किंतु मौर्या तो जैसे फिर से सुनीता बन गई थी। उसके शब्द मौर्या के ही थे, किंतु मुझे क्यों लग रहा था कि वह सुनीता है। उसकी अंगुलियाँ मेरे बालों में फिर रही थीं···"मेरे बच्चों"···उसकी हथेलियाँ मेरे माथे से होती हुई मेरे गालों पर आ गई थीं···"मेरे लाडले, अब मेरे पास और ऐसा कुछ भी नहीं है, जो यह समुद्र मुझ से छीन पाए।"

मुझे लग रहा था कि इन शब्दों के साथ मौर्या का हृदय छिला जा रहा था और सुनीता थी कि मेरे गालों को नोचने पर तुली हुई थी। मेरा शव बने रहना कठिन हो रहा था। किसी भी क्षण मेरे कंठ से चीख निकल सकती थी। या फिर मेरे हाथ सुनीता को परे धकेल सकते थे···मैंने बनर्जी सर से कहा था कि ये लोग मुझे गुदगुदी न करें, नहीं तो मैं शव का अभिनय करते हुए भी हँसने लगूँगा, किंतु यह गुदगुदी नहीं थी। मौर्या अपने पुत्र की मृत्यु पर विलाप कर रही थी और सुनीता मुझे उकसा रही थी। उसकी फैली हुई तप्त कामुक हथेलियाँ मेरे वक्ष के साथ जैसे घर्षण कर रही थीं···मौर्या का विलाप चलता रहा···मेरे प्यारे···मेरे लाडले···मेरे जीने का आधार तुम ही थे। अब मैं किसके लिए रोऊँगी और किसके लिए प्रार्थना करूँगी। दक्षिण की ओर से गीली समुद्री हवा आएगी, पूर्व की लहरों का शोर सुना जा सकेगा। पूर्व में भी झाग होगी और पश्चिम में भी। वे एक-दूसरे से टकराएँगी, शोर करेंगी···तो उन काली रातों में मैं डरकर किस के गले से लगने के लिए दौड़ूँगी?"

मैं सुन रहा था। मौर्या उन पंक्तियों को नहीं भूल सकती थी, किंतु सुनीता या तो नाटक की पंक्तियाँ भूल गई थी या फिर उन्हें तोड़-मरोड़ रही थी। "किसे गले लगाऊँगी···" और फिर उसकी हथेलियाँ मेरी कमीज के खुले बटनों से भीतर मेरे नग्न वक्ष पर आ गई थीं···वह मेरे वक्ष को मसल रही थी···मुझे लग रहा था, मेरा शरीर मृत्यु से नहीं, काम के वेग से अकड़ने लगा था···वह मौर्या का स्वर नहीं,

सुनीता का स्वर था। शायद कामदेव के भस्म होने पर रति ने ऐसे ही विलाप किया होगा।···उसकी अंगुलियाँ जैसे कुछ खोज रही थीं और फिर उनकी पकड़ में मेरा स्तनाग्र आ गया था, जिसे वह चिकुटी काट रही थी···वह मुझ पर गिर ही पड़ती···मेरे मुख से चीख निकल जाती कि उतने में नोरा ने बेहाल होती हुई मौर्या को सँभालने के लिए मुझसे दूर हटा दिया···

मैं नहीं जानता कि उसके पश्चात् क्या हुआ।···नाटक समाप्त हो गया था। लोग सुनीता को उसके अभिनय के लिए बधाई दे रहे थे। वह सचमुच बहुत बेहाल होकर रोई थी। बनर्जी सर को तो भय था कि कहीं उसे किसी प्रकार का दौरा ही न पड़ जाए, अथवा वह अचेत होकर गिर ही न पड़े···पर मैं ही जानता था कि मैंने शव बने रहने का अभिनय कैसे किया था। मेरा शरीर काम से अकड़ रहा था और मेरी आत्मा एक कड़वाहट का अनुभव कर सिकुड़ रही थी। मेरे भीतर एक ओर सुनीता की आकांक्षा अँगड़ाइयाँ ले रही थी और दूसरी ओर उससे बहुत दूर भाग जाने की इच्छा, समुद्र की लहरों के समान मुझे बहाए लिये जा रही थी।···सुनीता वह लड़की नहीं थी, जिसे मेरा मन अपनाने के लिए मचलता, किंतु शरीर का क्या है···वह तो केवल स्पर्श और मांसलता को ही पहचानता है। उसे कोई सौंदर्यबोध नहीं होता···वह अंतरात्मा को नहीं पहचानता। उसके पास कोई विवेक नहीं होता!

□

कॉलेज का वार्षिकोत्सव अभी चल रहा था। दिन भर कुछ-न-कुछ होता ही रहता था। मेरा अगला सारा दिन बहुत व्यस्त था। किंतु रात को नौ बजे जब कार्यक्रम समाप्त हुआ तो सुनीता फिर मेरे सामने आ खड़ी हुई थी। अभी-अभी सांस्कृतिक कार्यक्रम समाप्त हुआ था और वह अपना एकल नृत्य प्रस्तुत कर, ढेरों तालियाँ बटोरकर आई थी। सोलहों सिंगार किए हुए। उसने न तो वस्त्र बदले थे और न ही वे असली-नकली आभूषण ही उतारे थे।

मैं साइकिल स्टैंड से अपनी साइकिल निकालकर बाहर लाया था और इससे पहले कि कोई मुझे देखता, मैं भाग जाना चाहता था। पर वह मेरे सामने खड़ी थी।

''कपड़े तो बदल लिये होते।'' मैंने कहा, ''मेक-अप भी नहीं धोया। अपने साथ स्टेज ही उठा लाई हो।''

''वह सब करती तो बहुत देर हो जाती।''

''तो क्या हो जाता? धरती फट जाती या आसमान गिर जाता।''

''वह सब नहीं होता।'' उसके अधरों पर एक कुटिल मुसकान थी, ''किंतु तुम भाग जाते।''

''सुनीता।''

''अच्छा बाबा।'' उसने मुझे कुछ शांत करने के लिए कहा, ''मैं चाहती थी कि तुम मुझे इस रूप में देखो।''

''देख लिया। अब···''

''अच्छी लग रही हूँ न?''

''हाँ, बहुत अच्छी लग रही हो। मेनका और रंभा को मात कर रही हो।'' मैंने कहा, ''अब चलो तुम। यहाँ भीड़ इकट्ठी मत करो, गहनों की दुकान। मुझे भी घर पहुँचना है।''

''देखो'', उसने मुझे बाँह से पकड़ लिया, ''मुझे भी घर जाना है और इसी रूप में जाना है। मैं चाहती हूँ कि मेरे माता-पिता भी अपनी बेटी के इस रूप को देखें···''

''तो जाओ न घर, जाती क्यों नहीं? मुझे घेरे क्यों खड़ी हो?''

''मेरे घर का रास्ता तो तुम जानते ही हो। रास्ते में कब्रिस्तान-मैदान भी पड़ता है। रात को इस समय इस रूप में उस मैदान में से अकेली कैसे जाऊँ?''

''पैदल।''

''इतने गहने पहनकर पैदल। कितनी देर लग जाएगी, जानते भी हो।'' वह बोली, ''मैं चाहती थी कि तुम मुझे अपनी साइकिल पर बैठाकर घर पहुँचा दो। चाहे अपने घर ले चलो, चाहे मेरे घर पहुँचा दो।''

''शूर्पणखा कहीं की।'' मैंने मन-ही-मन कहा, और बोला, ''मुझे कॉलेज में रहने दोगी या नहीं।''

''मुझे अपनी साइकिल पर बैठा लोगे, तो लोग तुम्हें कॉलेज से निकाल देंगे। ऐसा कोई नियम है क्या?''

''पूरी संभावना है।''

''जानते भी हो, कितने लोग मुझे अपनी साइकिल पर बैठाकर ले जाने को आतुर हैं।''

मैं सड़क की ओर चल पड़ा था, ''तो जाती क्यों नहीं?''

''क्योंकि मैं तुम्हारे साथ जाना चाहती हूँ।'' वह बोली, ''चाहे तुम्हारे साथ पैदल ही चलना पड़े।''

''पैदल चलो। मेरे साथ चलो, पर पैदल चलो।''

हम लोग सड़क का वह छोटा टुकड़ा पार कर गोल चक्कर के नीचे से रीगल ग्राउंड की ढलान पर चल रहे थे। अब तक उसके और मेरे बीच साइकिल थी।

उसने दूसरी ओर से साइकिल का हैंडल पकड़ रखा था। अब वह पीछे से घूमकर मेरे साथ चलने लगी।

"मुझे डर लग रहा है।" उसने कहा, "मैं तुम्हारा हाथ पकड़ लूँ?"

"सच पूछो तो डर मुझे भी लग रहा है।" मैंने कहा, "तुम्हें इसी रूप में घर जाना था, तो अपने घर से किसी को बुला लेना चाहिए था।"

"क्यों?"

"क्योंकि जो गुंडे तुम्हें उठा ले जाने के लिए आएँगे, वे मुझे पीट-पाटकर यहीं कहीं डाल जाएँगे।"

"ओहो-हो!" वह हँसी, "तुम सचमुच डरे हुए हो। ऐसा करो, तुम मेरा हाथ पकड़ लो। या साइकिल मुझे दो, मैं चलाती हूँ, तुम आगे बैठ जाओ। आगे हैंडल, पीछे सीट, दोनों ओर मेरी बाँहें। तुम सुरक्षित रहोगे मेरी बाँहों में। तुम्हें गिरने नहीं दूँगी। या तुम मुझे ऐसे ही बैठा लो।"

मैं जानता था कि वह यह सब कर सकती थी।

"नहीं। ऐसे ही चलो। बस जल्दी चलो।"

हम कब्रिस्तान-मैदान में से गुजर रहे थे।

"कितना सुनसान है न! आसपास कोई नहीं है। हमें कोई नहीं देख रहा है।" उसने कहा और मुझ से सट गई, "देखो, आज मैंने तुम्हारे लिए कैसे-कैसे परफ्यूम लगा रखे हैं। जरा सूँघो तो।"

मैं जानता था कि वह क्यों चाहती है। भय मुझे उससे नहीं था, अपने आप से था। नहीं जानता था कि मेरा विवेक कब तक मेरे शरीर को बाँध पाएगा। एक बार मन शिथिल हो गया तो जाने क्या हो। मुझे लग रहा था कि जितना हठ वह कर रही है, उससे अधिक हठी मेरा शरीर हो रहा था। वह तप रहा था। बिना देखे भी मैं जानता था कि मेरे कान पूरी तरह लाल हो रहे थे। यह ताप मुझे पिघला भी सकता था। उसे रोकना मेरे लिए कठिन हो रहा था···किंतु मैं जानता था कि यह अनुचित था।

"मैंने ऊँची एड़ी के सैंडल पहन रखे हैं।" वह पुनः बोली, "जानते हो न कि जैसे तुम मुझे दौड़ा रहे हो, उससे मैं गिर भी सकती हूँ।"

"नहीं गिरोगी।" मैं जल्दी-से-जल्दी उसे उसके घर पहुँचाकर उससे मुक्त होना चाहता था।

"नहीं गिरी तो ठीक।" वह बोली, "किंतु गिर गई तो तुम मुझे उठाकर चल सकोगे? मेरा विचार है, उठा सकोगे। दलमा पर चढ़ते हुए एक बार तुमने कानन

को उठा लिया था। वैसे उसका पैर लचका-वचका नहीं था। साली नाटक कर रही थी।'' सुनीता मुझ पर लदी जा रही थी।

''अच्छा, सीधी होकर चलो।'' मैंने उसे एक प्रकार से झटक दिया।

''एक बार उठाकर तो देखो, ट्रायल के लिए।''

''कब्रिस्तान-मैदान पार हो गया है।'' मैंने कहा, ''हम तुम्हारे घर के निकट हैं। अब गिरोगी तो तुम्हारे पिताजी उठाने आ जाएँगे।''

''हाय!''

उसकी 'हाय' में सच्ची टीस थी।

□

मैं उसे घर के सामने छोड़कर भागा था। वह कहती ही रह गई कि मैं उसके माता-पिता से तो मिलता जाऊँ। वे भी देख लें कि कौन जवान ऐसी काली रात में मुझे घर पहुँचाकर गया।···

किंतु मैं एकदम नहीं रुका।

□

और आज लगभग चालीस वर्ष बाद मैं फिर अपने उसी नगर में था, एक होटल में। मेरा परिवार कब से नगर छोड़ चुका था। मित्र मंडली भी बिखर चुकी थी, सब अपने अपने परिवारों में व्यस्त थे।···तो आज सुनीता क्यों याद आ रही थी? केवल इसलिए कि प्रभाकर ने कह दिया था कि उसने फोन कर पूछा था कि मुझे कहाँ ठहराया जा रहा है। यदि वह आज भी कॉलेज के दिनों के ही समान नटखट और मुँहफट थी, तो क्या पता था कि वह मेरे होटल में ही आ धमके···यदि आ धमकी तो? आ धमकी तो जाने क्या हो, किंतु मेरा विवेक उसे अपने विचारों में से धक्के मारकर हटाना नहीं चाहता था···मैं कल्पनाओं का रस ले रहा था। आज मुझे उससे तनिक भी वितृष्णा नहीं थी। आज कॉलेज नहीं था। आसपास लोग भी नहीं थे। मेरी वह अवस्था भी नहीं थी। होटल के कमरे का पूर्ण एकांत था। कहीं ऐसा तो नहीं कि मैं उसे बुलाना ही चाहता था। चाहता था कि वह आए···थोड़ा रोमांस···कुछ फलर्टेशन···

: दो :

प्रात: नौ बजे के करीब प्रभाकर आया।

''तैयार हो?''

''हाँ, बस नाश्ता नहीं किया कि तुम आ जाओ, तो साथ ही नाश्ता लें।''

''चलो। डायनिंग हॉल में होगा।''

नाश्ता लगा।

हम अपनी प्लेटें लेकर कोने की एक मेज पर आ बैठे।

''सुनीता को भी बुला लेते, साथ ही नाश्ता हो जाता।''

''इतना समय नहीं है। मैंने सुनीता को फोन कर दिया था कि तुम यहाँ ठहरे हो।'' प्रभाकर बोला, ''यह भी बता दिया था कि तुम दूसरे सत्र में खाली हो।''

''क्या कहा उसने?'' मुझे लगा कि प्रभाकर जान गया है कि मैं रात भर क्या सपने देखता रहा हूँ।

''खाँस रही थी बेचारी।'' वह बोला, ''बुरी तरह अस्थमा का अटैक हुआ है। आजकल स्वास्थ्य ठीक नहीं रहता उसका। मुझे लगता है कि बाईपास के पश्चात् वह सँभल ही नहीं पाई है।''

मैं प्रभाकर की ओर देखता रह गया।

''पिछले दिनों घर में ही गिर गई थी। शायद पैर में पलस्तर है या खुल गया है। कह नहीं सकता। मैं उसे देखने नहीं जा पाया हूँ।'' प्रभाकर बोला, ''वैसे कह रही थी कि यदि तुम आ सको या मैं तुम्हें लेकर जा सकूँ तो उसे तुम से मिलकर बहुत प्रसन्नता होगी। उसे लगेगा, आज भी किसी को उसकी चिंता है···चलोगे?''

''जब वह अस्वस्थ है तो हाल पूछने जाना तो बनता ही है।''

''ठीक है। हम लंच के बाद निकल चलेंगे।'' प्रभाकर बोला, ''किंतु कुछ चतुराई करनी होगी, नहीं तो लोग घेर लेंगे।···वैसे प्रबंधकों का तो विचार है कि तुम्हें दूसरे सत्र का अध्यक्ष बनाकर शाम तक वहीं रोक लिया जाए। उससे सत्र की शोभा बढ़ जाएगी।''

''कल तो वे कह रहे थे कि प्रातः के सत्र के पश्चात् मुझे विश्राम के लिए होटल भेज देंगे।''

''हाँ, कह तो रहे थे। आज कह देंगे कि आप एक दिन विश्राम नहीं करेंगे तो क्या हो जाएगा। दिल्ली जाते हुए विमान में सो जाइएगा।'' प्रभाकर हँस रहा था।

''चलो, देखते हैं।'' मैंने उठते हुए कहा, ''प्रातः का सत्र तो निबटा लें।''

□

प्रातः का सत्र बहुत सफल रहा था। लोगों ने मेरे व्याख्यान की बहुत प्रशंसा की थी। लंच के समय लग रहा था कि लोगों को लंच से अधिक मुझ में रुचि थी।

''यह क्या'', मैंने सुनील से कहा, ''पहले खाना तो लो।''

''खाना तो प्रतिदिन मिलता है। प्रतिदिन मिलेगा। आप कहाँ मिलेंगे।''

मैं अपनी प्रशंसा के लिए इतना लोलुप कभी नहीं था, जितना आज हो गया था। प्रभाकर मुझे बार–बार भीड़ में से बाहर निकाल रहा था, किंतु भीड़ फिर–फिर घिर आती थी। मैं हटता तो भीड़ छँटती···मैं हटा ही नहीं। किसी को कोई प्रश्न पूछना था, किसी को हस्ताक्षर चाहिए थे, कोई अपनी पुस्तक भेंट करना चाहता था, कोई मेरे साथ चित्र खिंचवाना चाहता था, कोई शाम की चाय के लिए अपने घर बुलाना चाहता था···दो सुंदर से नयनों में अश्रु थे, प्रबंधकों ने उनका अनुरोध नहीं माना था और मुझे होटल में ठहरा दिया था। वे तो अपने घर में मेरे लिए एक आरामदेह कमरा तैयार कर के आई थीं।

''ऐसे तुम सुनीता से मिलने नहीं जा सकोगे।'' प्रभाकर मेरे कान में फुसफुसाया।

मैंने उसकी बात को अनसुना कर दिया। जाने क्यों मुझे उसका हस्तक्षेप अच्छा नहीं लग रहा था। मेरे मन में वह कल वाली ललक अब नहीं थी।

प्रभाकर पीछे हट गया। शायद वह मेरी ओर से पहल की प्रतीक्षा कर रहा था।

सुनील आकर मेरे पीछे खड़ा हो गया, ''पंद्रह मिनट में हम दूसरा सत्र आरंभ करनेवाले हैं। अध्यक्षता आपकी है। फिर समय नहीं मिलेगा। आप चाहें तो कॉफी यहीं भिजवा दूँ।''

''भिजवा दो।''

सुनील चला गया और प्रभाकर आकर उसके स्थान पर खड़ा हो गया, ''सुहास! सुनीता के तीन फोन आ चुके हैं। वह प्रतीक्षा कर रही है। कह रही है, कभी तो उसे भी अपनी हीरोइन बनने का अवसर दो।''

''इस सत्र के बाद।'' मैं उठ गया।

□

मैं एयरपोर्ट के भीतर जाने लगा तो प्रभाकर ने धीरे से कहा, ''सुनीता बहुत दुःखी थी।···''

मैंने उससे हाथ मिलाया और भीतर चला आया। बोर्डिंग पास लिया और सुरक्षा जाँच के लिए बढ़ गया। छोटे हवाई अड्डों पर यह बड़ा सुख है। न भीड़, न पंक्ति में खड़े रहना। सारा काम आराम से और प्यार से हो जाता है। विमान सामने ही खड़ा था। उसमें सीढ़ी भी लग गई थी। मैं टहलता हुआ जाकर विमान में अपने स्थान पर बैठ गया···

मेरी आँखों के सामने प्रभाकर का चेहरा घूम रहा था···जाने क्यों, लगा कि उसकी आँखें मुझे धिक्कार रही थीं। उन आँखों में शायद सुनीता की आँखें भी

समाई हुई थीं। सुनीता के अश्रुओं ने प्रभाकर की आँखों को गीला कर दिया था।

मैंने अपनी आँखें बंद कर लीं। मेरे मन की आँखों से प्रभाकर और सुनीता दोनों लुप्त हो चुके थे। और कहाँ से आकर अजीम साहब मेरे सोच-विचार पर, सारी कल्पलनाओं और स्मृतियों पर छा गए थे। पिछले दिनों उनका देहांत हो गया था…पर आज यह क्या था, जैसे वे मेरे साथ की खाली सीट पर आ बैठे हों!

उन दिनों वे रोम में होने वाली किसी कॉन्फ्रेंस में जाने की तैयारी कर रहे थे। उन्हें वहाँ एक पेपर पढ़ना था। जब दिखते…"यार वह पेपर लिखना है न। यार वह पेपर पढ़ना है न!"

मैं उन्हें शुभकामनाएँ देने उनके घर चला गया था।

मैं तो यात्रा से घबरा जाता था, किंतु वे बड़े मस्त लग रहे थे। "अरे, कॉफी बनाओ भाई।" उन्होंने हाँक लगाकर अपनी पत्नी से कहा। मेरी ओर मुड़े, "मैं दो मिनट में आया।"

वे उठे और कुछ गुनगुनाते हुए अपने कमरे में चले गए।

उनकी पत्नी कॉफी ले आई थी।

"अजीम साहब बड़े मस्त दिखाई पड़ रहे हैं।"

"पंद्रह वर्ष पुरानी सखी से मिलने जा रहे हैं न।" वे बोलीं, "हर समय प्रेमगीत ही गाते दिखाई पड़ते हैं। कुछ गीत इटली के भी गाते हैं।"

मैं चकित दृष्टि से उन्हें देखता रह गया, "मैं तो यही जानता हूँ कि वे किसी कॉन्फ्रेंस में पेपर पढ़ने रोम जा रहे हैं।"

"हाँ, पेपर पढ़ने ही जा रहे हैं।" वे बोलीं, "पंद्रह वर्ष पहले भी गए थे। तब वह उन्हें वहाँ मिली थी। बहुत रोमांटिक होकर लौटे थे। बड़ी मुश्किल से उसका भूत उतरा था। अब फिर उसका पत्र आया है। वह उनकी प्रतीक्षा करेगी।"

"आपको कोई चिंता नहीं है?"

"चिंता किस बात की।" वे निश्चिंत थीं।

मैंने अजीम साहब से इस विषय में कोई चर्चा नहीं की। वह उनका निजी मामला था।

□

वे कॉन्फ्रेंस से लौटे तो मैं फिर उनसे मिलने चला गया था। वे काफी बुझे-बुझे से थे।

"क्या बात है—पेपर जमा नहीं क्या?"

"अरे, ये इंटरनेशनल कॉन्फ्रेंस फ्रॉड होती हैं सब।"

वे उसकी चर्चा भी नहीं करना चाहते थे। मैंने भी अधिक नहीं कुरेदा। जो आदमी वैसे ही दु:खी हो, उसे क्या छेड़ना।

"कोई चित्र-वित्र नहीं खींचे। रोम में तो चारों ओर इतिहास बिखरा पड़ा है।"

"बिखरा होगा साला। उस बूढ़े इतिहास का क्या करना।"

श्रीमती अजीम भी आ गईं, "भाई साहब, दु:खी मन एकांत में रोता है, चौराहे पर विलाप नहीं करता।"

अजीम ने अपनी पत्नी को तीखी दृष्टि से देखा।

"क्या बात है?" मैंने कुछ संकट उठाकर कहा।

"वह रोमन सुंदरी पंद्रह वर्षों में काफी बुढ़ा गई है।" उनकी मुसकान बहुत कँटीली थी, "जिस सुंदरी का चित्र मन में लेकर गए थे, वहाँ उसकी अम्माँ मिली। मन बुझ गया।"

"तुम बकवास मत करो।"

श्रीमती अजीम ने अपने पति के क्रोध का तनिक भी बुरा नहीं माना, "मजनूँ भी लैला को पचास वर्ष बाद देखता तो कोई उसे पत्थर मारता न मारता, वह स्वयं ही अपना सिर पत्थर पर दे मारता।"

□

विमान में दिल्ली के हवाई अड्डे पर उतरने की घोषणा हो रही थी।

मैं उठने की तैयारी में था।

मेरी आँखों के सामने मोहन राकेश के नाटक 'आषाढ़ का एक दिन' का अंतिम दृश्य स्वत: ही उपस्थित हो गया था···

मल्लिका कह रही थी, "तुम कह रहे थे कि तुम फिर अथ से आरंभ करना चाहते हो।"

कालिदास ने निश्श्वास छोड़ा और कहा, "मैंने कहा था, मैं अथ से आरंभ करना चाहता हूँ। यह संभवत: इच्छा का समय के साथ द्वंद्व था। परंतु देख रहा हूँ कि समय अधिक शक्तिशाली है, क्योंकि···

"क्योंकि?" मल्लिका पूछती है।

"क्योंकि वह प्रतीक्षा नहीं करता।"

□

विमान जमीन पर उतर आया था और विमान परिचारिका ने बाहर जाने के लिए द्वार खोल दिया था।

□

हुए मर के हम जो रुस्वा

मिर्जा गालिब के दो नौकर कल्लू और कल्याण कमरे की झाड़-पोंछ कर रहे थे। कल्याण कुछ उत्तेजित सा था। कल्लू ने दो-एक बार उसकी ओर देखा भी और सोचा कि उससे पूछे कि उसका मुँह क्यों इतना सूजा हुआ है, पर फिर यह सोचकर कि उसे क्या लेना-देना है, घर में पत्नी से लड़कर आया होगा। किस घर में लड़ाई नहीं होती और कौन सा पति पत्नी से डाँट नहीं सुनता। और फिर पत्नी से डाँट खाकर पति सिवाय मुँह सुजाने के और कर भी क्या सकता है।···रोटी पकाने से तो कोई इनकार कर सकता है, रोटी कमाने से इनकार कैसे किया जा सकता है।

आखिर कल्याण ही फूटा, ''ये हमारे मिर्जा कोई काम क्यों नहीं करते। भगवान् की दया से पढ़े-लिखे हैं। दस्तखत भी कर लेते हैं। फारसी भी बोल लेते हैं। हाथ इतना तंग है, फिर भी बैठे-बैठे हुक्का गुड़गुड़ाते रहते हैं।''

अपना अनुमान गलत निकलने पर कल्लू को कुछ खेद हुआ, किंतु संतोष भी हुआ कि कल्याण ने पत्नी से डाँट नहीं खाई थी, वह अपने स्वामी के लिए चिंतित था। रूठने से तो चिंता ही भली।

''ऊँट बूढ़ा हुआ, पर उसे मूतना न आया।'' कल्लू मुँह बनाकर बोला, ''बूढ़ा हो गया, पर कल्याण रहा तू बुद्धू ही।''

''क्यों, मालिक की भलाई के विषय में सोचना मूर्खता है क्या?'' कल्याण बोला, ''पर शायद तुम ठीक ही कहते हो, बुद्धू तो मैं हूँ ही। समझदार होता तो मालिक की तंगदस्ती देखकर मैं भी औरों के ही समान कोई और घर न देखता।···तुम क्यों नहीं चले जाते, तुम तो बुद्धू नहीं हो?''

''वह नहीं कह रहा हूँ मैं।'' कल्लू ने समझाया।

''तो क्या कह रहा है भाई तू?''

''मैं तो कह रहा हूँ कि शायर लोग भी कहीं कोई काम करते हैं क्या?''

''तो कवि लोग बेकाम और नाकाम ही होते हैं?'' कल्याण ने कहा, ''निष्काम तो वे होते नहीं।''

''जाने क्या होते हैं और क्या नहीं होते, पर उनकी एक नाक होती है, जिस पर वे मक्खी नहीं बैठने देते। इसलिए कोई काम तो उनसे होता नहीं।'' कल्लू बोला, ''किताब का बोझ उठा लें—इतना ही बहुत है। जिनकी कमर खयालों के नाजुक बोझ से झुक जाती है, वे कलम चला लें तो ही बहुत है; फावड़ा तो उनसे चलेगा नहीं।''

कल्याण भी उसी रौ में बह गया, ''कमर में तलवार चाहे बाँधी हो, किंतु शत्रुओं को हाथ नहीं लगा सकते, बस छालिया कुतरते रहेंगे दाँतों तले, जैसे अंग्रेजों के लश्कर को चबा रहे हों। हुक्का गुड़गुड़ाएँगे, जैसे शेर दहाड़ रहा हो।''

कल्लू जोर से हँसा, ''कल्याण! तू तो ऐसे ही पड़ गया शायरों के पीछे। कितना तो काम है उनके पास। दोस्त-यार आ जाएँ तो गप्पें मारनी पड़ती हैं। मार न पाएँ तो हाँकनी तो पड़ती ही हैं। कभी किसी बाईजी का गाना सुनना पड़ता है, कभी किसी नचौनी का नाच देखने जाना पड़ता है। पालकी में बैठे-बैठे ही कमर टूट जाती है। मुजरे में वाह-वाह कर बाईजी के कदमों में बिछ जाना पड़ता है। दाद देने के बहाने सिर के बाल नोच लेने पड़ते हैं।...''

''दाद तो है ही बुरा रोग। खुजला-खुजलाकर चमड़ी छील लो, बाल नोचना क्या बड़ी बात है।''

''अबे खुजली की बात नहीं कर रहा हूँ।'' कल्लू झींका, ''दाद माने तारीफ, प्रशंसा। तू कर सकता है यह काम? बाईजी को देखते ही बेहोश हो जाएगा। 'वाह' तक तो तेरे मुँह से निकलेगी नहीं। मैदाने जंग में दुश्मन का सामना करने के लिए एक तरह का कलेजा चाहिए और बाईजी के कदमों में बिछने के लिए दूसरी तरह का।...है तुझ में हिम्मत कि नचौनी की नजरों की कटारी झेल सके?''

कल्याण ने कानों को हाथ लगाए, ''न भैया! मुझमें तो इतनी सी भी हिम्मत नहीं है कि बाईजी की वीथि मैं पग धर सकूँ।...पर मैं तो केवल इतना ही कह रहा हूँ कि जब इतने परेशान हैं, तो कोई काम क्यों नहीं कर लेते। मुंशीगीरी तो कहीं भी मिल जाएगी। वह तो करेंगे नहीं, दाद के मारे बाल नोचते रहेंगे।''

''मैंने कहा न कि तू पागल ही रहेगा।'' कल्लू बोला, ''अरे, काम करते हैं कमीने लोग। ये ठहरे शरीफ लोग। शर्फा।''

''शर्फा ही हैं, कोई अशरफी तो हैं नहीं।''

''अशरफी नहीं हैं, फिर भी इनसे अपने हाथों से काम तो होगा नहीं। क्या काम करेंगे ये लोग।''

"हाँ! हम ठहरे कमीने। ये ठहरे कर्महीन।" कल्याण बोला, "...पर तुम ठीक कहते हो कि कवि लोग कोई काम नहीं करते। सूरदास और तुलसी बाबा भी कोई काम नहीं करते थे। बस भगवान् का भजन ही किया करते थे।...हाँ, कहते हैं कि कबीरदास जुलाहे का काम किया करते थे।"

"अबे, जब इतना सबकुछ जानता है तो यह क्यों कहता है कि मिर्जा काम क्यों नहीं करते।" कल्लू बोला, "शायरी और फकीरी कोई दो अलग चीजें थोड़ी हैं।"

"शायरी और फकीरी तो है ही एक चीज, पर मिर्जा तो शायरी और रईसी को एक करने पर तुले हुए हैं।"

"फकीरी और रईसी भी एक ही चीज है मूरख। फकीर से बड़ा रईस कौन हुआ है आज तक?" कल्लू झल्लाकर बोला, "इस बात को तू कभी नहीं समझेगा।"

"मेरी तो सारी समझ ही गड़बड़ा गई है भैया।" कल्याण बोला, "कभी-कभी मुझे ये सारे रईस फकीर ही नजर आने लगते हैं। बेचारे न कुछ पैदा कर सकें, न कुछ बना सकें। मोहताज हैं गरीबों के, मजदूरों के, किसानों के, अपने नौकरों-चाकरों के।"

"और कभी-कभी तुझे फकीर भी रईस नजर आने लगते होंगे..." कल्लू बोला, "कैसी शान से बादशाहों के हुक्म को भी ठुकराकर चल देते हैं।"

"हाँ, तुम ठीक कहते हो।" कल्याण बोला, "पर फिर यह मेरी समझ में क्यों नहीं आता कि हमारे मिर्जा फकीर हैं या रईस।"

"गड़बड़ कहीं और नहीं, तेरी खोपड़ी में है।" कल्लू बोला, "तूने सुना नहीं—ये मसाइले तसव्वुफ, यह तेरा बयान गालिब। तुझे हम वली समझते, जो न बादाख्वार होता।"

इतने में वफादार आँधी के झोंके के समान कमरे में प्रविष्ट हुई और डाँटकर बोली, "बतियाते ही रहोगे कि किसी की सुनोगे भी। मियाँ कब से पुकार रहे हैं। बेगम अलग परेशान हैं कि तुम लोग सुनते क्यों नहीं हो। बहरे हो गए हो क्या?"

उनका कोई प्रश्न या उत्तर सुनने के लिए वह नहीं रुकी। जैसे आई थी, वैसे ही कमरे से निकल गई।

कल्लू और कल्याण ने एक-दूसरे को देखा और मिर्जा के कमरे की ओर चल पड़े। वहाँ महफिल लगी हुई थी। कोई नए कवि अपनी कविता सुना रहे थे। मिर्जा गालिब सिर झुकाए उसे सुन रहे थे।

कल्लू और कल्याण ने एक-दूसरे की ओर देखा।

"उस चुड़ैल ने यह नहीं बताया कि मेहमान आए हैं। उनके लिए शरबत लाना

है।'' कल्लू बोला और वे दोनों उल्टे पैरों लौट गए।

नए कवि ने अपनी कविता पूरी की और मिर्जा गालिब की ओर देखा।

''अच्छी है।'' मिर्जा ने कहा—

हुआ जब गम से यूँ बेहिस, तो गम क्या सिर के कटने का।
न होता गर जुदा तन से तो जार पर धरा होता।

''क्या मतलब?'' नए कवि ने हैरान होकर पूछा।

''मतलब यह कि 'घर हमारा जो न रोते भी तो वीरान होता। बहर गर बहर न होता, तो बयाबाँ होता॥''

''मैं अपनी गजल के बारे में पूछ रहा था।'' नया कवि कुछ परेशान होकर बोला।

''आपकी गजल के बारे में ही अर्ज किया है।''

नए कवि की समझ में कुछ नहीं आया। बोला, ''आप कुछ उदास हैं मिर्जा साहब।''

मिर्जा गालिब थोड़ी देर उसकी ओर देखते रहे, फिर बोले—

दिल ही तो है, न संगोखिश्त, दर्द से भर न आए क्यों!
रोएँगे हम हजार बार, कोई हमें सताए क्यों।

''वाह! वाह!! क्या बात कही है।'' श्रोताओं की ओर से दाद उमड़ पड़ी? कोई हमें सताए क्यों?''

गालिब ने हाथ के संकेत से दाद स्वीकार कर उसका धन्यवाद करते हुए अगला शेर पढ़ा—

हाँ वो नहीं सुदापरस्त, जाओ, वो बेवफा सही।
जिनको हो दीनोदिल अजीज उनकी गली में जाए क्यों।

लोगों ने दाद में फिर से वाह-वाह का जुलूस निकाला, पर उन सबसे ऊपर एक नारा नए कवि का था, ''वाह! वाह!! कहीं जनाब हमारे मदरसे में उस्ताद हुए होते, तो कोई हमें भी राह दिखाने वाला होता।''

गालिब मुसकराए, ''मदरसा और उस्ताद। बरखुर्दार! मदरसे में मुदर्रिस होते हैं, उस्ताद नहीं।''

''अगर बुरा न माने मिर्जा साहब! तो एक बात कहूँ।'' एक और व्यक्ति ने कहा।

''बरखुर्दार! जब हमने जमाने की बेअदबी का ही बुरा नहीं माना तो तुम्हारी बात का क्या बुरा मानेंगे। कहो, बेखौफ कहो।''

''जनाब! जब हम मदरसे में इल्म हासिल करने जाते हैं और वहाँ हमें आलिम

मिलते ही नहीं, तो हम भी क्या करें?...आपके पाँव धोकर पीने की भी औकात नहीं हमारे मुदर्रिसों की और कहते वे खुद को उस्ताद हैं।...एक अच्छा शेर कहने की सलाहियत नहीं और सारे नए शायरों के कलाम में इस्लाह करने का दम भरते हैं।''

''वह तो उन्हें मौज नहीं मिलता, नहीं तो वे मूलने उस्तादों के कलाम में भी इस्लाह कर दें।'' किसी और ने कहा।

गालिब हँस पड़े, ''मियाँ साहबजादे! तुम तो बहुत नाराज मालूम पड़ते हो अपने मुदर्रिसों से। आखिर ऐसी भी क्या बात है?''

''नाराज होने की तो बात ही है मोहतरमा!'' एक और युवक बोला, ''आप अपने एक शेर में जो बात कह गए, वे बरसों की अपनी तकरीरों में नहीं कह पाए। पान चबाते आएँगे। संटी बरसाएँगे। वाही तबाही बकेंगे और चले जाएँगे। और दावा यह कि मुल्क और घैम की अगली पीढ़ी की तामीर कर रहे हैं। वल्लाह! हमारा एक भी मुदर्रिस आप जैसा उस्ताद होता।''

गालिब ने एक उदास सी दृष्टि उस पर डाली, ''नौजवान! ख्वाहिश तो तुम्हारी बहुत नेक है, पर तुम यह बताओ कि मुल्क और घैम ही ने उन गरीब मुदर्रिसों के बारे में क्या सोचा है कि वे लोग नई पीढ़ी तामीर करें। बेचारे फटे हाल रहते हैं, रोटी की जगह मुहल्ले के बनिए की घुड़कियाँ खाते हैं। कहाँ उस्ताद को देखकर शहंशाह सलाम करते थे और कहाँ सरकारी प्यादे को देखकर मुदर्रिस सलाम बजा लाते हैं। मुझे तो इस मुदर्रिसी में ऐसा कुछ दिखाई नहीं देता कि कोई रौशन दिमाग नौजवान मुदर्रिसी की तरफ लपके। उससे तो वह किसी सौदागर की नौकरी कर ले, जो अपने नौकरों की परवरिश तो करता है। किसी रईस की ड्योढ़ी में नौकर हो जाए, जो उसे अपने दस्तरफान का नवाला तो देता है। अंग्रेज का सिपाही हो जाए, जो तनख्वाह के साथ लूट की इजाजत भी देता है।...तुम अपने मुदर्रिस को भूखे भी मारते हो और जूतियाँ भी, फिर कहते हो कि वह कौम की नई पीढ़ी की तामीर करे...''

''तामीर करने की लयाकत किसी में हो तो कौम उसे सिर-माथे पर उठाए।'' नए कवि ने तड़पकर कहा।

''ठीक कहते हो।'' गालिब बोले, ''पर जब मुदर्रिसी में आधे पेट खाने और फटेहाल रहने के सिवाय कुछ रखा ही न हो, तो कोई उधर मुँह ही क्यों करे। तुमने कभी गौर किया है कि मुदर्रिस कौन बनता है?''

''जिसे किताबों से प्यार होता है। इल्म से मुहब्बत होती है।''

''नहीं।'' गालिब आवेशपूर्ण स्वर में बोले, ''जिसे कोई कुंजड़ा भी अपनी झल्ली ढोने लायक नहीं समझता।...जब सब तरफ से पिटे हुए खस्ताहाल दिमागी

हालत वाले लोग मुदर्रिस बनेंगे, तो मदरसों में इल्मी दिवालियापन ही तो दिखाई देगा···''

''मैं कहता हूँ कि अच्छे उस्ताद मुदर्रिस बन जाएँ तो न मदरसों की यह हालत रहेगी,'' नया कवि बोला, ''न हमारी नई पीढ़ी ऐसी ऊलजलूल हरकतें करेगी। आप तसव्वुर कीजिए, अगर आप हमारे उस्ताद बनकर आएँ···''

''मुझे तो तुम माफ ही रखो बरखुर्दार!'' गालिब कुछ अवसादपूर्ण स्वर में बोले, ''सुबह उठकर बजाय कुछ अच्छा पढ़ने–लिखने के या सोचो फिक्र करने के, कहीं अपने भीतर कोई सरूर खोजने के, मिर्जा गालिब अचकन और टोपी डाल कर बल्लीमारान के मदरसे में जा पहुँचेंगे। लौंडे सीटियाँ बजाते हुए आएँगे और कहेंगे, ''मौली साहब! आदाब! मिर्जा गालिब मौली साहब हो जाएँ। दिमाग में कोई नाजुक खयाल मुजस्मे की शक्ल में ढल रहा हो, कहीं कोई तखैकयुल आसमान पर रखे इंद्रधनुष पर पैर रखकर उड़ जाने की तैयारी में हो और मिर्जा असदुल्ला खाँ गालिब लड़कों की तख्तियों पर उनकी हिज्जे दुरुस्त कर रहे हों। दिमाग में एक से बढ़कर एक शेर आ रहा हो और मियाँ गालिब हाथ में छड़ी लिये हुए लड़की को गर्दानें रटा रहे हों···लाहौलविला कुवत···''

''मिर्जा साहब!···''

पर गालिब ने उसे बात पूरी नहीं करने दी, ''और किसी वक्त न हुई, तबीयत लौंडों से मग्ज मारने की, न पढ़ाना चाहा तो वे सीटियाँ बजाने और आदाब करनेवाले लौंडे, आदाब कहना छोड़ बस सीटियाँ ही बजाएँगे। आँखों में आँखें डालकर रोब गाँठेंगे, 'पढ़ाओगे कैसे नहीं? तलब नहीं पाते क्या?' उनके अब्बा मियाँ तैश के साथ चिल्लाएँगे, 'अमा पढ़ाओगे कैसे नहीं, हम तुम्हें महीने में फी लड़का दो पैसे नहीं देते?'···तब उनको कोई कैसे कहेगा कि गालिब का एक–एक शेर साल भर की तलब पर भारी पड़ता है···अशर्फियाँ से तुलने वाले शेर कमजर्फ और बददिमाग लोगों की गालियों से तुला करेंगे···। मियाँ! गालिब के होशोहवास अभी दुरुस्त हैं।''

गालिब रुक गए। दरवाजे की ओर देखा। वहाँ शिवनारायण खड़े थे। शिवनारायण का चेहरा कुछ उड़ा हुआ था। उधर गालिब की टकटकी लगी देख शेष लोग भी उधर ही देखने लगे। शिवनारायण एक हाथ से आदाब कर चुपचाप एक कोने में बैठ गए।

उन्हें कुछ न बोलते देख गालिब ही स्वयं बोले, ''क्या बात है मियाँ शिवनारायण! ऐसे गुमसुम क्यों हो, जैसे कहीं गमी में आए हो। ऐसे घुन्ने तो तुम हो नहीं। मौलवी गजल खैराबादी होते तो बात और थी।''

शिवनारायण ने एक बार बड़ी यतीम सी दृष्टि से मिर्जा को देखा और फिर

धीमे स्वर में बोले, ''आपकी इस महफिल को बदमजा नहीं करना चाहता मिर्जा साहब! बाद में आपसे बात करूँगा।''

''यार, हमारा बदमजा होता रहे और हम महफिल में जमे रहें, ऐसा भी कभी हुआ है क्या?'' गालिब बोले, ''...पर बात क्या है मियाँ? तुम महफिल की फिक्र मत करो शिवनारायण, नहीं तो हमारी जिंदगी ही बदमजा हो जाएगी।''

किंतु शिवनारायण अपने स्थान से नहीं टले, ''महफिल में कहने की बात नहीं है, एकांत में कहूँगा।''

नया कवि उठ खड़ा हुआ। समझ गया कि अब मिर्जा से और बात नहीं हो सकेगी। बाकी लोग भी उठ गए। शिवनारायण का संकेत स्पष्ट था कि वे कोई गंभीर चर्चा करना चाहते हैं—पर एकांत में।

''मिर्जा साहब! अब हमें इजाजत दें। लगता है कि आपके दोस्त कोई अहम खबर लाए हैं।'' सलाम कर वह बाहर निकल गया। शेष लोग भी सलाम कर चले गए। मिर्जा जैसे बेध्याने से खड़े रह गए। उनकी समझ में ही नहीं आ रहा था कि यह क्या हो गया और क्या होता जा रहा है। सब के चले जाने के पश्चात् वे शिवनारायण की ओर मुड़े।

''क्या बात है शिवनारायण?'' वे बोले, ''ऐसी क्या बात हो गई भाई कि तुमने मिर्जा की महफिल ही उजाड़ दी?''

''हुजूर को कुछ खबर भी है?''

''अरे क्या हो गया? बादशाह सलामत को अंग्रेजों ने लालकिले से निकाल बाहर कर दिया क्या?''

''नहीं! वे तो वही हैं।'' शिवनारायण बोले, ''ऋण न चुकाने के अपराध में अदालत में आपके खिलाफ पाँच सहस्र रुपयों की डिग्री हो गई है।''

''पाँच हजार रुपए!'' मिर्जा हैरान रह गए, ''यह कहाँ का इनसाफ है...जागीर छीन ली...वजीफा नहीं देते...सारी जायदाद के हिस्से बड़ारे कर दिए...दरबार के शायर के लिए खर्च नहीं...और अब यह डिग्री...आखिर क्या चाहते हैं ये लोग...रुतबा नहीं, ओहदा नहीं,...खर्च नहीं...क्या करे शायर? इस मुल्क में कोई शायर जिंदा कैसे रहेगा?''

''कौन चाहता है कि शायर जीवित रहे?'' शिवनारायण बोले, ''किस को आवश्यकता है इस देश में कवि की?''

''इस मुल्क को शायर नहीं चाहिए?''

''नहीं! वे पूछते हैं कि कवि करता ही क्या है?''

''तो इस मुल्क में लोगों की जबान में हुस्नोलताफत कौन पैदा करेगा?''

''किसको आवश्यकता है इन सबकी? इस देश में आज कुंजड़नों की गालियाँ लोगों को कवियों के दीवान से अधिक प्यारी लगती हैं।''

''इन्हें खूबसूरत तसव्वुर और नाजुक खयाल कौन देगा?''

''दिल्ली में खूबसूरत तसव्वुर और नाजुक खयालों का नहीं, झूठ, फरेब, लांछनों और षड्यंत्रों का महत्त्व है मिर्जा साहब! किसको चाहिए कवि की इंद्रधनुषी कल्पना।''

''इन्हें फिक्रोसुगन की बुलंदियाँ कौन समझाएगा?''

''बुलंदियों की चिंता किसको है। अमीरो-उमरा, दरबारी, मनसबदार, अहलकार—सब तो झूठे और मक्कार हैं। नरक के कीड़े। चिंता है तो यह कि किस प्रकार सारे देश को अपने पैरों तले रौंदकर, स्वयं धन, दौलत और विलास के आकाश को छू लें।'' शिवनारायण कुछ आवेश में बोले।

''इनमें अहसास कौन पैदा करेगा? इनके जज्बात में वलवले कौन जगाएगा?''

''वे तो चाहते ही हैं कि सारा देश संवेदनाशून्य हो जाए...जड़ पत्थर...उसे पीसकर रख दिया जाए, तो भी उसे काँटा चुभने की सी भी अनुभूति न हो। वे चाहते हैं कि कवि को इतने बेभाव की पड़े कि कवि के भाव मर जाएँ। वलवलों की किसी को आवश्यकता नहीं है यहाँ। कीचड़ में बिलबिलाने वाले कीड़े को वलवलों की आवश्यकता नहीं होती।''

''और इन्हें हैवानियत से निकालकर रूहानियत के रूबरू खड़ा कौन करेगा?'' गालिब अपनी उसी मुद्रा में कहे जा रहे थे।

''हमारे देश के नेताओं को आध्यात्मिक लोगों की नहीं, गधे, घोड़ों और खच्चरों की लीद उठाने वालों की आवश्यकता है। देश क्या है, अस्तबल हुआ पड़ा है।'' शिवनारायण को मिर्जा ने आज तक इतने आक्रोश में नहीं देखा था, ''दुर्गंध से नाक फटी जा रही है। हिंदुस्तानी अमीरो-उमरा हैं, जो धन और विलास के पीछे देश को अंग्रेजों के हाथों बेचने पर तुले हुए हैं। बादशाह सलामत अपने लालकिले को ही गनीमत समझते हैं। उनको अपनी गद्दी बचती दिखाई नहीं देती...और अंग्रेज! अंग्रेज चाहता है कि यह देश बाग-बगीचों के स्थान पर श्मशान हो जाए और वह चांडाल बनकर उस पर शासन करे।''

''जब देश तबाह हो रहा है, तभी तो उसे शायरों, फनकारों और सोच-विचार करनेवाले मुजक्किरों की जरूरत है।'' मिर्जा बोले।

''होती होगी, पर इस समय तो आप अपने आपको तबाह होने से बचाइए।'' शिवनारायण ने कहा, ''पाँच सहस्र रुपयों की डिग्री है। या तो कहीं से पाँच सहस्र

रुपयों का प्रबंध कर अपना ऋण चुकाइए या फिर घर से बाहर निकलते ही गिरफ्तार हो जाइए।''

''क्या कहते हो, शिवनारायण।'' मिर्जा पहली बार कुछ विचलित होते दिखाई दिए।

''हाँ जनाब!'' शिवनारायण बोले, ''वह तो अदालत ने आपको शर्फ में शुमार किया है, इसलिए आपको आपके घर के भीतर से गिरफ्तार करने की मनाही है; नहीं तो वे कमबख्त आपको घर में ही धर लेते और घसीटते हुए कोतवाली तक ले जाते।''

''पर घर से बाहर न निकलूँ तो मेरी जरूरतें...''

''जनाब मिर्जा साहब! आपके ये दोस्त अहबाब, यह मित्र मंडली किस दिन काम आएगी?'' शिवनारायण ने कहा, ''आप निश्चित रहें, आपको हम किसी किस्म की तकलीफ नहीं होने देंगे। पर कृपा कर घर से बाहर मत निकलिएगा।''

''पर पैसों का भी तो इंतजाम करना होगा, मियाँ!'' गालिब बोले, ''कब तक चूहे की तरह बिल में दुबका रहूँगा?''

''मौलवी फजलहक कह रहे थे कि वे आपकी नौकरी का कोई रास्ता निकाल रहे हैं।'' शिवनारायण उठ खड़े हुए।

''नौकरी।'' मिर्जा की आँखें फटी की फटी रह गईं।

''हाँ! वे कह रहे थे कि अंग्रेजों की एक पाठशाला की इंतजामिया कमेटी में उनकी कोई जान-पहचान है। कोई नवाब कल्लन और उनकी रखैल दोनों ही उसके सदस्य हैं। वे आपको उनसे मिलवा देंगे।''

गालिब ने कुछ कहा नहीं, बस देखते ही रह गए।

: दो :

हवेली के एक बड़े से कमरे में महफिल सजी हुई थी। अनेक लोग बैठे थे। उन सबके बीच बड़ी ठसक के साथ शबरातन बैठी थी। दासियाँ पान की गिलौरियाँ पेश कर रही थीं। हुक्के का धुआँ उड़ रहा था। कहकहों की आवाजें आ रही थीं।

मौलवी फजलहक खैराबादी अपने साथ मिर्जा गालिब को लेकर आए थे। मौलवी साहब ने अंदर झाँककर देखा और दासी को संकेत से बुलाया। दासी आकर उनकी बात सुन गई और लौटकर शबरातन के कान में धीरे से कुछ बोली। शबरातन के चेहरे पर अप्रसन्नता सी झलकी और बोली, ''अब आ ही गए हैं तो ले आओ।'' फिर स्वयं ही ऊँचे स्वर में पुकारकर बोली, ''अब आ भी जाइए मौलवी साहब! कब तक इस तरह शरमाते रहिएगा।''

पहले मौलवी गजल और फिर मिर्जा गालिब ने प्रवेश किया। मिर्जा हक्के-बक्के से खड़े रह गए और मौलवी साहब ने झुककर बी शबरातन को ऐसे सलाम किया, जैसे वे बहादुरशाह जफर के दरबार में खड़े हों।

सब लोग मिर्जा को ऐसे देख रहे थे, जैसे कोई अजीब सा जानवर घर में घुस आया हो।

सहसा शबरातन इधर-उधर देख, कुछ हाव-भाव से मुँह बनाकर बोली, ''तशरीफ रखिए। कब तक ऊदबिलाव की तरह गरदन उठाकर देखते रहिएगा।''

मिर्जा गालिब अटपटी सी चाल चलकर मौलवी साहब के पास जा बैठे, जैसे कोई बच्चा अपरिचितों की भीड़ में अपनी माँ का आँचल थामकर बैठता है।

फजलहक अपनी निकटता जताने के लिए जैसे शबरातन को सुनाकर बोले, ''आप इन्हें पहचानते हैं न, मिर्जा साहब!''

मिर्जा गालिब को वे अच्छी तरह सिखा-पढ़ाकर लाए थे, पर मिर्जा जैसे अपनी मन:स्थिति से बाहर नहीं आ पा रहे थे। वे पहचानने का बहुत सारा प्रयत्न कर भी नहीं पहचानते और नकार में सिर हिला देते हैं।

मौलवी साहब को इसी का भय था। इतना समझाकर लाए थे, पर मिर्जा गालिब तो मिर्जा गालिब ही थे। अपनी प्रकृति को कैसे बदल लेते। मिर्जा का सिर हिलाना जैसे बहुत सारे मुसाहिबों को सुनहरा अवसर दे गया। वे समूह गान के स्वर में बोले, ''अरे साहब! आप इन्हें नहीं जानते, तो दिल्ली शहर में किसे जानते हैं आप। ये दिल्ली की जानी-पहचानी हस्ती हैं···बी शबरातन!''

मिर्जा कुछ झेंपे और बोले, ''माफ कीजिएगा। मेरे जेहन में न यह शक्ल उभर रही है, न यह नाम ही याद आ रहा है। बड़ी बी शायरा हैं क्या?''

बड़ी बी सुनकर ही शबरातन के मुँह का स्वाद कसैला हो गया।

मौलवी साहब ने स्थिति सँभालने के लिए कहकहा लगाया, ''ये शायरा नहीं, शाहेराह हैं। किसी ऊँची मंजिल तक पहुँचना हो तो ये ही वहाँ तक पहुँचाती हैं।''

''होंगी शाहेराह, मगर नाम तो नानबाइयों का सा है।'' गालिब बोले।

''नहीं! हमारी बी शबरातन न शायरा हैं, न नानबाई।'' एक मुसाहिब ने उनकी प्रशंसा में कहा और परिचय देना आरंभ किया, जिसे शबरातन बड़े गौरव से मुसकराकर सुन रही थी, जैसे राजा लोग चारणों से अपने वंश की विरुदावली सुनकर मुसकराते होंगे, ''हमारी बी शबरातन जाति से कुंजकन हैं। इनके पुरखे दरियागंज की मंडी में अपनी टोकरी लेकर बैठा करते थे। इनकी माँ एक अमीर की नजर में चढ़ गईं और अनजाम यह हुआ कि बिना निकाह के ही यह चाँद का टुकड़ा पैदा हो गया।'' वह मुसकराया, ''आजकल ओहदे से आप नवाब कल्लन मियाँ की

रखैल का दबदबा रखती हैं।''

''माशाअल्लाह! इल्म की बड़ी ऊँची सनद पाई है इन्होंने।'' गालिब कुछ-कुछ अपने रंग में आ रहे थे, ''दिल्ली दरवाजे से अजमेरी दरवाजे तक की सारी सनदें पार कर गईं।''

''और नहीं तो क्या।'' शबरातन मिर्जा का अभिप्राय समझे बिना अपने फूहड़ ढंग से बोली, ''कुंजड़नें तो आज भी बहुत हैं बाजार में। साग भी तौलती हैं और ग्राहक की जेब भी टटोलती हैं। दरियागंज की मंडी अँटी पड़ी है उनसे। क्यों न बन गईं वे नवाब कल्लन मियाँ या नवाब रल्लन मियाँ की रखैलें।''

''आपके ओहदे की ऊँचाई नहीं समझ आई उनको। साग तौलती रह गईं, अपना जिस्म नहीं तौल पाईं।'' मिर्जा ने बड़ी शालीनता से कहा।

''और नहीं तो क्या। समझ की ही तो बात है सारी।'' शबरातन इतराकर बोली, ''नहीं तो जनाब ही को किसी शाहजादी या अमीरजादी ने क्यों नहीं रख लिया। उनमें से भी तो बहुत सारी बड़ी शौकीन मिजाज होती हैंगी सालियाँ।''

''आप ठीक फरमाती हैं।'' मिर्जा गालिब बोले, ''यह लयाकत तो मुझ में सिर से है ही नहीं।''

''तभी तो चूतड़ रगड़ रहे हो।'' शबरातन बोली, ''नहीं तो बैठे ऐश कर रहे होते।''

मिर्जा ने बुरा सा मुँह बनाकर मौलवी साहब की ओर देखा, जैसे कह रहे हों, यह कहाँ ले आए तुम। फजलहक उन्हें शांत रहने का संकेत कर दूसरी ओर देखने लगे।

मिर्जा जैसे उकताकर बोले, ''तो अब हम यहाँ किस इंतजार में बैठे हैं?''

''नवाब साहब आ जाएँ तो हम काररवाई शुरू करें।'' एक मुसाहिब ने कहा, ''चाहे आपकी ही गजल से शुरू हो जाए।''

''मैं गजल नहीं गजल कहता हूँ।'' मिर्जा बोले।

''तो आप ईरान चले जाइए, यहाँ तो वह गजल ही होगी।''

''अरे छोड़ो, क्यों उलझते हो इनसे। ये गजल कहते हैं तो गजल ही सही।'' शबरातन बोली, ''हम कौन रुबाई के लिए हठ कर रहे हैं।''

''तो जनाब! ये नवाब रल्लन कौन साहब हैं?'' मिर्जा ने पूछा।

''आप तो सब गड़बड़ किए दे रहे हैं।'' मौलवी साहब ने धीरे से कहा।

शबरातन फूहड़ ढंग से कहकहा लगाकर हँसी, ''नवाब कल्लन, नवाब रल्लन नहीं।''

मिर्जा जैसे परेशान होकर बोले, ''मेरे लिए एक ही बात है।''

''मियाँ! तुम्हारे लिए होगी एक बात।'' शबरातन इतराई, ''हम तो नवाब कल्लन की दासता हैं, नवाब रल्लन की नहीं हो सकती हैंगी। आखिर हमारा भी तो साला कोई उसूल हैगा।''

''तो नवाब कल्लन कौन हैं?

''मदरसा उन्हीं के मकान में चलता है।

''तो वे मालिक मकान हैं?'' गालिब ने पूछा।

''मालिक मकान नहीं, मालिक ही कहो।'' शबरातन ने कहा, ''नवाब साहब की पहले कसाई की दुकान थी। अब नौकर-चाकर वह दुकान चलाते हैं।''

''माशाअल्लाह।'' गालिब समझ नहीं पा रहे थे कि वे हँसें या रोएँ, ''तो नवाब साहब कसाई हैं और उन्हें शायरी का शौक भी है।''

''जब नवाब साहब को शराब और कुंजगनों का शौक है, तो शायरी का शौक अपने आप ही होगा।'' शबरातन की बाँछें खिल गईं।

''खैर होगा। पर मेरी काबलियत का इम्तहान कौन लेगा?''

''वे ही लेंगे।'' शबरातन बोली, ''कुछ हम पूछ लेंगे।''

''कसाई···मेरा मतलब है, नवाब साहब?''

''हाँ साहब! वे मालिक हैं। यह फैसला बिल्कुल वे ही करेंगे कि उन्हें नायक उस्ताद चाहिए या नालायक।''

गालिब हैरान रह गए, ''नालायक उस्ताद।''

''हाँ! यह फैसला तो खरीदार ही करेगा न कि उसे डाक पहुँचाने वाला तेज रफ्तार घोड़ा चाहिए या बोझ उठाने वाला गधा।'' शबरातन कुछ बिगड़ गईं, ''पर आप ये सारे सवाल करनेवाले कौन होते हैं। आपको नौकरी चाहिए या नहीं?''

''बी हसीना! आप नाराज न हों।'' मौलवी फजलहक बीच में बोले, ''ये मिर्जा गालिब हैं। शायर हैं। दुनिया की खबर कुछ कम ही रहती है इन्हें। बेचारे नहीं जानते कि नवाब साहब कैसी अहम शख्सियत हैं।···''

''ऐ ये लो। ये नवाब कल्लन को ही नहीं जानते, जिनका सारे मुहल्ले में दबदबा है।'' एक मुसाहिब उछलकर बोले, ''कहीं बहुत दूर से तशरीफ लाए लगते हैं। कहीं आप शाहदरा से तो नहीं आए?''

''मुझे तो महरौली से आए लगते हैं।'' दूसरा मुसाहिब बोला, ''वहीं के लोग दिल्ली की मशहूरोमारूढ़ हस्तियों को नहीं जानते।''

''नहीं! रहनेवाले तो ये भी खास दिल्ली के ही हैं।'' मौलवी साहब ने बीच-बचाव किया, ''पर मैंने अर्ज किया न कि शायर हैं। अपने खयालों की दुनिया में रहते हैं।''

''तो अपना मकान भी खयालों की दुनिया में ही बनाया होता। मुई दिल्ली में क्यों आ बसे।'' बी शबरातन ने कहा, ''रहेंगे दिल्ली में और नवाब कल्लन मियाँ को नहीं जानेंगे। आखिर इनका गुजारा यहाँ कैसे होगा?''

''इसीलिए तो आपके कदमों के दीदार के लिए आए हैं।'' मौलवी साहब बोले।

''जान जाएँगे। जान जाएँगे।'' एक और मुसाहिब बोला, ''जब ये अपने खयालों की दुनिया से नीचे उतरकर, दिल्ली की सरगमीन पर अपने नाजुक कदम रखेंगे, तो सख्त गमीन इनकी एड़ियों और पंजों में चुभेगी तो इनकी आँखें अपने आप खुल जाएँगी। वैसे नवाब साहब के आते ही लोगों के होश उड़ जाते हैं, आँखें कैसे बंद रह जाएँगी।''

''नवाब साहब की बात ही क्या,'' एक और मुसाहिब बोला, ''यह ख्सूसियत तो दिल्ली की सरगमीन में ही बहुत है कि यहाँ रहकर जिसने आँखें बंद कीं, उसका सिर कलम हो गया¨।''

मिर्जा गालिब से जैसे रहा नहीं गया। बोले, ''सिर कलम होगा या कलम सिर हो जाएगी—उसे छोड़िए; आप यह बताने की तकलीफ तो गवारा करें कि नवाब साहब हैं कौन सी शख्सियत?''

सहसा शबरातन क्रोध में आ गई, ''बस, बहुत हुआ। अब आपको नवाब साहब की शख्सियत का पता तो तभी चलेगा, जब वे आपका सिर कलम कर, आपकी खाल उतारकर, आपको भी अपनी दुकान पर बकरों के गोश्त के साथ टाँग देंगे।''

: तीन :

मिर्जा गालिब को पसीना आ गया। वे हड़बड़ाकर उठ बैठे। वे अपने शयनकक्ष में अपने बिस्तर पर थे। पास ही बेगम लेटी हुई थीं।

'ओह! कैसा खौफनाक ख्वाब था।' उन्होंने अपने आपसे कहा।

बेगम को अभी शायद नींद ही नहीं आई थी। बोलीं, ''अय-हय! ऐसा भी क्या देख लिया?''

''मौलवी गजलहक मुझे एक जगह नौकरी दिलवाने ले गए थे।'' मिर्जा बोले।

''नौकरी दिलवाने ले गए थे, किसी कत्लगाह में तो नहीं ले गए थे।'' बेगम ने हँसकर कहा।

''कत्लगाह ही समझो। वे मुझे एक मदरसे में मुदर्रिस बनवा रहे थे।''

''मुदर्रिस ही तो बनवा रहे थे'', बेगम बोलीं, ''कोई आपकी कमर में चपरास तो नहीं बँधवा रहे थे।''

''नहीं! मैं नौकरी नहीं करूँगा।''

''नौकर तो अब भी आप हैं ही—मुगलों के हुए या अंग्रेजों के हुए।''

''अरे! दरबार की नौकरी भी कोई नौकरी है!'' मिर्जा बोले, ''जब इजलास हुआ, सजधज कर अपनी मुकर्रर जगह पर जा बैठे। किसी को आदाब अर्ज कर दिया, किसी को दुआ दे दी। बहुत हुआ तो दो-चार शेअर बादशाह सलामत के हुजर में पढ़ दिए। और फिर···''

''और क्या?''

''वहाँ तो मैं बादशाह के उस्ताद के तौर पर बैठता हूँ।''

''यह गलतफहमी छोड़ दीजिए। आप एक ही वक्त पर नौकर और उस्ताद दोनों तो नहीं हो सकते।'' बेगम ने कहा।

''क्यों महाभारत के द्रोणाचार्य दोनों नहीं थे क्या?''

''आपको लगता है कि द्रोणाचार्य उस्ताद रह गए थे?···यह तो वैसा ही है, जैसे अब भी आप बहादुरशाह जफर को बादशाह हिंद मानते रहें।'' बेगम हँसीं, ''अच्छा! सच-सच बताइए, क्या आप अब भी बादशाह को ताजदारे हिंदुस्तान मानते हैं?''

''आप कहाँ सयासत ले बैठीं,'' मिर्जा ने कहा, ''मुझे तो यह गम खाए जा रहा है कि असद शायर से मुदर्रिस हो जाएगा?''

''तो क्या बुरा है?'' बेगम बोलीं, ''मुदर्रिस भी तो उस्ताद ही होता है। लड़कों को शेक सादी का कलाम पढ़ाइएगा, फिरदौसी का कलाम पढ़ाइएगा। उन्हें पढ़ाते हुए खुद भी पढ़िएगा, समझिएगा।''

''तुम्हारी बातों पर हँसूँ तो बुरा मत मानना।''

''क्यों, इसमें हँसने की क्या बात है?'' बेगग इतराईं।

''हँसने की बात नहीं है क्या? शायर खुद ऊँचा उठने के लिए पढ़ता है और मुदर्रिस शायर के कलाम की चीर-फाड़ कर उसे तबाहो बरबाद करने के लिए पढ़ता है।''

बेगम हँसीं, ''क्यों ऐसा क्या किया बेचारे मुदर्रिस ने?''

''मुदर्रिस तो शायरी का कसाई है। खूबसूरत नज्म को पहले हलाल करेगा और फिर उसकी बोटी-बोटी कर उसे अपने ग्राहकों को दिखाकर उन्हें खुश करेगा—यह लफ्ज अच्छा है। यह तसव्वुर खूबसूरत है, यह बात गहरी है। नज्म गई भाड़ में।'' मिर्जा के मन में नवाब कल्लन की दुकान घूम गई।

"कसाई का काम तो आप कर रहे हैं।" बेगम हँस पड़ी, "बेचारे अच्छे खासे मुदर्रिस को जिबह किए दे रहे हो। मुदर्रिस तो उस्ताद है। शायर उस्ताद नहीं होता क्या?"

"शायर तो वह उस्ताद होता है, जिसने नज्मों की मूरतों को अपने बच्चों की तरह पाला है। वह उसकी रग-रग से वाकिफ होता है। बच्चा अंगुली भी हिलाए तो उसके अंदाज को देखकर भी माँ समझ जाती है कि उसकी तबीयत ठीक नहीं है।"

"और मुदर्रिस!" बेगम ने दृष्टि को वक्र कर उनकी ओर देखा।

"मुदर्रिस तो मूरतों का वह व्यापारी है, जो खुद मूरत की असलियत को समझे बगैर ग्राहक को समझा देता है कि मूरत की खासियत क्या है।" मिर्जा बोले।

"आप उसके साथ ज्यादती कर रहे हैं।"

"ज्यादती नहीं कर रहा, सच बोल रहा हूँ। जिन लड़कों को वह मदरसे में पढ़ाता है, वे न शायर को समझते हैं, न समझना चाहते हैं। खुद मुदर्रिस के लिए शायर को समझना जरूरी नहीं है, ज्यादा जरूरी तो लड़कों को बहका ले जाना है।"

"इसका क्या सुबूत है आपके पास?"

"मेरे पास सुबूत हैं, पर वे शायर के सुबूत हैं।"

"शायर के सुबूत क्या बागी लोगों के सुबूतों से अलग होते हैं?" बेगम कुछ हैरान हुईं।

"हाँ, अलग ही तो होते हैं। बागी लोगों के सुबूत चलते हैं दलील पर। दलील चलती है अल्फाज की गाड़ी पर। अल्फाज ठोस होते हैं, उनका जिस्म होता है।" मिर्जा बोले, "शायर का सुबूत उसका अपना अहसास है, वह दलील पर नहीं चलता। वह तो कुदरत के बारीक और नफीस इशारों को तखैयुल के रूप में अपने भीतर जज्ब करता है, जैसे कोई धूप में बैठकर धूप को अपने जिस्म में जज्ब करे।"

"यह सारी लफ्फजी है आपकी।"

"धूप में रहकर एक पौधा जल जाता है। उसी धूप में दूसरा पौधा लहलहाकर सूरज के रंग अपने पत्तों और फूलों में खिलाता है।...सूरज गँदले पानी को सुखाकर कीचड़ बनाता है। झरने और बादलों के शफ्फाफ पानी में वह अपनी रूह ढालकर इंद्रधनुष बनाता है। शायर का दिल वह साफ शफ्फाफ पानी है। वह तो कुदरत का आईना है। कभी-कभी मुझे लगता है कि मैं आँखें बंद कर, चुपचाप बैठ जाऊँ, तो कुदरत की तरह-तरह की ताकतें आ-आकर मेरे जिस्म में जज्ब होती जा रही हैं। मेरे दिल का तलातुम ठहर जाता है, जैसे अंधड़ के बाद गर्द बैठ जाए और चश्मे का पानी आईने की तरह साफ हो जाए। तब उस आईने में कुदरत अपना तिलिस्म खोलने लगती है। अल्फाज नहीं होते, मैं कुछ सुनता नहीं, पर समझता हूँ;

तसवीर नहीं होती, मैं कुछ देखता नहीं हूँ, पर मैं महसूस करता हूँ।''

''आप कहना क्या चाहते हैं—आप पैगंबर हैं, आपको अल्हाम होता है? आप मामूली इनसानों से अलग हैं, उनसे बेहतर हैं?''

''ये मिसायले तसव्वुफ, यह तेरा बयान गालिब! तुझे हम वली समझते, जो न बादाघर होता।''

''शायरों ने अपनी तारीफ करने के लिए बहुत कुछ उड़ा रखा है।'' बेगम हँसीं, ''कौन मानेगा आपकी इस बात को?''

''कोई माने या न माने, तुम्हारा मुदर्रिस नहीं मानेगा, क्योंकि उसे अल्फाज ही दिखाई देते हैं, उनके भीतर का कुछ नहीं दिखता। कुएँ की जगत् दिखती है, कुएँ का पानी नहीं दिखता। उसके पास न तो अल्फाज के पार जाने वाली नजर है और न ही धूप जज्ब करनेवाला दिल।''

''मुदर्रिस को इतना गया-बीता मत समझिए जनाब! आखिर वह भी लफ्जों से ही खेलता है। उन्हीं के बीच जीता-मरता है।''

''हाँ! कुछ तो है। मगर होशियार से होशियार मुदर्रिस भी शायरी की दुनिया की धाय ही तो है।...''

''धाय क्यों?''

''बच्चे पैदा होते भी देखे हैं धाय ने, जच्चा को तड़पते भी देखा है, पर कभी रत्ती भर दर्द का अहसास नहीं हुआ उसे। तुम्हारा मुदर्रिस भी धाय है। धाय कम-से-कम बच्चा पैदा होने में जच्चा की कुछ मदद तो करती है। मुदर्रिस तो उस वक्त जच्चा के पास पहुँचता है, जब वह उसे पैदा कर नहला-धुला, कपड़े पहना, पालने में सुला, खुद आराम करने के लिए लेट चुकी होती है।''

''नहीं! जनाब मिर्जा साहब! मुदर्रिस को इतना बुरा न समझिए। कमी दरअसल मुदर्रिस में नहीं है। हाँ! कुछ ऐसे लोग मुदर्रिस बन जाते हैं, जिन्हें कुदरत ने दुनिया में तबीयत से कुंजड़े बनाकर भेजा होता है। ऐसे कुछ हादसे तो कहीं भी हो सकते हैं।

''अच्छा। सो जाएँ। कहीं बहस में ही कोई हादसा न हो जाए।''

: चार :

शिवनारायण और मौलवी फजलहक खैराबादी एक साथ ही मिर्जा से मिलने आए। मिर्जा अपने इन दो मित्रों को एक साथ देखकर कुछ डर से गए।

''क्या बात है मिर्जा साहब!'' मौलवी साहब बोले, ''अपने दोस्तों को देखकर आपका रंग क्यों उड़ गया है?''

"मियाँ! अब क्या कहें आपसे कि यह सोचकर कि आप लोग मुझे उस मदरसे में जाने को कहेंगे, मुझ पर क्या गुजर रही है।"

"खैर, वह तो हम आपसे कहने आए ही हैं।" मौलवी फजलहक ने कहा, "पर एक बात और कहनी है।"

"क्या?"

"खुलेआम मत जाइएगा कि सारे बाजार को पता लगे कि मिर्जा गालिब की सवारी जा रही है।"

"आखिर क्यों भाई?" मिर्जा बोले, "हम परदानशीन कब से हो गए?"

"जब से आपकी गिरफ्तारी का हुक्म नाफिल हुआ है।" शिवनारायण बोले, "यह न हो कि आप अपने गंतव्य पर पहुँचने के स्थान पर कोतवाली पहुँच जाएँ।"

"ओह! यह तो हम भूल ही गए।" मिर्जा बोले, "अब आपसे हम सच कहें मौलवी साहब! कि जब से हमको मालूम हुआ है कि वह कुंजड़न शबरातन और वह कसाई नवाब कल्लन हमारी काबलियत का इम्तहान लेंगे, तब से हमारे होश ही ठिकाने नहीं हैं।"

"आप वह सब भूल जाइए। वे सब अफवाहें हैं।" शिवनारायण बोले, "हम आपको किसी मदरसे में जाने को नहीं कह रहे। आप दिल्ली कॉलेज जा रहे हैं, जहाँ एक अंग्रेज टामसन आचार्य यानी प्रिंसिपल है। उसने कह दिया है कि यदि मिर्जा हमारे यहाँ फारसी पढ़ाएँगे तो उनकी काबलियत का इम्तहान लेने का अधिकार किसी को नहीं है। उनका कलाम ही उनकी काबलियत है। आपकी नौकरी पक्की हो चुकी। टामसन साहब वहाँ बैठे आपके आने की प्रतीक्षा कर रहे होंगे।"

मिर्जा मुसकराते हैं, "यानी इस मुदर्रिस की इज्जत शबरातन के हाथ में नहीं है।"

"आप फिक्र न करें।" मौलवी साहब बोले, "शबरातन के हाथ तौलेंगे तो सब्जी ही तौलेंगे, आपकी काबलियत नहीं।"

: पाँच :

टामसन साहब अपने कार्यालय में बैठे ऊपर से अपना काम करते दिखाई पड़ रहे थे, पर उनका सारा ध्यान मिर्जा गालिब की ओर लगा हुआ था। बड़ी मुश्किल से फारसी पढ़ाने के लिए इतना अच्छा अध्यापक मिला था। गालिब को मनाना कोई आसान नहीं था। जो बादशाह की महफिल में बैठता हो। सारे साहित्य में पुराने उस्तादों की बराबरी का उस्ताद माना जाता हो, उसे एक कॉलेज के अनुशासन में बाँधना आसान नहीं था। और अब तो उनके बंदी होने का भी संकट था। कोतवाल

तुला हुआ था कि वह उनको कारागार की शक्ल दिखाकर ही रहेगा। टामसन साहब ने अपनी ओर से कोई कसर नहीं छोड़ी थी। उन्होंने ऊपर तक कहलवा दिया था कि यदि मिर्जा अपने घर से दिल्ली कॉलेज आने के लिए निकलें, तो उनको बंदी न किया जाए। उनका ऋण चुकाने का कोई-न-कोई मार्ग निकाल लिया जाएगा। पर गालिब अभी तक आए नहीं थे।

जब टामसन साहब से रहा नहीं गया तो उन्होंने घंटी बजाकर चपरासी को बुलाया। चपरासी ने आकर सलाम किया।

"मिर्जा गालिब की हवेली में जाओ और उनसे कहो कि हम उनका इंतजार कर रहे हैं।" टामसन बोले, "उनसे पूछो, वे कब तक आएँगे?"

चपरासी चुपचाप अपने स्थान पर खड़ा रहा।

"क्या बात है, जाते क्यों नहीं?"

"हुजूर मिर्जा गालिब की पालकी तो तब से आई खड़ी है। न वे पालकी से उतर रहे हैं और न पालकी फाटक के भीतर आ रही है।"

टामसन गंभीर हो गए। उनकी समझ में कुछ नहीं आया।

"मिर्जा पालकी में आए हैं, तामझाम में नहीं?"

"नहीं हुजूर तामझाम में आते तो कोतवाल उन्हें रास्ते में ही गिरफ्तार कर लेते।"

"तो वे कॉलेज के भीतर क्यों नहीं आ रहे?"

"कह नहीं सकता सरकार!"

"किसी को भेजो। उनको लेकर भीतर आए।" टामसन रुक गए, "नहीं! ठहरो। मैं ख़ुद जाकर देखता हूँ कि मामला क्या है।"

टामसन आगे-आगे चला, चपरासी पीछे-पीछे। दूर से ही चपरासी ने गालिब की पालकी की ओर इशारा कर दिया। टामसन आकर पालकी के पास रुक गए।

कहारों ने देखा कि एक अंग्रेज आकर पालकी के पास रुका है। उन्होंने पालकी का परदा उठा दिया।

"आदाब! मिर्जा साहब।" टामसन ने कहा।

"आदाब! आदाब!" मिर्जा पालकी से निकल आए, "शायद आप ही यहाँ के प्रिंसिपल टामसन साहब हैं।"

"जी! बंदा ही टामसन है।" प्रिंसिपल ने कहा, "आप आकर यहाँ रुक गए हैं। कॉलेज में क्यों नहीं आ रहे?"

"आया तो मैं इसी से था, पर यहाँ फाटक पर मेरे इस्तकबाल के लिए कोई नहीं था।" मिर्जा बोले, "ऐसे में मैं कॉलेज में कैसे आता?"

''इस्तकबाल!'' टामसन कुछ हकलाए, ''पर कॉलेज के फाटक पर तो इस्तकबाल के लिए कभी कोई नहीं होता।''

''मैं पिछली बार एक महफिल के लिए आया था तो यहाँ बाकायदा मेरा इस्तकबाल हुआ था।'' गालिब ने कहा।

''पिछली बार आप हमारे मेहमान बनकर आए थे। इसलिए आपके इस्तकबाल के लिए हम सब यहाँ थे। पर कॉलेज में नौकरी करनेवालों का तो इस्तकबाल नहीं होता। वे अपने काम से आते हैं। काम करते हैं और वापस चले जाते हैं।''

''तो इसका मतलब यह हुआ कि कॉलेज में नौकरी करने से इज्जत कम हो जाती है।'' मिर्जा बोले, ''उस्तादों की वह इज्जत नहीं होती, जो मेहमानों की होती है।''

''यह तो जाहिर ही है।'' टामसन ने कहा।

मिर्जा लौट कर अपनी पालकी में बैठ गए।

''चलो भाई!'' उन्होंने कहारों से कहा।

''क्यों क्या हुआ मिर्जा साहब?'' टामसन ने हैरान होकर पूछा।

''मैंने तो आपके यहाँ नौकरी के लिए हामी इसलिए भरी थी कि आपके नामी कॉलेज में पढ़ाने से मेरी इज्जत और बढ़ जाएगी।''

''देखिए, मुलाजिम और मेहमान की इज्जत एक जैसी तो नहीं हो सकती।'' टामसन बोले, ''अब तक आपका कलाम हमारे कॉलेज में पढ़ाया जाता है, पर जब आप कॉलेज के मुलाजिम होंगे, तो आपका कलाम यहाँ पढ़ाया तो नहीं जा सकता।''

''आपके यहाँ पढ़ाने से यह गालिब इतना छोटा आदमी हो जाएगा?''

''नौकरी करने पर आदमी अपने कलाम से नहीं, अपने ओहदे से जाना जाता है।''

''जले पर और नमक मत छिड़किए टामसन साहब!'' मिर्जा बोले, ''ऐसी जगह कोई काम क्यों करे, जहाँ उसकी इज्जत का जनाजा धूमधाम से निकाला जाता है।'' वे कहारों की ओर मुड़े, ''परदा गिरा दो मियाँ और हवेली चले चलो।''

कहारों ने परदा गिरा दिया था और पालकी उठा ली थी। टामसन खड़े के खड़े रह गए। शायद मिर्जा धीरे-धीरे गुनगुना रहे थे—

हुए मर के हम जो रुस्वा, न हुए क्यों गर्के दरिया।
न कहीं जनाजा उठता, न कहीं मजार होता।

□

वह कहाँ है?

बुश ने अपनी जेब में से निकालकर मुशर्रफ की फैली हुई हथेली पर डॉलरों का ढेर लगा दिया।

''बताओ! ओसामा कहाँ है? मेरा तात्पर्य है ओसामा बिन लादेन, जो अलकायदा संगठन का मुखिया है?''

''शायद वह अफगानिस्तान में ही कहीं छिप गया है।''

''इतना तो मैं भी जानता हूँ।'' बुश रुष्ट हुआ, ''तुमको इस सूचना के लिए इतने डॉलर नहीं दिए हैं।''

''बता रहा हूँ।'' मुशर्रफ तनिक भी नहीं डरा, ''तुम पूरी बात तो सुनते नहीं हो, बस बीच में ही बरस पड़ते हो।''

''बताओ।'' बुश कुछ शांत होकर बोला।

''वह कंधार के पास होगा। कंधार में तालिबान का गढ़ है। वहाँ वह स्वयं को सुरक्षित समझता है। गढ़ समझते हो न?''

''गढ़ पहले किले को कहते थे।'' बुश ने कहा, ''अब तो जमावजे को कहते हैं। और किला हो भी तो क्या, हमें कौन दरवाजे में से होकर जाना है। ऊपर से बम ही तो बरसाने हैं।''

''ठीक समझे। कंधार में इस समय सबसे अधिक संख्या में तालिबान सैनिक हैं।''

''तो कंधार पर बमबारी करूँ?'' बुश ने पूछा, ''वह मिल जाएगा।''

''बमबारी से कभी कोई मिला है। उससे तो लोग मर जाते हैं, पर अभी रुक जाओ।''

''क्यों?''

''रमजान का महीना है। मुसलमानों के लिए यह बहुत पवित्र महीना है।

इसमें अफगानिस्तान पर बम मारोगे तो सारे संसार के मुसलमान तुम्हारे विरुद्ध हो जाएँगे।'' मुशर्रफ ने कहा, ''और मुसलमान जिसके विरुद्ध हो जाते हैं, अल्लाह भी उसके विरुद्ध हो जाता है।''

''देखो!'' बुश ने अपनी तर्जनी से उसे धमकाया, ''तुम उतनी ही चालाकी किया करो, जितनी मुझे बुरी न लगे। जहाँ दो शत्रु लड़ रहे होते हैं, वहाँ यह नहीं देखा जाता कि कब किसका पर्व है, कौन सा दिन पवित्र है, कौन कब आराम कर रहा है, कौन कब खाना खा रहा है, और कौन कब टॉयलेट में बैठा है।''

''अरे भाई! तुम मुसलमानों के विरोध से नहीं डरते? तुम क्या मुसलमानों के विरुद्ध लड़ रहे हो?''

''नहीं! हम आतंकवाद के विरुद्ध लड़ रहे हैं। अब तो मैं उनकी इफ्तार पार्टी में भी हो आया हूँ।''

''तो फिर मुसलमानों को रुष्ट मत करो, नहीं तो कयामत आ जाएगी।''

''रमजान के दिनों में जब मुसलमान भगवान् को याद करने के स्थान पर आपस में लड़ते रहते हैं तब? अफगानिस्तान में भी तालिबान ने जितना हिंदुओं को सताया और मारा है, उससे अधिक संख्या में तो उन्होंने मुसलमानों को ही सताया और मारा है।''

''असल में रमजान में जो मुसलमान मरता है, उसे शहीद माना जाता है। वह सीधा जन्नत में जाता है।'' मुशर्रफ बोला।

''इस तर्क से तो तुम सारे मुसलमानों को रमजान में मार डालोगे। मैं यह नहीं होने दूँगा।'' बुश ने कहा, ''जो मुसलमान रमजान के महीने में मरता है, वह कब्र में नहीं जाता, जन्नत में जाता है?''

''हाँ! काफिरों के हाथ से मरे तो कब्र में जाता है, मोमिनों के हाथों मारा जाए तो जन्नत में जाता है।''

''उल्टी बात कर रहे हो।'' बुश ने उसे डाँटा, ''स्वर्ग में तुम्हारा राज्य नहीं है जनरल! कि जिसे चाहो उसे फ्री पास दे दो। आसमान पर ईसा मसीह की बादशाहत है। तुम्हारा शासन कब्रों तक ही है। अब तुम तालिबान के लिए कब्रें खोदो, जो अपने लिए ही खोदते रहे हो।''

''तुम समझते क्यों नहीं?'' मुशर्रफ बोला, ''तालिबान को अपनी तैयारी करने का कुछ समय दोगे या नहीं। इतना समय तो दो कि मैं उन्हें कुछ हथियार पहुँचा सकूँ। उनकी सहायता के लिए पाकिस्तानी जनरल भेज सकूँ। मुल्ला उमर को छिपा सकूँ। बाकी मुल्ला अपनी सुरक्षा के लिए, अपने परिवारों की सुरक्षा के

लिए कुछ प्रबंध कर सकें। रमजान के महीने में भूखे रहकर वे कैसे लड़ेंगे। कब्रें खोदने के लिए भी कुछ खाया-पिया होना चाहिए।''

''हम मुल्ला उमर को भी ढूँढ़ रहे हैं। वह कहाँ है?'' बुश ने जैसे मुशर्रफ की बात सुनी ही नहीं थी।

''वह भी कंधार में ही छुपा होगा।''

''झूठ बोल रहे हो तुम।''

''मैंने कब कहा कि मैं सच बोल रहा हूँ।'' मुशर्रफ हँसा, ''हमारी तुम्हारी मित्रता का समान आधार ही यही है कि हम दोनों सच नहीं बोलते, हमारा कोई सिद्धांत नहीं है और हम दोनों ही अव्वल दरजे के स्वार्थी हैं।''

''मैं कब झूठ बोला?'' बुश तड़पकर बोला, ''अमरीकी झूठ नहीं बोलते।''

''कुंदूक में जब तालिबान घिर गए थे, मैंने तुमसे कहा था न कि मुझे वहाँ से अपने सैनिक निकाल लेने दो। तुम्हारी अनुमति और सहमति से ही तो मैंने रात को विमान भेजकर वहाँ से अपने सिपाही और अफसर निकाले थे।'' मुशर्रफ ने कहा, ''तब संसार भर ने तुमसे कहा था कि पाकिस्तान अपने सैनिक निकाल रहा है। तुम सफेद झूठ बोले थे कि तुम्हें ऐसी कोई खबर नहीं है। जब ऐसा समय आता है तो कैसे बेखबर हो जाते हो तुम।''

''कहा होगा। तुम्हारे ही भले के लिए कहा था। मित्र के हित में झूठ बोलना अनुचित नहीं माना जाता।'' बुश लापरवाही से बोला, ''हम पाकिस्तानी सेना को कमजोर नहीं करना चाहते। हम तो ओसामा को खोज रहे हैं। हमें सूचना मिली है कि ओसामा और उमर दोनों कराची में छिपे हैं।''

''किसने सूचना दी है। उसका नाम बताओ। अभी टाँगता हूँ उसे सूली पर।''

''तुम क्या सूली पर टाँगोगे। तुम तत्काल कह दोगे कि उस नाम का कोई आदमी पाकिस्तान में है ही नहीं। चलो छोड़ो उसे।'' बुश ने कहा, ''हमें सूचना मिली है कि कराची के बाजार में एक बुर्केवाली को दूसरी बुर्केवाली ने कहा, 'ओसामा सुन!' पहली बुर्केवाली ने तड़पकर कहा, 'तूने मुझे कैसे पहचान लिया बदजात!' दूसरी बुर्केवाली ने कहा, घबरा मत। मैं मुल्ला उमर हूँ''

''यह सूचना नहीं चुटकुला है।'' मुशर्रफ चिढ़कर बोला, ''ये भारतीय लोग हमारा कुछ बिगाड़ नहीं सकते तो हमारे विरुद्ध ऐसे चुटकुले बनाने लगते हैं। इसे शत्रु की ओर से उड़ाई हुई अफवाह माना जाना चाहिए।''

''हमने तो कुंदूक से पाकिस्तानी सिपाहियों को सुरक्षित निकालने की सूचना को भी अफवाह ही माना था। इसे भी मान लेंगे। पर पहले बताओ कि ओसामा

और उमर कहाँ हैं?''

''हम तुम्हारे मित्र हैं। ओसामा के नहीं। हम कैसे जान सकते हैं कि वे कहाँ हैं। तुम्हें सूचना थी तो तुमने कराची में दोनों बुर्केवालियों को पकड़ क्यों नहीं लिया?''

''अरे जब तक हम सावधान होते, वे दोनों बुर्केवालियाँ और सैकड़ों बुर्केवालियों में मिल गईं, जैसे हिंदी फिल्मों में अपना बचाव करने के लिए नायक-नायिका नाचते-गाते बारातियों में मिल जाते हैं। बताओ वह कहाँ है?''

''नहीं जानता। पूछो कि बुश कहाँ है तो अभी बता दूँ।''

''बुश कहाँ है, मैं भी जानता हूँ। उसकी मुझे खोज भी नहीं है।'' बुश ने कहा, ''तुमको हमने मित्र ही इसीलिए बनाया है, क्योंकि तुम जानते हो कि ओसामा और उमर कहाँ हैं।'' बुश ने कहा, ''जल्दी बताओ।''

''पहले वादा करो कि रमजान के महीने में बमबारी बंद रहेगी।''

''नहीं! यह नहीं हो सकता।'' बुश ने कहा, ''इससे तो मेरी सेनाएँ मुझे ही खा जाएँगी। चलो बमबारी कहीं ऐसे स्थान पर करेंगे, जहाँ कोई न रहता हो।''

''नहीं! ओसामा पहले ही कह रहा था कि तुम सैनिकों को कम मारते हो, निहत्थे नागरिकों को अधिक मारते हो।''

''तो ओसामा ने हमारे ट्रेड सेंटर में जिन हजारों लोगों को मारा, वे फौजी वरदी पहने काम पर जा रहे थे क्या? उसने उन निहत्थे असैनिक नागरिकों को नहीं मारा?''

''वह कहता है कि वे निहत्थे चाहे रहे हों, किंतु वे अमरीकी सिस्टम का अंग थे। अमरीकी फौजी मशीन के ही पुर्जे थे। उन्हें मरना ही था। उन्हें मारा ही जाना था। यह सवाब का काम है। वह जेहाद कर रहा है न!''

''उसका क्या है,'' बुश ने नाराज होकर कहा, ''स्वयं तो गुफाओं में सुरक्षित छुपा बैठा रहता है और जीवन की उमंगों और ऊर्जा से भरे-पूरे नवयुवकों को पट्टी पढ़ाकर आत्मघाती हमलों में मरने के लिए भेजता है। किसे मरना है, और किसे नहीं मरना है, इसका निर्णय करनेवाला वह कौन होता है। वह भगवान् है क्या? सवाब और जेहाद शब्दों के खेल से वह संसार भर को मूर्ख बना रहा है। अमरीका उसकी बातों में नहीं आ सकता।''

''हमारे लिए तो वह भगवान् ही है, उसने हमें अफगानिस्तान की सल्तनत बख्शी है। तुम हमें भारत दे दो, हम तुम्हें अफगानिस्तान दे देंगे। वह दाता है। करोड़ों डॉलर लुटाता रहता है।''

''और हम क्या हैं?'' बुश का चेहरा क्रोध से तमतमा आया, ''हमने रूस के विरोध के नाम पर वे सारे हथियार न दिए होते तो ओसामा तुम्हें क्या दे देता। खाते हमारा हो और गुणगान उसका करते हो। तुम्हारे जैसा कृतघ्न मैंने दूसरा नहीं देखा।''

''देखो! हम मित्र हैं और मित्रता में इस प्रकार नाराज नहीं होते। मित्रता में कुछ त्याग करना पड़ता है। वचन दो कि तुम रमजान के महीने में अफगानिस्तान पर बमबारी नहीं करोगे। मैंने उमर को वचन दिया था कि रमजान के महीने तक मैं अमरीका को रोके रखूँगा।''

''बमबारी तो नहीं रुक सकती।'' बुश बोला, ''अफगानिस्तान पर नहीं करेंगे तो पाकिस्तान पर करेंगे। बोलो, क्या कहते हो?''

''क्यों?''

''अरे यह कहकर कि ओसामा वहाँ छिपा हो सकता है, हम कहीं भी बमबारी कर सकते हैं।''

''तो भारत पर बम बरसाओ।'' मुशर्रफ ने कहा, ''कहो कि ओसामा वहाँ छिपा हुआ है।''

''वह भी हो सकता है।'' बुश ने मन-ही-मन कोई योजना बनाते हुए कहा, ''तुम ओसामा को भारत में धकेल दो। उसे कहो कि वह अजमेर शरीफ की यात्रा पर चला जाए। हम सारा भारत तहस-नहस कर डालेंगे।''

''हो तो सकता है।'' मुशर्रफ भी गंभीर हो गया, ''पर भारत ओसामा को पकड़कर किसी के हाथ भी ढाई करोड़ डॉलरों में बेच देगा। वह दोस्तम के हाथ लग गया तो दोस्तम उसे बीचोबीच से चीरकर पेड़ पर लटका देगा।''

''रमजान के महीने में एक मुसलमान दूसरे मुसलमान को मार देगा?''

''इन अफगानों का कोई भरोसा नहीं है।''

''भरोसा तो तुम्हारा भी कोई नहीं है।'' बुश के होंठ वक्र हो उठे।

''छोड़ो न यार! तुम तो हर बात को हमारी ही ओर मोड़ देते हो।'' मुशर्रफ ने कहा, ''अच्छा! रमजान में बमबारी बंद करो, हम मुल्ला कईफ को बाँधकर तुम्हारे हवाले कर देते हैं।''

''वह कौन है?''

''पाकिस्तान में तालिबानों का राजदूत।''

''जिनका राज्य ही नहीं है, उनका राजदूत।'' बुश बोला, ''उसे तुमने बचा रखा है और वह प्रेस कॉन्फ्रेंस करता रहता है। उसके लिए वह तो पिटेगा ही, तुम

भी दंड पाओगे। उसे जेल में डालो और बताओ कहाँ है ओसामा और कहाँ है मुल्ला उमर?''

''वहीं कहीं अफगानिस्तान में छिपे हैं। हमारा एक पत्रकार ओसामा से मिलकर आया है।''

''बताओ! कहाँ है? नहीं तो रमजान में बम बरसते रहेंगे।''

''बरसते रहें। तुम्हें अपने बम बरबाद करने का शौक हैं तो बरसाते रहो। आदमी तो एक नहीं मरने वाला। अपने बमों से रेत उछालते रहो और रेगिस्तान में गड्ढे बनाते रहो।''

''हम बमबारी बंद कैसे कर सकते हैं। हमें भी तो दुनिया को मुँह दिखाना है।''

: दो :

''तुम कैसे मुसलमान हो, उन अमरीकियों के मित्र बनकर हमें मरवा रहे हो?'' ओसामा ने मुशर्रफ को डाँटा।

गुफाओं में छिपे ओसामा को मुशर्रफ सूचना देने आया था कि अमरीका रमजान में बमबारी नहीं रोकेगा, इसलिए रमजान की प्रतीक्षा बेकार है, वह अभी ही कहीं और जगह के लिए निकल ले। पर ओसामा ने उसे डाँट दिया था।

''देखो!'' मुशर्रफ कुछ रुष्ट होकर बोला, ''एक बार इशारा कर दूँ कि तुम कहाँ हो तो ढाई करोड़ डॉलर मेरी जेब में और अरबों डॉलरों के हथियार पाकिस्तान की सेना को मिल जाएँगे। मैं उनका लालच नहीं कर रहा। तुम्हारी मित्रता निभा रहा हूँ और तुम भी मुझे ही सुना रहे हो।''

ओसामा ने अपने साथी को संकेत किया। उसने संदूक खोलकर करोड़ डॉलर गिन दिए।

''यह लो, जो तुम्हें अमरीकी काफिरों से मिलना है, वह मैं ही दिए देता हूँ।'' ओसामा ने कहा, ''अब बताओ, क्या करना है?''

''तुम अपने साथियों समेत निकल लो।''

''पर जाऊँ कहाँ? सारे रास्ते तो बंद हैं।''

''कबाइली इलाके में से होकर पाकिस्तान निकल जाओ। वहाँ से पाकिस्तानी फौज की गाड़ियों और जहाजों में बैठकर दुनिया में जहाँ जाना चाहो, चले जाओ। कहो तो तुम्हें अमरीका या कनाडा ही भिजवा दूँ। वहाँ ठाट से बैठे रहना। दाढ़ी मुड़ा देना और नाम बदल लेना। मैं बुश को तुम्हारे होने का ऐसे-ऐसे स्थानों का पता दूँगा

कि दुनिया के सारे बम समाप्त हो जाएँगे और तुम्हारा बाल भी बाँका नहीं होगा।''

ओसामा ने उसे संदेह की दृष्टि से देखा—यह उसे मूर्ख तो नहीं बना रहा। कहीं उसे अपने जहाज में बैठाकर सीधा अमरीकी जेल में ही न उतार दे।

''पर पाकिस्तान से कहाँ जाऊँगा?''

''सऊदी अरब चले जाना। सोमालिया चले जाना। कहीं न जा सको तो वापस अफगानिस्तान आ जाना।'' मुशर्रफ ने कहा, ''पर इस वक्त यह गुफा खाली कर दो।''

''यह तुम्हारा सरकारी बँगला है कि हुक्म दे रहे हो कि इसे खाली कर दूँ।'' ओसामा ने कहा, ''तुम बमबारी रुकवाओ और उनसे कहो कि हमसे जमीनी लड़ाई लड़ लें। अल्लाह की कसम, सारी अमरीकी फौज को तबाह कर दूँगा, जैसे रूसी फौज को खदेड़ बाहर किया था।''

''अब कहोगे कि मैं अमरीकियों से कहूँ कि वे तुमसे बंदूकों से नहीं, तलवारों से लड़ें।'' मुशर्रफ बोला, ''और ज्यादा ऐंठो मत। रूसियों से हमारे सिपाही अमरीकी हथियारों से लड़े थे। हमारे सिपाही और अमरीकी साजोसामान न होता तो तुम क्या कर लेते।''

''पर तुम हमें इन गुफाओं से क्यों निकालना चाहते हो? यहाँ हमें कोई तकलीफ नहीं है।'' ओसामा ने दीन होकर कहा।

''मेरे मन में एक योजना है। तुम अफगानिस्तान के बाहर कहीं भी एक मदरसा खोलकर बैठ जाओ। मैं अमरीकियों को तोड़-फोड़ में लगाए रखूँगा। उन्हें तुम्हारी हवा तक नहीं मिलेगी।''

''तुम्हारी दोस्ती मेरी समझ में नहीं आती। जहाँ अमरीकी बम पड़ते हैं, वहाँ पाकिस्तानी सिपाही होते ही नहीं और तालिबान भाग जाते हैं। बेचारे अरब ही मारे जाते हैं।''

''देखो पाकिस्तानी अपनी नौकरी कर रहे हैं। तालिबान सिर्फ निहत्थे स्त्री-पुरुषों पर अत्याचार कर रहे हैं। वैसे वे अपने देश में बैठे हैं। शहीद होने का शौक तो तुम अरबों को ही चर्राया था। कायदा छोड़कर अलकायदा हो गए, इसीलिए अरब शहीद हो रहे हैं। अब तुम यहाँ से खिसक लो। ऐसा न हो कि हमें यहीं तुम्हारा फातिहा पढ़ना पड़े।''

: तीन :

बुश ने मुशर्रफ से पूछा, ''कुछ पता लगाया—कहाँ है ओसामा?''

"हाँ, कुछ खबर तो लगी है कि वह तोरा-फोरा की पहाड़ी गुफाओं में छिपा बैठा है।"

"यह तोरा-फोरा कहाँ है?"

"अरे, तुम तोरा-बोरा की पहाड़ियाँ नहीं जानते। हमारे पाकिस्तान की सीमा से ही तो लगती हैं।"

"ओह!" बुश ने कहा, "वे गुफाएँ संख्या में बहुत हैं। बहुत लंबी हैं। पहाड़ी पत्थरों के नीचे हैं। वहाँ ओसामा को खोजना बहुत मुश्किल है।"

"तो क्या हो गया?" मुशर्रफ ने कहा, "तुम्हारे इतने भारी-भारी बम किस दिन काम आएँगे। उनको छाती पर रखकर साथ ले जाओगे? जमकर बरसाओ। इतनी बमबारी करो कि तोरा-बोरा का नाम तोड़ा-फोड़ा हो जाए।"

"पक्का है न कि वह वहीं है?"

"हमारी सूचनाओं के अनुसार दोनों वहीं हैं—ओसामा भी और मुल्ला उमर भी।"

"ठीक है।"

अमरीका ने अपने साथियों के साथ मिलकर तोरा-बोरा की पहाड़ियों को घेर लिया। दिन-रात बम बरसाए और जमीन पर उत्तरी गठबंधन के सैनिक लड़ते रहे। पर ओसामा नहीं मिला।

"कहाँ गया?" बुश ने पूछा।

"यहाँ नहीं है।" उत्तरी गठबंधन ने कहा, "हो सकता है पाकिस्तान में हो या कबाइली क्षेत्र में छिपा हो, पर यहाँ नहीं है।"

अमरीका को संतोष नहीं हुआ तो बुश ने अपने सैनिक वहाँ लगा दिए, "एक-एक पत्थर उठाकर देखो और एक-एक गुफा में झाँककर नहीं, घुस कर देखो।"

बुश ने मुशर्रफ से पूछा, "ओसामा कहाँ है?"

"मेरा विचार है कि तुम्हारी बमबारी के कारण वह वहीं कहीं दबकर मर गया है।"

"इसका प्रमाण कहाँ है? उसका शव मिल गया क्या?"

"मैंने तो अपना अनुमान बताया है।" मुशर्रफ ने कहा।

"मैं प्रमाण माँग रहा हूँ। तुम्हारा अनुमान नहीं।" बुश नाराज हो गया, "तुम्हारे कहने पर मैंने अपना इतना सामान वहाँ बरबाद किया है।"

"अच्छा! मैं प्रमाण भी लाकर दूँगा।"

: चार :

अगले दिन मुशर्रफ एक अरब के हाथ पैर-बाँधकर ले आया।

"यह कौन है?" बुश ने पूछा।

"यह अलकायदा का सैनिक है। हमने इसे भागते हुए गिरफ्तार किया है।"

"तो इसे मेरे पास क्यों लाए हो? डाल दो किसी कुएँ-खाई में।"

"यह साधारण आदमी नहीं है।" मुशर्रफ ने उसकी उपाधियाँ गिनाईं, "यह ओसामा के अंगरक्षकों में से एक है। यह उस समय भी ओसामा के साथ था, जब उसकी मौत हुई।"

"झूठ बोल रहे हो तुम।" बुश का मुँह क्रोध से लाल हो गया, "अगर बमबारी में ओसामा दबकर मर गया तो यह यहाँ कैसे खड़ा है। इसे भी वहीं दफन हो जाना चाहिए था।"

अरब ने मुशर्रफ की ओर देखा।

"बात यह है कि ओसामा बमबारी में नहीं मरा है।" मुशर्रफ ने कहा, "वह अपने फेफड़ों के रोग से मरा है। बाहर इतनी बमबारी हो रही थी कि भारत से दवाएँ आ नहीं सकीं। न ओसामा को डॉक्टर के पास ले जाया जा सका, न डॉक्टर को भीतर लाया जा सका। वह दवा के न मिलने से अपने रोग से ही मर गया। तुम उसके काल के गुनाहगार नहीं हो, तुम्हें अल्लाह को कोई जवाब नहीं देना पड़ेगा, पर अगर तुम यह बमबारी न करते तो हम उसे पकड़ सकते थे और तुम से ढाई करोड़ डॉलर ले सकते थे। हाय रे ढाई करोड़…।"

बुश ने अरब की ओर देखा।

"हाँ हुजूर! जनरल साहब ठीक कह रहे हैं।" वह बोला, "शेख ओसामा बिन लादेन अपनी बीमारी से मर गए। मैं वहीं था। उन्हें चुपचाप वहीं दफना दिया गया। मैं तो उनकी नमाजे जनाजा में भी शरीक हुआ था। क्या करते, किसी को खबर कर नहीं सकते थे। बाहर बम बरस रहे थे।"

"अरे जब वह मर ही गया था तो उसे हमें सौंपकर ढाई करोड़ तो ले लेते।" बुश बोला, "एनीवे, तुम मुझे वह जगह दिखा सकते हो, जहाँ वह दफनाया गया है। मैं वहाँ खुदाई करवाकर उसकी लाश निकालकर अपनी तसल्ली करना चाहता हूँ।"

"आपको मेरे चेहरे की मुर्दनी से विश्वास नहीं होता? कोई भी समझ सकता है कि मैं गमी में हूँ।"

"नहीं मुझे विश्वास नहीं होता। मैं किसी अरब का विश्वास नहीं करता।

विश्वास तो मैं पाकिस्तान का भी नहीं करता, पर काम तो चलाना है न!''

अरब ने फिर मुशर्रफ की ओर देखा।

''बात यह है प्रेसिडेंट साहब!'' मुशर्रफ ने कहा, ''आपने बमबारी करके उन सारी गुफाओं को इस प्रकार तहस-नहस कर दिया है कि अब इसके लिए तो क्या मेरे लिए भी उन गुफाओं को पहचानना मुश्किल है। और ओसामा खुद कब्र से उठकर आएगा नहीं।''

''भागो यहाँ से।'' बुश ने अरब को घूँसा दिखाया, ''तुम भी झूठे हो। यह तो है ही।''

अरब भाग गया। बुश ने मुशर्रफ की ओर देखा, ''ओसामा कहाँ है?''

''देखो! तुमने तोरा-बोरा की पहाड़ियों को चकनाचूर कर दिया है। उसकी एक-एक गुफा को छान मारा है। वह अब भी तुमको नहीं मिला है। अब भी तुम मुझसे पूछोगे तो मैं तुम्हें कोई-न-कोई जगह तो बताता ही रहूँगा। कह दूँ कि वह चेचन्या में है, तो चलेगा?''

''तो मैं क्या करूँ?''

''अच्छा है कि उसे भूल जाओ। लोगों को अफगानिस्तान के निर्माण में उलझाओ, और इस बहाने वहाँ राज करो। अरे ऐश करो और खुश रहो।'' मुशर्रफ ने कहा, ''क्या रखा है उन दो मुल्लाओं के चेहरों में कि उन्हें देखे बिना तुम्हारा जीना हराम है। देखना ही है तो कोई हसीन चेहरा देखो।''

''मुझे बिल वाले शौक नहीं हैं।'' बुश ने अपना सिर झुका लिया।

: पाँच :

''यह तुमने क्या किया?'' ओसामा ने पूछा, ''तोरा-बोरा की सारी पहाड़ियों को तोड़ा-फोड़ा कर दिया?''

''हाँ! अमरीकियों को कुछ काम तो देना था।''

''क्या मतलब?''

''तुमने सुना होगा कि एक आदमी ने एक जिन्न को अपने कब्जे में कर लिया। जिन्न ने कहा कि वैसे तो वह अपने आका का हर हुक्म बजा लाएगा, पर जैसे ही वह खाली होगा, वह अपने आका को खा जाएगा। इसलिए उसका आका उसे लगातार कोई-न-कोई काम बताता रहे, ताकि जिन्न को फुरसत न मिले।''

''मुझे जिन्न-भूतों की कहानियाँ क्यों सुना रहे हो?''

''अरे, यह बुश भी वैसा ही जिन्न है। हर समय तुम्हें खोजने के लिए जगह

पूछता रहता है। उस जिन्न के आका ने एक तरकीब सोची। उसने जमीन में एक खंभा गाड़ दिया और कहा कि जिन्न को जब कोई काम न हो, तब वह उस खंभे पर चढ़ता और उतरता रहे। मैंने बुश को तोरा-बोरा की पहाड़ियों के रूप में एक खंभा दे दिया है।''

''पर उससे तो हमारी सारी गुफाएँ बरबाद हो गईं।'' ओसामा ने सिर पकड़ लिया।

''जब ईंटों-पत्थरों की रोजी बनानी होती है तो मजदूर लगाने पड़ते हैं, जो दिन भर बैठकर उसे तोड़ते हैं।'' मुशर्रफ ने कहा, ''मैंने वही काम अमरीकियों से करवाया है। मकान बनाने के लिए अब वहाँ काफी पत्थर हैं। उन्होंने सारे अफगानिस्तान में मकान बनाने के लिए हमारे लिए पत्थर तोड़ दिए हैं। और···।''

''और क्या?''

''हम जब भी अफगानिस्तान पर कब्जा करने की कोशिश करते थे, ये पठान उन गारो में छिपकर हमारे नाक में दम कर देते थे। अब न पहाड़, न गुफाएँ।'' मुशर्रफ मुसकराया, अमरीका कब तक उनकी रखवाली करेगा। कभी तो अपने देश लौटेगा। तब फिर हम होंगे और पख्तून। अब पख्तून किन गुफाओं में छिपकर हमारे सिपाहियों से बचेंगे?''

मुशर्रफ बहुत प्रसन्न था और ओसामा के चेहरे पर मुर्दनी छाई हुई थी।

□

अपहरण

कुटिया में दो द्वार थे और एक खिड़की। इस समय वे तीनों ही खुले थे। रामलुभाया ने झाँककर देखा—मच्छरदानी लगी एक चारपाई बिछी थी और उसमें घुसकर एक मुच्छड़ सेना की वरदी पहने सो रहा था।

रामलुभाया ने मच्छरदानी से उसे अच्छी तरह लपेटा और रस्सी से बाँध लिया। जब वह बँध गया, तो जागा और बोला, ''क्या कर रहे हो?''

''तुम्हारा अपहरण कर रहा हूँ।''

''तुम कौन हो?'' उसने पूछा।

''पहले बताओ, तुम कौन हो?'' रामलुभाया ने पूछा।

''मेरा नाम सुनोगे तो पाजामा गीला हो जाएगा।''

''तुम्हारा नाम सावन की फुहार है क्या, जो गीला हो जाऊँगा?'' रामलुभाया ने कहा, ''मैंने तो तुम्हें वीरप्पन समझकर बाँधा है।''

''वीरप्पन ही हूँ मैं।'' उसने कहा, ''पर वह संतरी ड्यूटी वाला किधर गया? उसने न मुझे बचाया, न जगाया।''

''यहाँ तो कोई नहीं था,'' रामलुभाया ने कहा, ''कैसे निकम्मे लोगों को ड्यूटी पर लगाते हो।''

''मैं लगाता तो ठीक-ठाक आदमी ही लगाता। यह तो चंदन तस्कर संघ वालों ने लगाया था।'' वह बोला, ''कोई बात नहीं, मैं भी इस बार सालों को चंदन के स्थान पर बेर की लकड़ी भेज दूँगा। उन्हें कौन सी पहचान है।''

''इस बार तो तुम ऐसे कह रहे हो, जैसे मैंने तुमको बाँध न रखा हो।'' रामलुभाया बोला, ''छूटोगे तो लकड़ी काटोगे न!''

''अरे, बाँध लिया तो क्या हो गया?''

''तुम्हारा अपहरण हो गया।'' रामलुभाया हँसा।

''पागल हो तुम।'' वीरप्पन बोला, ''अभी तो मार्ग में वनरक्षक मिलेंगे। वे मुझे छुड़ा लेंगे और तुमको वन में अवैध रूप से लकड़ी काटने के आरोप में पकड़ लेंगे।''

''ऐसा नहीं हो सकता।'' रामलुभाया ने कहा, ''वे तुम्हें छुड़ा कैसे लेंगे? उन्हें तो तस्करों को पकड़ने के लिए रखा गया है।''

''जिसे जो करने के लिए रखा जाता है, वह वही करता है क्या?'' वीरप्पन हँसा।

''और नहीं तो क्या?''

''तुमने देखा नहीं क्या कि पुलिस निरपराधियों को पकड़ती है और अपराधी न्यायालय से मुक्त होते हैं।'' वीरप्पन बोला।

''हाँ, होते तो हैं।'' रामलुभाया ने कहा, ''किंतु वे तुम्हें छुड़ा नहीं पाएँगे, क्योंकि वे मुझे पकड़ नहीं पाएँगे।''

''क्यों? पकड़ क्यों नहीं पाएँगे—तुम उनको रिश्वत देकर आए हो क्या?''

''नहीं! तुम्हारी कुटिया का वह द्वार, जिससे मैं आया हूँ, कर्नाटक में पड़ता है। तुम्हारी चारपाई सीमा पर है और कुटिया के जिस द्वार से मैं निकलूँगा, वह तमिलनाडु में पड़ता है। कुछ समझे?''

''हाँ समझा।'' वीरप्पन चिंतित हो गया, ''तुम आए एक प्रदेश से हो, अपराध सीमा पर हुआ है और तुम जाओगे दूसरे प्रदेश में। ऐसे में तो इस देश की, प्रदेशों में विभाजित और सीमाओं में बँधी पुलिस तुम्हें नहीं बाँध सकती।''

''अब मानोगे कि मैंने तुम्हें बाँध लिया?''

''सोए को बाँध लिया।'' वह रोषपूर्वक बोला, ''जागते को बाँधते तो देखता।''

''तुम भी रात को घर में घुसकर चुपके से किसी को बाँध लाते हो। पुलिस को सूचना देकर बाँधते तो मैं भी देखता।'' रामलुभाया ने कहा।

''तुम झूठ बोलते हो।'' वह बोला, ''मैं तो पुलिस को सूचना देकर ही अपहरण करता हूँ। पुलिस मेरी रक्षा न करे तो मैं किसी के अपहरण का साहस कैसे कर सकता था।''

''झूठ बोलते हो तुम। पुलिस तुम्हारी रक्षा क्यों करेगी?''

''क्योंकि मैं पुलिस को वेतन देता हूँ।''

''तो सरकार किसको वेतन देती है?''

''मैं नहीं जानता। मैं सरकार का वित्त मंत्रालय नहीं हूँ।'' वह बोला, ''बहुत हो चुका। अब मुझे खोलो।''

''तेरी ऐसी-तैसी। खोलने के लिए नहीं बाँधा है तुझे।'' रामलुभाया ने कहा और गठरी को कंधे पर उठाकर ले चला।

''मुझे इस हालत में देखेंगे तो पुलिस वाले तुम्हें मार डालेंगे।'' उसने धमकी दी।

''ऐसी स्थिति आई तो मैं तुम्हें मार डालूँगा।''

वीरप्पन डरकर चुप हो गया।

रामलुभाया आगे बढ़ा तो सचमुच पुलिस वाले आ गए, ''वन में से क्या काट लाए?''

''विषवल्लरी। बहुत फैल गई थी।'' रामलुभाया ने कहा।

''गठरी बहुत भारी है क्या?''

''आदमी तो हल्का है, बस उसकी मूँछें ही भारी हैं।''

''हैं! यह आदमी है?'' पुलिस कप्तान चौंका।

उसने निकट आकर ध्यान से देखा, ''वीरप्पन का जुड़वाँ लगता है।''

''इसीलिए कहता था कि बंबैया फिल्में मत देखा कर।'' वीरप्पन चिल्लाया, ''हरामजादे! यह मैं ही हूँ वीरप्पन, मेरा जुड़वाँ नहीं। छुड़ाओ मुझे।''

''छोड़ो इसे। छोड़ दो हमारे अन्नदाता को।'' पुलिस वाले ने रामलुभाया को डंडे से धमकाया, ''नहीं तो तुम्हें गोली मार दूँगा।''

''मैं वीरप्पन को पकड़कर लाया हूँ। मुझे पुरस्कार मिलना चाहिए या गोली मारी जानी चाहिए?'' रामलुभाया ने पूछा।

''पुरस्कार तो मैं लूँगा, तुम्हें तो गोली ही मारूँगा।'' पुलिस वाले ने पिस्तौल निकाल ली।

''मैं यह मच्छर मारने वाली दवा की शीशी इसके मुँह में ठूँस दूँगा।'' रामलुभाया ने शीशी वीरप्पन के मुँह में लगाई।

''दूर कर अपनी पिस्तौल। हरामजादे, मुझे मरवाएगा।'' वीरप्पन दहाड़ा।

पुलिस वाले ने डरकर पिस्तौल छिपा ली।

: दो :

रामलुभाया वीरप्पन को बंगलुरु के एक होटल में ले आया। वीरप्पन चिल्लाता रहा, किंतु किसी पुलिस वाले ने उसे नहीं छुड़ाया।

''ये तुम्हारे टुकड़ों पर पलने वाले तुम्हें छुड़ा क्यों नहीं रहे?'' रामलुभाया ने पूछा।

''नीचे वाले तुम्हें बहुत वीर समझकर डर रहे हैं और ऊपर वाले सोच रहे हैं कि किसे पकड़ने में उनका हित होगा—वीरप्पन को या उसको बाँधकर लाने वाले को?''

''देश का हित नहीं सोच रहे, अपना हित सोच रहे हैं?''

''देश का हित सोचते तो मैं इतने वर्षों तक वहाँ वन का सम्राट् कैसे बना रहता।'' वीरप्पन हँसा, ''इनका देश इनके घर तक सीमित है। वैसे मेरी एक बात मानो।''

''क्या?''

''मुझे पुलिस को मत सौंपना। उससे तुम्हें कुछ नहीं मिलेगा।''

''तो किसे सौंपूँ?''

''वह निर्णय तो तुम्हें करना है।'' वह बोला।

''मैं तो निर्णय कर चुका।''

''जल्दी मत करो। फोन तो आ लेने दो।'' वह बोला।

''किसका फोन?'' रामलुभाया ने पूछा।

''देखो कौन करता है। जिसे आवश्यकता होगी, वह करेगा।''

थोड़ी देर में फोन बजने लगा।

''उठाओ!''

रामलुभाया ने फोन उठाया, ''कहिए!''

''वीरप्पन को छोड़ दो।'' उधर से किसी ने कहा, ''फिरौती में जितना पैसा कहोगे, तुम्हें पहुँचा दिया जाएगा।''

''आप कौन बोल रहे हैं?''

''मैं नेता कल्याण कोष का कोषाध्यक्ष बोल रहा हूँ।''

''आप उसे क्यों छुड़वाना चाहते हैं, कोषाध्यक्षजी? उसको छोड़ना देश की सुरक्षा के हित में नहीं है।''

''मूर्ख हो तुम। अपनी सोचो और देश की सुरक्षा के चक्कर में मत पड़ो।'' उस व्यक्ति ने कहा, ''बोलो, पाँच करोड़ काफी होगा? अपना पैसा वसूलने के लिए हमें भी तो किसी-न-किसी मुख्यमंत्री का अपहरण करवाना पड़ेगा। कोई ऐसे ही तो पैसा नहीं दे देता।''

''पाँच करोड़ दे रहा है।'' रामलुभाया ने वीरप्पन को बताया।

''साला मेरा मूल्य इतना कम लगा रहा है।'' वीरप्पन को क्रोध आ गया, पर उसने जल्दी ही स्वयं को शांत कर लिया, ''फिरौती की राशि में आधा-आधा करने

का वचन दो तो मैं तुम्हें इससे भी अधिक दिलवा दूँ।''

''नहीं छोड़ूँगा।'' रामलुभाया ने फोन में कहा।

''क्यों? कोई इससे ऊँची बोली दे रहा है?''

''इससे अधिक तो वीरप्पन स्वयं ही दे देगा।'' रामलुभाया ने फोन दिया।

फोन फिर बजा।

''क्या है?'' रामलुभाया ने पूछा।

''वीरप्पन तुम्हारे पास है?''

''है तो?''

''कितने में दोगे? दस करोड़ चलेगा?''

''तुम उसका अचार डालोगे?''

''नहीं! चुनाव लड़वाएँगे। हम उसे जनकल्याणकारी नेता के रूप में प्रतिष्ठित करेंगे।''

''वीरप्पन चुनाव लड़ेगा तो देश की सुरक्षा का क्या होगा?'' रामलुभाया ने पूछा।

''देश तुम्हारे बाप का है? और भी तो इतने डाकू चुनाव लड़ते रहते हैं।'' उधर वाले ने कहा, ''पाकिस्तान वाले तो मुशर्रफ के राष्ट्रपति होते हुए भी अपने देश की सुरक्षा के लिए चिंतित नहीं हैं और तुम…बड़े डरपोक हो।''

''नहीं! मैं उसे छोड़कर देश की सुरक्षा के साथ मजाक नहीं कर सकता।'' रामलुभाया ने कहा, ''तुम किसी और को चुनाव लड़वा लो। जीत गया तो वह अपने आप ही डाकू बन जाएगा।''

''जैसी तुम्हारी इच्छा।'' उधर वाले ने फोन रख दिया।

फोन फिर बजा।

''अब क्या है?'' रामलुभाया ने पूछा।

''हम वीरप्पन को खरीदना चाहते हैं। क्या कीमत है उसकी?'' किसी ने पूछा।

''तुम क्या संयुक्त राष्ट्र संघ से बोल रहे हो?''

''नहीं! मैं अपने देश के दूतावास से बोल रहा हूँ। अभी-अभी हमारे राष्ट्रपति का फोन आया है कि वीरप्पन को खरीद लो।'' उधर वाले ने कहा, ''वह हमारे बड़े काम का हो सकता है। हम उससे तुम्हारे प्रधानमंत्री का अपहरण करवाना चाहते हैं। घबराओ मत। हम तुम्हारे प्रधानमंत्री को मारेंगे नहीं। बस कुछ फिरौती लेकर छोड़ देंगे। तुम्हारे यहाँ फिरौती में बहुत कुछ देने की परंपरा है।''

''हमारे यहाँ परंपरा तो शत्रु के दाँत तोड़ने की भी है और दाँत खट्टे करने की भी।'' रामलुभाया बोला, ''और सुनो, शत्रुओं के साथ क्रय-विक्रय का संबंध हम नहीं रखते।''

''उसे मार दोगे तो एक दमड़ी नहीं मिलेगी तुम्हें।'' उधर वाले ने कहा, ''हम सौ करोड़ रुपए दे देंगे।''

''हम देश की सुरक्षा सहस्रों करोड़ में भी नहीं बेचते।'' रामलुभाया ने कहा, ''कोई और घर देखो, बाबा!''

□□□